指輪の選んだ婚約者
海の帝国と波乱の博覧会
10

指輪の選んだ婚約者10

海の帝国と波乱の博覧会

茉雪ゆえ

illustration 鳥飼やすゆき

ICHIJINSHA IRIS NEO

CONTENTS

この作品はフィクションです。
実際の人物・団体・事件などには関係ありません。

指輪の選んだ婚約者10　海の帝国と波乱の博覧会

†はじまり

「へえ、『おとぎの国』の視察団の訪海は来月なのかあ」

一晩降り続いた雨が上がり、濡《ぬ》れた木漏れ日がきらめく、爽《さわ》やかな朝だった。

近頃《ちかごろ》少々空気が悪いと言われる大都市だが、雨に空気も洗われたのだろう。大公園を臨む「公園通り」は清々《すがすが》しい緑の香りに満ちていて、行き交う人々は思い思いに、心地よい朝を楽しんでいた。

さて、「公園通り」に面したとあるカフェ——公園通りは別名、「カフェ通り」と呼ばれている。帝都名物の珈琲《コーヒー》と軽食を提供する店が、軒を連ねているからだ——の庇《ひさし》の下にも、籐《とう》編みの椅子《いす》に腰掛けて朝のひと時を味わっている男がいた。

その装いは、柔らかなジャケットに生成《きな》りのシャツ、グレーのキュロットに黒い帽子。丸い眼鏡《めがね》を鼻に載せ、その下には髭《ひげ》を小粋に整えている、典型的な「リュミエルっ子」——この街生まれの男性市民の装いである。

彼の右手には少々ぬるくなってきた牛乳入りの珈琲《カフェオレ》、左手には大衆向けの新聞。目の前にはバターの香りが食欲をそそる三日月型《クロワッサン》のパン。『リュミエルに来たからには必ず食べるべきである』と貴族向けの紀行雑誌にまで書かれるほどの、これまた典型的な「リュミエルの朝食」である。

——そう、ここは帝都・リュミエル。

大陸西部屈指の大帝国、その名も『大海帝国』の首都だ。祭りでなくとも人々が数多《あまた》行き交い、美食に服飾、建築様式、絵画音楽彫刻演劇、ありとあらゆる「時めくもの」の流行の最先端を直走《ひたはし》る、朝から夜まで眠らない、眩《まばゆ》いばかりに光り輝いている大都会である。

男の手にする大衆紙はまさに、そうしたリュミエルの日常を切り取ったものだった。

「おとぎの国、と言えば……」

「よお、ジャン！　今日も早いな」

見出しに気を引かれ、記事を読もうと目を凝らしたその時、前方から声を掛けられて、男――ジャンは瞬《まばた》きをして顔を上げた。見上げれば、ジャンとそう変わらない身なりの男が、テーブルの向こうに立っている。目が合うと彼はにやりと笑い、慣れた仕草でジャンの隣に腰を下ろした。

「おはよう、ポール。君が早いとは珍しいね」

呼びつけた店員に、カフェオレとバターたっぷりの三日月パンをオーダーし、ポールはジャンの片手の大衆紙をひょいと覗《のぞ》き込む。ジャンは肩をすくめ、椅子を少しだけ隣から離した。

「寝ぼすけポールが毎日こんなに早く起きるとはねえ。博覧会の裏方はなかなか大変そうだ」

「まあな。でもそりゃアンタもだろ」

にかりと笑い、ポールは己とジャンの襟元に小さく輝く、エナメル細工のブローチを指さした。青地に貝と舵輪《だりん》の模様が描かれたそれは、『大海帝国万国大博覧会』の会場職員の証《あかし》だった。

ジャンとポール、生粋《きっすい》の「リュミエルっ子」なふたりは、日々熱狂的に盛り上がっている帝都の一大イベントである博覧会の運営を担う、下っ端役人である。彼らのような博覧会の裏方たちの多くは、メイン開場である大公園に面したカフェで、仕事前に朝食をとるのを日課としているのだった。

「仕事の前に新聞たァ勤勉だな。面白《おもしろ》いニュースはあるか？」

「我らの輝ける都、リュミエルはいつだってお祭り騒ぎの事件だらけだよ」

ジャンは笑い、粗悪なインクが滲《にじ》むタブロイド判の紙面をかざしてみせた。

その紙面には、扇情的な見出し、過激な煽《あお》り文句、風刺画に誇大な広告。市民を楽しませるゴシップが所狭しと並んでいる。

「ま、一面は博覧会だよな」

「それはね。お国を挙げての一大事業だもの」

黒々と刷られた紙名の下に挿絵入りで書かれているのは、やはり万国博覧会の記事だ。

ここ近年、各国が持ち回りのように開催するようになった万国博覧会だが、今回は大海国《グラン・マーレ》の皇帝の治世二十周年という節目の年でもあり、過去に類を見ない規模になっている。実際、出展している参加国数は過去最高で、高級紙から大衆紙まで新聞は連日、その賑《にぎ》わいや見所を伝える事に余念がない。おかげでリュミエルは今、空前絶後の万博ブームで沸き立っている。

「何が紹介されてるんだ？」

「今日は展示品の紹介じゃあなくて、視察に来る国の紹介だね。来月、ウェルバム王国の王太子殿下御一行が来るらしいよ」

「へえ、『おとぎの国』の！」

ジャンの示す先には、ウェルバム王国の国章と王太子夫婦の肖像画が描かれている。目を丸くしたポールはそれをまじまじと眺めてから、国章に刻まれた不思議な模様——王家を示すらしい魔術模様だ——に目をすがめた。

「そういや、あの国の王子様は魔法が使えるらしいな」

「そうらしいね。ウェルバムの展示は夢物語みたいな道具だらけだったよ」

　大海帝国とウェルバム王国は隣りあってはいるものの、間に挟まる険しい山々などの影響で、交流が盛んなわけではない。彼の国では、大海帝国では非常に珍しい魔術師が多く暮らしているという事もあり、一般市民にとっては不思議の多い、『神秘とおとぎの国』だった。

「行ったのか？」

「うん、嫁さんがご近所からチケットをもらってきてね。ウェルバム産じゃなかったら、詐欺としか思えない夢の道具がゴロゴロ展示されてたよ。一瞬で手紙を届ける箱とか、夜になると勝手に灯《つ》くランプとか、食べ物が冷めない皿とか……」

「はあ、何度聞いても信じらんねえなあ」

　記事から顔を上げたポールは、ギャルソンが運んできたカフェオレに口を付けると浅く息をついて首を竦《すく》めた。魔術師の少ない大海帝国では、魔術やら魔法やらはおとぎ話になって久しいのだ。

「パビリオンの警備に導入されたウェルバムの装置なら見ただろう？」

「ガラスに触るとビービー音が鳴ったり、手がビリビリしびれたりするやつだろ？　それは見たけどよ、何がどうしてああなってるのかさっぱりだ。何かにだまされてんじゃねえかと思っちまうよ」

「分かるなあ。視察にいらした第四皇子殿下も不思議がっておいでだったらしいよ。……おや、噂《うわさ》をすれば、『第四皇子殿下、ついにお妃《きさき》探しか』って記事がある」

「へえ！」

　一面をぺらりとめくり、現れた帝室情報のページを、ジャンとポールはふたりで覗き込んだ。皇帝の公務や皇太子の外遊といった真面目《まじめ》な記事の下に、少々砕けた雰囲気の記事が並んでいる。

「訪海中の各国の貴婦人たちを招き、帝妃主催の園遊会が開催される模様、未《いま》だ婚約者の決まらぬ第四皇子殿下の見合いを兼ねるか……だって」

記事に添えられた帝妃と第四皇子の風刺画を指さして、ポールは膝《ひざ》を打つ。

「渡り鳥殿下もついに年貢の納め時か」

風刺画には『帝室きっての色男もついに観念の時』なる文字とともに、華やかなドレス姿で剣を持つ帝妃の攻撃をのらりくらりと躱《かわ》しながら、崖っぷちに追い詰められている皇子の姿が描かれている。

第四皇子はその美しい顔貌《かおかたち》や優美な立ち振る舞いで、少年時代から色恋の噂の絶えない男として知られ、市民の間ではいつしか『渡り鳥殿下』と呼ばれるようになった。季節によって住まいを変える優美な鳥のように、美女の間を渡り歩いて季節ごとに違う場所で過ごすと言われる、帝都きっての色男なのである。

「いつまで経《た》ってもふらふらしている息子に、おっとり帝妃様もついに堪忍袋《かんにんぶくろ》の緒が切れたって事かねえ。市民も帝室も、そういうところは変わらないもんだなあ」

「そりゃ、目の前に次から次へと美女が現れたら、身を固めようなんて気になるわけないよな。前の恋人は帝国劇団の女優で、今の恋人は異国の未亡人だったか？　西海大公のお姫様が粉を掛けてるって噂もあるし。しかもみぃんな、絶世の美女らしいじゃねえか」

「詳しいねえ」

「リュミエル男で美女の話題に疎《うと》いのは、ジャン、お前くらいなもんだぜ」

第四皇子のお相手として話題の美女たちを指折り数えるポールに、ジャンが目を丸くする。それに呆《あき》れたように肩をすくめて、ポールはそううそぶいた。色恋に対して情熱的な人の多いこの国では、美男や美女はいつも話題の先端にあるのだ。

「美女から美女を渡り歩いて、次から次に浮き名を流して……さすがは渡り鳥。ああ、オレも一度でいいからそんなにモテてみたい――」

「よお、野郎どもおはよう！」

どん、と弾みのある音を立て、ふたりの前のテーブルが揺れる。ジャンとポールが紙面から顔を上げると、いつの間にやら隣の席に、彼らとよく似た装いをした髭の男が座っていた。

「おどろいたよ。おはよう、ジャック」

「おう、おはようジャン。どうしたポール、不細工なしかめっ面してよ、腹でも下してンのか？」

「腹はなんともねえよ。お前もここで朝メシか？」

ジャックと呼ばれた髭の男はハムの挟まったバゲットを掲げ、「おう、女房に追い出されてな！」と太い声で笑う。それからふたりに身を寄せると、テーブルに広げたしわになった新聞を、指先でつついてみせた。ジャンの読むそれと比べて遥《はる》かに薄いが、インクの匂《にお》いの強い、粗い紙である。

「もう聞いたか？　さっきそこで号外配ってたんだがよ、まーた、『出た』ってよ！」

「おお！　またか！」

「……出た？　何が？」

にわかに盛り上がるポールとジャックに、ジャンは首を傾《かし》げる。するとふたりは呆れ返って、非難めいた声を上げた。

「おいおいジャン、遅れてんなァ！」

「近頃『出た』っていったらよ、『怪盗ベル』の事に決まってンだろが！」

鼻息も荒く、ジャックが薄い紙――どうやらどこかの大衆紙の号外らしい――をかざしてみせる。

そこには最大級の文字サイズで『怪盗ベル、現る！』なる見出しと荒々しい挿絵、そしてセンセーショナルな文面が躍っていた。

「なあんだ、怪盗か。最近流行《はや》りなんて言うから、交霊会で幽霊でも出たのかと」

「おいやめろゾッとしねえ」

そういえば嫁さんから聞いた気もするなあと、呑気《のんき》に呟《つぶや》くジャンの横で、ポールはブルリと身を震わせる。ジャックは髭の陰で歯を剥《む》き出して笑った。

「そ、それより号外見せろ号外！」

「あっおいやめろ破けるだろ！」

いい歳《とし》をした男たちが少年のように、号外の紙面を奪い合う。その勢いに慌《あわ》てて、ポールの手元から紙を取り上げたジャックの指先に、ジャンがひょいと手を出して、風に煽られた号外を取り上げた。

ぽかんとするふたりを尻目《しりめ》に、しげしげと眺める。

「なになに……『ついに九件目の被害！　此度《このたび》の標的は成金男爵秘蔵の〝鳩《はと》の血玉〟の首飾り！　警察が詰めかけるも鮮やかに奪われる！』。ほうほう、こりゃあ、男爵だけじゃなくて警察の面目も丸潰れだなあ」

「さすがジャン……。この要領の良さには敵《かな》わねえ……」

「いつも気づくと一番うまいところを持ってっちまう……。嫁も一番別嬪《べっぴん》だしよ……」

号外を読み込む男の隣で、ふたりの男が黄昏《たそが》れる。そんな仕草にはお構いなしで、ジャンは号外をジャックに返すと、自分の持ち込んだ新聞も畳み、うなだれる男たちに向かって口を開いた。

「もう九件目だなんて知らなかったよ。初めて現れたのはいつなんだい？」

「あんなに話題だったのに知らないのかよ……」

「去年末にどこぞの男爵様の持ってたでっかい宝石のついた家宝のブローチが盗《と》られたのが最初さ！　警備もしっかりしたお屋敷だってのに、宝物庫から綺麗《きれい》さっぱり消えちまったって聞いたぜ」

うなだれていたジャックが顔を上げ、髭だらけの頬《ほお》を紅潮させる。その、まるで古代の英雄を語る少年のごとき表情に、ジャンは椅子の上でわずかに後ずさった。

「く、詳しいね。……でも、家宝を失《な》くしたなんて、貴族にとったらとんだ恥じゃないか。隠蔽《いんぺい》されそうなのにニュースになったのかい？」

「たしか、犯行声明文が新聞社に届いたんだよ。新聞社が大喜びで記事にしたもんだから、みんなの知る話になっちまったんだ。ほら、今回も号外に載ってるだろ」

ふたりのやりとりに苦笑していたポールが、号外の記事を指先でこづく。そこには何やら典雅な飾り罫《けい》と優美な活字で、怪盗とやらの「犯行声明文」の写しが載せられていた。

「おかしな話だなあ。こそこそやっていれば気づかれないだろうに、自分の犯罪をおおっぴらにするなんて、捕まえて下さいと言っているようなものじゃないか」

「よっぽど捕まらない自信があるんだろうさ！　実際、その後も次々に成功させてよ、金持ちが次から次に泡を噴いて爽快《そうかい》だってんで、今じゃあ時の人だ」

「警察の不様を見るのが楽しいんじゃねえかなあ」

瞳《ひとみ》を輝かせるジャックに、ポールはそんな事を呟いて、こづいていた声明文の朗読を始めた。興奮気味に語り合っていた残りふたりも、いつしか口を閉ざして耳を傾ける。

「なになに『……鳩の血玉は今、わたくしを艶《なま》めかしく彩っています。これは、わたくしを飾るためにこの世に生まれ出でたに違いありません。ではまたお会いいたしましょう、愛を込めて　ベル』」

「はあ……。美女が書いていそうな気配があるよな……」

「分かる。怪盗ベルはきっと、妖艶《ようえん》な美女だ。この声明文も素晴らしい香水の匂いがしたに違いない」

「ベルと名乗れるんだ、美女の自覚があるに違いないぞ」

「いやこれ、再犯予告じゃないか」

三者三様の感想をこぼし、男たちはそれぞれ息を吐く。

「こんな文章を書いているけど、毛むくじゃらの海賊親父が騙《かた》っている可能性もあるんじゃないか？　実際には、海の匂いが染みついた便箋《びんせん》だったかもしれないぞ」

「宝石を欲しがるのは美女と相場が決まってンだよ！」

「何代か前の皇帝陛下にも、無類の宝石好きがいたけど？」

「おいやめろ」

珈琲だと思って口にしたら泥水だった、そんな苦々しい表情で、ポールとジャックが顔をしかめる。

その時、どこからともなく、鐘楼の鳴らす澄んだ鐘の音が聞こえてきた。

ゆったりと流れる水のような柔らかい音、湧き出す清水のような高い音、砂浜に打ち寄せる紺色の波のような低い音。海を象徴する鐘の音が幾重にも響き合って重なり、まるで音楽のようだ。

それは帝都名物、帝都中の海神廟《びょう》が一斉に定刻を告げる鐘の音だった。まるで鐘の音で魔法に掛けられたかのように、男たちは仕事に向かう顔つきになり、新聞を丸めて立ち上がる。

「……やっべえ！」

「もうこんな時間か！　ゆっくりしすぎたね」

「まずい、上役が来る前に鍵《かぎ》を開けとかねえと！　すまん、先に行くぜ！　また明日な！」

チップとお代をテーブルに載せて、男たちは一斉に駆け出した。

少しばかり静かになったカフェの片隅で、小さな笑声が上がる。

「――ふふっ。殿方たちは、賑やかねえ」

まるで歌うように軽やかな声色でそう囁《ささや》いたのは、彼らから少し離れた席でのんびり新聞を眺めていた、白くて大きなつばの帽子を被った貴婦人だった。

もしもここにまだ男たちがいたならば、その貴婦人の姿にごくりと喉《のど》を鳴らしただろう。

何しろ彼女は、絶世のと口にしても過言ではない、彫刻めいた美女だったのだ。

夜空の頂点で白々と輝く月のような、きらめく白い髪と睫毛《まつげ》。東洋の陶器よりなおなめらかで白い、透けるような肌。ぽってりとした紅珊瑚《べにさんご》色の唇と、鳩の血に例えられる紅玉にも似た艶《つや》やかな紅い瞳。

それらが形作るのは、ひとつひとつが匠《たくみ》の手による宝飾品のように整った、古代の女神の彫刻にも似た艶麗《えんれい》な顔立ちだ。

一見清楚《せいそ》な白いドレスで古代の彫刻めいた妖艶な肢体を包み、目を細めて周囲を眺める様は艶麗で、歌劇の女優もクルチザンヌも敵わない、尋常ならざる色香を滴《したた》らせている。

「……ねえ、聞いていた？」

女は己の背後を振り返り、赤い唇を美しい角度で吊《つ》り上げる。

「聞いております」

端的で抑揚のない従僕の応《こた》えに、女はうふふと声を上げ、茶器にそっと口づける。

「素敵な噂話だったわねえ？」

「愚民にしては良い話題の選択だったと存じます」

「あんなに褒めて頂いて、あたくし、とーっても嬉《うれ》しくなってしまってよ」

「当然の賞賛かと」

抑揚のない声色で、しかし賞賛を紡《つむ》ぐ男の言葉に表情を変える事もなく、女は「そうよね」と囁くと、ゆっくりと足を組んだ。そして通りの向こう、大公園の緑の木々の合間に覗く、万国博覧会のパビリオンへと目を向ける。

「ねーえ」

「はい」

「――次は記念すべき十回目だもの。皆様のご期待に添うべきだと思わない？　たとえば、万博でとびきり注目されている展示品、とかね？」

「誠にその通りと存じます」

従僕の応えに紅《あか》い瞳を細め、一生深く口の端をもたげた女は、己の胸元をとん、と叩《たた》く。

「これも力に満ちていて、とっても良かったけれど……。やっぱりもっと、ドラマティックな由来のある、とびきりにきらめいているものがいいと思うの」

すんなりとのびた細い首筋、それを彩る白いレースの飾り襟と真珠のネックレスの裏で、鳩の血色に例えられる鮮やかな紅玉が、滴るように揺らめいた。

それを満足げに揺らした後、女は目を細めて己の手元――広げられた高級紙の紙面を見やる。

「たとえばこれとか……どうかしら」

そこに書かれていたのは、まさしく『万博で注目されている展示品』のひとつ。

日々、万博出品中の世界の名品を紹介するという記事に掲載された『皇妃の面紗《めんしゃ》』と銘打たれたそれは、とある帝国が国威を示すために出品した、国宝級の代物《しろもの》であった。

「きっと、とってもきらめいているわ……」

恍惚《こうこつ》の吐息を漏らし、女の指が紙面をなぞる。

「嗚呼《ああ》、欲しいわ。欲しい。手に入れなくっちゃ。……だって、この世のきらめいている美しい子たちはすべて、あたくしを飾るためにあるのだもの。それに、この国であの子たちはただの石扱いを受けているわ。あの子たちの正しい価値を知るあたくしを飾り立てるために使われるのは、あの子たちにとっても幸せな事のはずよ」

紙面からゆっくりと視線を上げ、紅い瞳をつうと細めて、女は笑う。

「ね、そうでしょう？」

†1　憧れと決意と

（いつ来ても、素晴らしいお庭……）

貴婦人の口元から、ほう、とため息がひとつ。

そのため息を乗せて、甘い花の香りを宿した柔らかい風が、優しく吹き抜けていく。

（こんなに良い匂いだと、どんな図案で刺しても何か物足りないと思ってしまうでしょうね。風とか、音とか、目に見えないものを図案にするのは楽しい試みだけれど、難しいわ……）

黄色いモッコウバラのような淡い髪色を揺らし、みずみずしい青葉のような瞳《ひとみ》を潤ませて、そっと抜けてゆく甘い風にもうひとつ、深いため息。

——花の美しさへのため息かと思いきや。刺繍《ししゅう》の図案化に思いを馳《は》せて吐息を漏らす、この少々残念な貴婦人はもちろん、刺繍をこよなく愛する次期侯爵夫人、アウローラ・エル・ラ＝クラヴィスである。

「——アウローラさん、どうなさったの？」

どこか物憂《ものう》げに庭を眺めるアウローラを、鈴を鳴らすように可憐《かれん》でありながら、どこか風格と余裕を感じさせる貴婦人の声が呼ぶ。振り返れば、そこには絶世の佳人の姿があった。

月の光と陽《ひ》の光を混ぜ合わせて紡《つむ》いだような淡い白金の豊かな髪に、濃い藍玉《らんぎょく》のような澄んできらめく瞳。すらりとした肢体に東風のガウンを羽織《はお》った、おとぎ話の妖精のように可憐な風貌《ふうぼう》の貴婦人はこの場の主《あるじ》、アウローラの義姉でもあるルナ・マーレ・エル・ラ＝ラエトゥス公爵夫人である。

（花のような美しさ、といえばこの方もそうよね……）

「アウローラさん？」

ほう、と三度のため息をこぼし、新しい思考の海に潜ってしまいそうになっていたアウローラは、再び掛けられた声にようやく我に返った。じっと見つめる複数の視線におののいて、ごくりと息を呑《の》む。

「……お花が美しいので、どうしたら糸と針でこの美しさを表現できるかと考えておりました」

「また刺繍の世界に耽《ふけ》っていたのね」

ルナ・マーレが呆《あき》れたように呟《つぶや》くのを聞いて気まずげに視線をそらしたアウローラに、周りから柔らかで軽やかな笑い声が上がった。

「本当に、刺繍がお好きでいらっしゃるのねえ」

「……はい」

アウローラが頬《ほお》を染めてうつむくと、星のまたたくような優しいさんざめきはひと回り大きくなった。

ふたりを囲んで微笑《ほほえ》みあうのは、ルナ・マーレに負けず劣らずの洒落《しゃれ》た装いに身を包んだ、彼女と同じぐらいの世代の貴婦人たちだ。

――ここは、ラエトゥス公爵家のタウンハウス。女主人たるルナ・マーレのサロンである。

公爵夫人のサロンともなれば、そこに出入りしているのは老若男女を問わず、己の修める分野において高い能力を持つ人々であるのが常だ。実際、日頃《ひごろ》は名のある芸術家や学者、文筆家に魔術師など、様々な方面に豊かな才能を発揮する人々が集《つど》い、公爵夫人の庇護《ひご》の下でその才を発揮している。

しかし今日のサロンは、ルナ・マーレが気心の知れた女性だけを集めた、ごくごく私的なものだった。要するに、参加者の身分が少しばかり高いだけで、その実態は友人たちとの気軽な茶会である。

「今日のご衣装の刺繍も、アウローラさんが関わっておいでかしら？　珍しい模様ですこと」

「これ、東洋のモチーフの新大海風よね？」

目を細めたルナ・マーレは、おもむろに繊手《せんしゅ》を伸ばし、アウローラのドレスの裾《すそ》をつまみあげる。

「さすがお義姉《ねえ》様。ご存じでしたか」

アウローラは感嘆し、目をまたたかせる。ルナ・マーレの指摘は、まさにその通りだったのだ。

今日のアウローラの装いは、公爵家に出入りするに相応《ふさわ》しい格式の訪問着である。たっぷりとした生地を腰の後ろに集めたバッスルスタイルは未《いま》だ流行中で、今日のドレスもそのシルエットだ。

そして、その装いの特筆すべきところは刺繍だった。

このドレスは裾にぐるりと、東洋では『花の王』と呼ばれる大輪の花のモチーフをアレンジした図案が、淡く美しい色の絹糸で緻密に刺されているのである。しかもそのアレンジは、見知ったウェルバム風や今までの大海国《グラン・マーレ》風のデザインともどこか違う、大変に目を引くものだった。繰り返される有機的な曲線が伸びやかで美しい、豊かなデザインなのだ。

「これは、東の方のお国でおめでたいとされる花のモチーフを、昨今大海国で流行している雰囲気にアレンジしたものです。バラデュールの工房が取り入れてくれましたの」

「大海国では今、生き物や植物をモチーフにした東洋模様の新しいアレンジが流行し始めているらしいわね。腕利きも駆け出しも、こぞって異国の図案のアレンジに挑戦しているのだとか」

アウローラの言葉に頷《うなず》いたルナ・マーレが続けて、「ほら、実はこれもそうなのよ」と己のガウンの袖《そで》をつまんでみせる。場の婦人たちから感嘆の吐息が漏れた。

ルナ・マーレがまとうのは、ほっそりとした肢体を見せつける柔らかい生地のドレスだ。その上に、袖の大きいエキゾチックなガウン――いわゆる「着物風」と呼ばれる形のものを羽織っている。ひらりと広げられた、なめらかなシルクで織られたガウンの袖を、アウローラはうっとりと見つめた。

ルナ・マーレは小さく笑い、たっぷりとした袖を優雅にひらひらと揺らした。

「これはね、このガウンの元になった衣装の図案を、大海国のメゾンのデザイナーに描かせたものなのよ。なんでも東の技法を真似《まね》て一枚ずつ手で染めているのですって」

「ひとつずつ、手で……。どれほど時間のかかる事でしょうか」

アウローラは頬に手を当て、うっとりとした息をこぼした。それを微笑んで見ていた婦人のひとりが、ふと思い出したように口を開く。

「そういえば、東には、絵画のように筆でひとつずつ模様を染め抜く技法があるとか」

「あら、詳しいわね」

ルナ・マーレが振り返り、アウローラも顔を上げる。

一瞬で貴婦人たちの視線を集めた婦人はひと時目を丸くして、それからゆるりと口角をもたげた。

「実は来月、万国博覧会に出かける事になりまして。そのカタログに記載がありましたの」

「まあ！　いいわねえ」

貴婦人――ルナ・マーレの友人である、シャーロン伯爵夫人ベネディクタがそう続けたものだから、ぱっと場が沸き立つ。アウローラも瞳を輝かせて、彼女の言葉の続きを待った。

「それで、展示品カタログを取り寄せて、展示品の目録を日々眺めておりましたら、東方のお国の、衣装のところにあちらの染め物が掲載されておりまして。数年前に大海国の伯母が、そのような染め方をする絹の衣装を手に入れたという話を、ふと思い出したのです」

「そういえば、貴女《あなた》のお母様のご実家は、大海国の伯爵家でいらしたわね」

ルナ・マーレの問いに、ベネディクタは頷く。

「さようでございます。それもあって、夫を頷かせる事に成功したのですわ。……母の元には伯母から時々便りが届きますけれども、今年の茶会での話題は、下世話な話を除けばほとんどが万国博覧会で見られる品々の話ばかりだと申します。今回はシャルル七世陛下の治世二十周年を記念されておられますから、やはり力の入れようが違うそうです」

「あら、下世話な話というのも気になるけれど？」

身を乗り出すルナ・マーレと、一斉に聞き耳を立てた貴婦人たちに、ベネディクタは苦笑する。

「あちらは愛のお国でございますから、市井《しせい》から帝室まで、様々なゴシップが語られているそうです。皇子殿下の恋のお噂《うわさ》や市井を騒がせる怪盗まで、驚くほど多彩な話題があるそうですわ。けれども最後にはやっぱり、万博の話に戻ってしまうのだとか」

「皇子の恋物語はさておき、怪盗とやらは不穏な響きねえ。普通の泥棒とは違うのかしら」

「なんでも、貴族や富豪の家に忍び込んで家宝を持ち去るそうで。市井で人気なのだとか」

「あら、面白《おもしろ》そうな話じゃないの」

ルナ・マーレは一層身を乗り出すが、ベネディクタもそれ以上に詳しくは知らないらしい。それ以上の情報が引き出せないと分かると、ルナ・マーレは唇を尖《とが》らせつつ、話を元に戻した。

「そういえば、カタログでは今回は過去最高の出展国数だと謳《うた》っていたけど、実際どうなのかしら」

「伯母は『陛下が威信を賭《か》けて集めてこられた』と書いておりました。実際、これほど遠方のお国とも交易があるのかと、カタログを眺めるだけでも驚く事ばかりでしたわ」

「やっぱり海軍、海運のお国よねえ」

大海国と言えば、別名を海の覇者ともいう大国である。その国土は蒼海《そうかい》と呼ばれる美しい内海の沿岸の多くを占め、海運や海戦では並ぶもののないと言われる強国なのだ。世界の航路を熟知した彼らはあらゆる国々と交易があり、その都は万国博覧会が開催されていない時であっても、「まるで世界を凝縮したかのよう」と言われる賑《にぎ》わいなのである。

常時でさえそうなのだ。それが、この力の入れようであれば、いかほどか。

ああ、とルナ・マーレは悲鳴にも似た声を上げ、役者のように大仰《おおぎょう》に腕を振りながら嘆いてみせた。

「本当に羨《うらや》ましいこと！　わたくしも早く行きたいわ！」

「ルナ・マーレ様もご訪問のご予定がございますの？」

「我が家の小公子様のご機嫌次第にはなるけれど、旦那《だんな》様におねだりしているところよ」

「まあ、でしたらもう、お決まりのようなものですね」

ベネディクタが微笑み、周囲もさざめく。

ラエトゥス公爵・ヴィンセンツィウスがその麗しの妻を溺愛《できあい》し、彼女のためならばいつでも膝《ひざ》を折って額《ぬか》ずくほどの入れ込みようである事は、ウェルバムの社交界では周知の事である。彼女が夫に願ったのならば、それはイコール近々叶《かな》うという意味であるというのが、暗黙の了解なのだった。

（……お義姉様も、大海国にお出かけになるのね）

アウローラはさんざめく貴婦人たちの中央近くにあって、思わず嘆息してしまう。それがあまりに切なげだったので、彼女を取り巻く婦人たちはそっと言葉を切った。

「アウローラさん？」

場の空気がひと時静寂に染まったので、場の主たるルナ・マーレが声を掛ける。アウローラははっと我に返り、こほんとひとつ喉《のど》を鳴らした。

「……申し訳ございません。あまりにも羨ましくて、ついため息がこぼれてしまったのです」

そう言い訳をして唇に笑みを乗せてみるものの、その表情はいまひとつ冴《さ》えない。

ルナ・マーレはぱちりとひとつ大きく目をまたたかせると、「ああ」と呟いて手を叩《たた》いた。

「貴女、カタログを取り寄せてからずっと、挿絵を見てはうっとりしていたものね。……それなのに、旦那《愚弟》サマだけ行ける事になって、羨ましいやら寂しいやら、って感じかしら？」

「さすがはお義姉様、お見通しですのね」

なるほど、と場の婦人たちも口元をほころばせる。

あっさりと看破されてしまったアウローラは、悩ましい息を再びこぼして眉《まゆ》を垂れた。

――王太子夫妻の大海国への外遊が決まったのは、つい先日の事。

アウローラの夫・フェリクスは、王太子直属の部隊を率いる近衛《このえ》騎士である。彼がその外遊に帯同しないわけがないのだった。

※

ルナ・マーレの茶会から帰ったその夜。

侍女も下がった真夜中に、アウローラは夫婦の居間に置かれた長椅子《ながいす》にひとり腰掛け、ぼんやりと窓の向こうを眺めていた。その膝の上には、上流層向けに作られた、華麗な装丁の施された分厚い書物が広げられている。その表紙に躍るのは、年次と巻次、そして『大海帝国　皇帝シャルル七世　治世二十周年記念　万国博覧会目録』という金色の文字だ。

開かれているのは、異国の刺繍作品についてのページである。それも、とびきりの逸品であるとの触れ込みの、異国の花嫁衣装の刺繍について詳しく解説されている部分だ。

（月砂帝国《サハラ・アルカマリ》の初代皇妃の被衣。――気候の厳しい砂漠の国では富の象徴であり、生命の象徴でもある水の文様が、当時の最高品質である絹糸と水晶、そして当時最高の技術でカットされた無数の魔石で彩られている。最も有名なのは額の位置に縫い止められた、『月砂の七つ星』なる銘を持つ七つの魔石で――だめだわ、なんだか集中できない）

すり切れるかと思うほどに何度も読んだページであり、それでもいつもの彼女であれば、その記述を暗記しようとするかのように読み耽っているはずなのだが、今日のアウローラはぼんやりと紙面を眺めるばかり。挿絵と窓の外を交互に眺めては、小さなため息をこぼしている。

窓の向こうの細い月を見て、アウローラが思いを馳せているのは自分の夫。結婚からようやく一年が過ぎた、愛《いと》しの旦那様だ。

（大海国に行けるの、羨ましいなあ。……でも、また出張なのね。それはちょっぴり寂しいな）

王太子の、万国博覧会の視察を兼ねた大海国への外遊が決まったのは、二週間ほど前の事だ。

近衛騎士として順調にキャリアを重ねているフェリクスは、ここ最近の王太子の視察や巡幸に、ほぼ必ず付き従っている。昨年末の事件で怪我《けが》を負ったが故に、冬の間は王都から離れなかったが、春先からは王太子の移動に合わせて、度々家を空けていた。

（遠くに行かれると、通信鏡でもお話しできなくなって……。でも、フェル様がお土産《みやげ》をくださったのは、嬉《うれ》しかったな）

アウローラは己の羽織るショールをそっと撫《な》でる。

これはフェリクスが最初の出張の土産として、王太子の訪問先の村で手に入れてきた伝統刺繍のショールである。なんでも村では名人と名高い老婆の作であるらしく、白い布に村の名産である香草の花を図案化した模様が咲き誇っている、素朴で愛らしい逸品だ。

（今回の出張は、長いんだろうなあ。……フェル様に出会ってからよりも、出会う前の方がずっと時間は長かったはずなのに、あの頃、いつもひとりでどうしていたかしら）

アウローラは無為にページをめくりながら、ひと月近くは続くだろう静かな夜を想像してみる。優しい熱どころか、柔らかな声も、ささやかな心の交流もお預けな、静かで長い夜を――

アウローラの思考が深い沼に沈んでいこうとしたその時、ごく控えめに扉が鳴った。

「はーい？」

侍女のいない真夜中、アウローラ自身がそう答えれば、夫婦の居間と廊下を繋《つな》ぐ取り次ぎの間から、驚きの色を含んだ声が聞こえてきた。

「……まだ眠っていなかったか」

その声に、アウローラはさっと立ち上がる。それとほぼ時を同じくして静かに扉が開き、その陰からシャツ姿の男が姿を現した。

瑠璃《るり》の輝きから生まれたような青玉の瞳がこちらを窺《うかが》う。

わずかに水気を残して首に張り付く月光のごとき銀の髪と、しっとりとしてほんのりと血色を通わせた陶器のごとき白い肌。名匠の彫刻が動いているのだと言われたら信じてしまいそうな、神代の英雄にも似た美貌と、バランスの取れた見事な体躯《たいく》。

（相変わらず、まぶしい……）

現れた人物の姿にアウローラは目眩《めまい》を覚え、一瞬くらりと立ちくらんだ。

この麗しの御仁こそ、アウローラが待ち焦がれていた彼女の夫、フェリクスその人である。その出で立ちを見るに、彼は湯を使ってから時間を空けず、夫婦の部屋に戻ってきたらしい。

乾ききらない肌に無造作に羽織られたシャツは、彼の身分としては不調法であるというのに、それがかえって色気を滴《したた》らせるのだからたまらない。

「お帰りなさいませ」

「ただいま。まだ起きていたのか。寝ているように言ったはずだが」

非難するような言葉ながら、その声色は滴るように甘い。両腕を広げて出迎えた妻に素早く歩み寄ると己の胸に抱き留めて、フェリクスは柔らかな頬に頬をすり寄せ、唇に己のそれを触れさせた。

「刺繍をしていたらこのぐらいの時間、あっという間ですもの。それに、今朝もお会いできませんでしたから、寝る前にはお声を聞きたくて」

「……そうか。私も、ローラの声が聞けて嬉しい」

アウローラの言葉に、フェリクスはゆるりと頬を緩ませた。アウローラもフェリクスの背に手を回し、その体温に安堵《あんど》の息を吐く。

「また遅くなってしまった」

「最近、お忙しいですものね」

「寂しい思いをさせてすまない」

王太子の外遊が決まってから、フェリクスは非常に忙しくなった。通常の任務に加え、折衝や訓練の量が大幅に増えたらしく、早朝から深夜まで分刻みで駆けずり回っているらしい。

お陰でアウローラとフェリクスはここ数日、すれ違う日々を過ごしている。

（こうしていると、ほっとする。朝起きて、隣が冷えているとがっかりするし、夜にひとりで眠っていると、妙に寒い気がしてしまうのよね。……だから、必要以上に寂しく感じているのかも）

フェリクスの肩に頬を寄せながら、アウローラは目を細める。猫のようにすり寄るアウローラの解かれた長い髪を撫で、フェリクスは腕に力を込めた。

「しばらくはこうした勤務時間が続くだろう。我々にはまだ、殿下の外遊に随行した経験がある者が少ない。事前準備をいくらしても、したりないのだ」

「フェル様が誇りを持ってお仕事に取り組まれている事、存じ上げておりますわ。微力ながら、わたくしもお支えしたく思っております。……お帰りが遅いのは寂しいですけれども」

「ありがとう」

呟くようにそう応《こた》えると、フェリクスはアウローラを抱えたまま、ひと時前までアウローラが座っていた長椅子に、崩れ落ちるように座り込んだ。それから深く大きな息を吐き、腕の中のぬくもりをひときわ深く抱き寄せる。

その、どこか縋《すが》るような仕草に、アウローラは腕を伸ばすとゆるりと夫の髪を撫でた。

「だいぶ、お疲れですね」

「……ああ」

（お湯を使った後なのに、顔色があまり良くないわ……）

応える声色も、どこか精彩を欠いている。フェリクスはそのまましばらく黙り込んでいたが、アウローラがじっと見つめれば、ぼそりと言葉を吐き出した。

「私は折衝が不得手《ふえて》だというのもあるが、平時と違う訓練も心理的負担になっているようだ。……慣れぬ武器というのは気を遣う」

フェリクスにしては珍しい、どこか愚痴めいた言葉に、アウローラはぱちりとまたたいた。

「……そういえば異国では、銃という武器をよく使うのですよね。魔術が不得手な騎士の装備として、ポルタで見た事があります」

幼少期から母親や従兄《いとこ》に連れられ、幾度となく出入りした騎士団の訓練施設を思い出しながらアウローラが口にすれば、フェリクスは大きく頷いた。

「大海国ではそれが一般的な武器だそうだ。大海国では魔術の発動が難しい事があるらしく、そうした状況下で武器が剣だと、不利だろう？　それで、短銃が支給された」

しかしこれが難しい、とフェリクスは顔をしかめた。

「学生時代から時折、他国の武器の訓練の時間はあったのだが、私はあまりこれが得手でないのだ。撃つ際にどうしても魔力を乗せてしまい、銃身を壊したり、鉛玉が意図せぬ魔術を放ったりする。春から訓練の時間が増えたが、なかなか己を許せる練度に達しない」

どこか苛立《いらだ》たしげに、フェリクスは己の髪をかき回し、また息を吐く。

日頃、感情表現の薄い（もちろん、アウローラの前では別であるが）フェリクスの、こうした姿は珍しい。アウローラは首を傾げて、宥《なだ》めるように肩にもたれた。

「フェル様にも、そうした苦手があったのですね」

「苦手な事ばかりだ。誰よりも得意でなければなどとは思わないが……せめて奴《やつ》よりは」

（奴？）

最後に付け足された言葉は大変に小さな、本人も思わず漏れたであろうかすかな音量だったが、口元のすぐ側《そば》に耳のあったアウローラにはしっかりと聞こえていた。

「……もしかして、銃の取り扱いは、ルーミス様がお得意だったりなさいます？」

耳元に向かって囁《ささや》くように問いかければ、フェリクスは沈黙した後に咳払《せきばら》いをして、ぼそりと呟く。

「近衛で最も銃が得手なのは奴だろうな」

そう絞り出された声色は、ふてくされた子どものような、なかなかに苦々しい色だった。アウローラは苦笑して、どことなく落ち込んでいる夫の頭を、子どもにするように撫でてやる。

（フェル様も意外と、ルーミス様を意識してるのよね）

思わず小さく笑声がこぼれれば、フェリクスは恨めしげな目をして、アウローラを見やった。

「笑ってごめんなさい。色々ありましたけれど、あの方は優秀でいらっしゃいますものね」

「まあ……面倒な性格だが、騎士としては優秀だ。——奴は適性が周知されるに従って、魔術が使いづらい場面に派遣される事が増えたので、神殿島の事件の後から常に装備するようになった。先日の訓練で練度を確認したが、学生時代とは比べものにならぬほど精度が増している」

隊長として、隊員の技能は公平に見極めなければならない。飛び抜けて優秀な隊員がいる事は喜ばしい事であるとも思う。しかし悔しく思う気持ちもあるのだとフェリクスはぼやき、大きく息を吐くとだらりと身体の力を抜いて、妻に身を寄せた。腰にするりと手を伸ばし、腕の中に抱き寄せる。

「……ああ、情けないところを見せてしまったな。幻滅されないと良いのだが。だが、ローラと話をしていると、ずいぶんと気が楽になる」

「まさか、幻滅だなんて。それにわたくしも、フェル様とお話しすると、気持ちが明るくなります」

「そう言ってもらえるのは嬉しいが。情けないところはあまり見せたくないんだがな」

「あら。気を許して頂けているのだなと思えて、嬉しく思いますよ？　それに、家の中でまでずっと気を張っていなければならないなんて、わたくしだったら嫌です。フェル様は、わたくしが部屋で気を抜いていたら、幻滅なさいます？」

「……しないな。くつろぐ猫のようだと愛らしくは思うだろうが」

　ずっしりとした重みを感じながら、アウローラはじんわりと胸を温める。

　家族になって、一年と少し。

　フェリクスは家に慣れた猫のように、アウローラの前では気を抜いた姿を見せるようになった。ここは心の重石《おもし》や弱音を吐き出しても大丈夫な場所なのだと、無意識のうちに感じ取っているのだろう。そしてアウローラもまた、同じような事を感じるようになっている。

（お互いを癒《い》やし合えている、のかな。こういうの、家族という感じがして嬉しいな）

　己を抱き寄せる大きな手を指でたどり、心音に耳を傾けながら、アウローラはそう独《ひと》りごちる。

（それにしても、フェル様がこれだけ頑張ってお仕事に向き合っているんだもの。離れるのが寂しいなんて言っていられないわ。わたしも、頑張らなきゃ）

精彩を欠いているフェリクスを元気づけようと思っていたはずが、なんだかこちらが励まされてしまった。アウローラはフェリクスの膝の上から起きあがると、両の拳《こぶし》を握ってみせた。

「ローラ？」

「フェル様が、お仕事を頑張っていらっしゃるのを聞いていたら、わたくしも頑張らなくちゃという気持ちになってきまして……」

頬を上気させ、より一層拳に力を入れてみせるアウローラに、フェリクスは驚いた猫のように目を丸くした後、ふっと口元を緩め、表情を和《なご》ませた。

「ローラはいつも頑張っていると思うが」

「最近はお家の事も色々任せて頂くようになってきましたけれど、やっぱりお義母《かあ》様たちに甘えてしまっているところがありますもの。お話を聞いていて、もう少し、わたくし自身で頑張らなくちゃと気持ちを新たにしました。……フェル様のお留守が寂しいとばかり思っていましたけれど、その間にぐぐぐっと大神殿の大樹のように成長して、帰ってきたフェル様をあっと言わせてみせますわ」

拳だけではなく、瞳にも力を込めて見上げてみせれば、フェリクスはかすかに眉間《みけん》を寄せてアウローラの頬に手を伸ばし、そのまろい頬をするりと撫でる。

剣を握るが故に固くなっている指先の、優しさばかりが込められた動きのこそばゆさにアウローラが目を細めれば、彼もまた流し目をひとつくれて、そっと口づけた。

「ローラは頑張りすぎるきらいがある。無理はしないでくれ」

「ご心配なさらずとも、このくらいは皆様、どなたもしておられる事ですわ。それに、わたくしには親切な先達や頼れるお義母様、お義姉様がいらっしゃるから、皆様よりも楽をさせて頂いているくら

いです。……あら、やっぱりこれって、甘えている事になりますわね」

「ローラは少し甘えるくらいでちょうど良いと思う」

口づけに頬を一層赤らめながら、それでも気合い十分のアウローラに、フェリクスは苦笑する。それから大きく息を吐き出すと、一度伸びをして長椅子の上で足を組み替え、眉を垂れた。

「しかし、ローラも元気が出てくれたようで良かった。……私がひとりであちらに行く事を、恨まれているかと思ったが。貴女に恨まれたら私は生きていけない」

「ひどいですわ、わたくしがフェル様を恨むような人間だと思って？」

おどけたようにそう言われ、アウローラは反射的に声を上げる。しかし、次の瞬間には口を閉ざし、しばらく口ごもった後におずおずと続けた。

「……でも、その、一瞬たりとも羨ましいと思わなかったと言えば、嘘《うそ》になりますけれども」

「正直だな」

虚空に目を泳がせるアウローラに、フェリクスはくつくつと笑い、再び口づける。それから彼女を膝に乗せ、腕で囲い直すと囁いた。

「だが、その正直さが好ましい。土産に何か、欲しいものはあるか？」

「ご無事でお帰り頂くのが一番のお土産ですよ。……もちろん、刺繍に関するお土産は、いつだって大歓迎ですけれどね？」

腕の中で夫を見上げ、アウローラはそう返す。

慣れぬ国、慣れぬ武器。それで怪我なく病気もなく帰ってきてくれたなら、それ以上の土産はない。

「そう言うと思った。何か刺繍の美しいものがないか、探してみる事にしよう」

彼にしては大変珍しい事に、吹き出すように笑い声を上げ、そのまま楽しげに笑い続けるフェリクスに、アウローラは唇を尖らせた。

「そんな事を言って、わたくしよりもフェル様のお気に召すものがあるかもしれませんよ」

「……実は、ローラが見ていたカタログを少しだけ覗かせてもらった。月砂帝国の呪術と我が国の占術の類似点などが気になっている。土産はないだろうが、解説は是非聞きたい」

「あら」

「月砂帝国以外にも、占術に類する術が残る国はあるようだ。そうした展示が見られるかもしれない」

白い頬を薄く染め、饒舌《じょうぜつ》に語りながら瞳を輝かせたフェリクスに、アウローラも微笑む。

「ご無事のお帰りと、楽しいお土産話を、お待ちしていますからね」

「ありがとう。ローラは、頑張りすぎないように」

「はーい」

ゆるりと解《ほぐ》れてくつろいだ雰囲気に、夫婦は額を合わせて笑い合い、頬をすり寄せ口づけ合う。

それはフェリクスがアウローラを抱き上げて寝室に消えるまで続けられ、穏やかながらも熱い夫婦の夜は更《ふ》けていった——のであるが。

※

その、たった三日後。

「……えっ？」

そんな、貴婦人にあるまじき声が漏れ、アウローラは慌てて己の口元を押さえた。

けれど、駆け抜けた驚きはどう頑張っても隠せない。聞き間違いか、空耳か。アウローラはごくりと喉を鳴らし、右手の扇をぎゅっと握りしめてゆっくりと口を開いた。

「……申し訳ございません。も、もう一度仰《おっしゃ》って頂いてもよろしいでしょうか？」

「もちろん」

そう快諾するのは、アウローラの真向かいに腰を下ろした女性である。

柔らかく波打つ真珠色の髪に知性溢《あふ》れる銀色の瞳、そこに細い縁の眼鏡《めがね》を掛けた、どこか悪戯《いたずら》な少年めいた顔立ちと表情が魅力的な彼女は、ウェルバム王国王太子妃、リブライエル。

その肩書きが示す通り、ウェルバム王国の女性たちの中で屈指の地位をもつ貴婦人である。

上品と上質の極みを体現する、けれどもどこかゆったりとした作りのドレスを身にまとった彼女は、驚きに身を震わせるアウローラににっこりと微笑んで、こう宣《のたま》った。

「わたしの名代のひとりとして、大海国使節団に加わってもらいたいんだ」

†2　異国に降り立てば

がたんごとんと揺れる車内で、アウローラは窓に張り付いて、流れゆく車窓を見つめていた。汽車が吹き出す蒸気とそこに混じる石炭の煤《すす》で窓のガラスは汚れていたが、何しろこの汽車なるもの、アウローラの乗り慣れた馬車や河船とは桁《けた》違いの速度でどんどんと走ってゆくのだ。

（騎馬の襲歩《ギャロップ》はとっても速いけれど、こんなにずっとは続かない。ゆっくりと外を眺めたい人には不評かもしれないけれど、こんな速さで移動できるって、とんでもないわね）

遠くの山や、崖の上の街はくっきりと見えるけれど、近くの景色は線のよう。美しい麦畑や森、時折見える湖や川があっという間に過ぎ去っていく。

「もうすぐ到着だそうです。そろそろ降車のご準備をなさって下さいとの伝言を頂きました」

車窓に夢中になっていると、コンパートメントの戸が叩《たた》かれた。入ってきたのは、アウローラ付きの侍女のクレアである。

「そろそろ、都が見えてくるそうですよ」

「ついに来たわねえ」

アウローラの向かいで、星のきらめきのような軽やかな声が躍る。

窓に張り付くアウローラに囁《ささや》くのは、侍女に化粧と衣装を直させながら車窓を楽しんでいるルナ・マーレである。アウローラはこの道中、ルナ・マーレの話し相手として、同じコンパートメントの一室で過ごしているのだった。

しかし、窓の外の眺めが気になってそわそわとしてしまうアウローラとは対照的に、ルナ・マーレは揺れるコンパートメントがまるでサロンの一室だとでも言うかのようにくつろいでいる。そのあまりに堂々とした優美な姿に、アウローラは少しばかり苦笑して、なんとか頷《うなず》いた。

「はい、どきどきしてきました。お義姉《ねえ》様は緊張なさいませんか？」

「わたくしは初めての場所でもあまり緊張しないのよね。愚弟《ぐてい》によく恨まれたわ。貴女《あなた》も愚弟と同じで、社交は苦手な質《たち》だものね。でもまあ、ドラゴンの背に乗った気持ちでいなさいな。何かあればわたくしと、わたくしの優秀な仲間たちが貴女をサポートしますからね」

ルナ・マーレが華奢《きゃしゃ》な拳で己の胸をどんと叩く。彼女の身なりを整えている侍女たちも、アウローラに微笑《ほほえ》んで一様に頷いた。

「それでも緊張するなら、今は一旦お役目の事は忘れましょ。ご覧なさいよ、こうして話しているうちに、いつのまにか大海国《グラン・マーレ》らしい眺めに変わってきたわ」

言われるがままに、アウローラは再び、窓の外を向いた。

ふたりの眺める車窓では、都が近づくにつれ建物が増え、屋根や壁の色も統一されていく。

黄色の石に青い屋根がどこまでも連なる美しい都会の眺めは、『陸の上の海』と呼ばれる、大海国の特徴として名高い光景だ。

（……そう、ついに来てしまった）

見るもの全《すべ》てが初めての景色への高揚と、見知らぬ異国への恐れに高鳴る胸元を押さえ、アウローラはぎゅっと口を引き結ぶ。

（まさか、わたしが大海国に来る事になるなんて……）

落ち着こうと息を吸うものの、跳ねる心臓は落ち着いてはくれない。

それどころか一層に緊張が深まって、ついにはくらりとした目眩《めまい》を覚え、思わず目を閉じる。しかし、伏せた眼裏《まなうら》に浮かぶのは残念ながら、アウローラに癒《い》やしを与える愛する人の姿ではなく、この使命を言い渡した貴人の微笑みだった。

アウローラは青い息を吐きながら、薬指に輝く婚姻の指輪をそっとさする。

（わたし、お役目をちゃんと、果たせるかしら……）

※

「わたしの名代のひとりとして、大海国使節団に加わってもらいたいんだ」

王太子妃リブライエルに、そんな依頼を受けたのは、今からちょうどひと月前。春の柔らかにきらめく日差しの差し込む、王太子妃の私的な応接室での事だった。

王太子妃の婚礼の際に、王宮で臨時の侍女職を務めた縁で、こうした私的な茶会に招かれる事は珍しくないのだが、まさかそんな私的な場でこんな重要な事を言い渡されるとは、である。

「し、使節団に……？」

「うん、王太子殿下の万博視察に同行するやつだよ。クラヴィス卿に聞いてないかい？」

「来月赴かれる事は存じております……が」

アウローラはごくりと喉《のど》を鳴らした。

（万国博覧会に行けるって事!?　って一瞬喜んでしまったけれど、これは易々《やすやす》と受けてはいけないご要望だわ。うっかり承諾してしまうところだった！）

外遊に帯同する使節団の主な任務は万国博覧会の視察と、大海国に集《つど》っている他国の人々との外交をこなす事である。万国博覧会に行ける事は確かだが、好きなものを好きなだけ眺めて楽しむような物見遊山《ものみゆさん》の旅ではない。きっちりとしたお役目と責任のある、重大任務である。

「名代という事は、妃殿下は大海国にお出でにならないのでしょうか？」

「――それについては俺《おれ》から説明しよう」

会話に割り込んできた聞き覚えのある声に、アウローラは慌てて立ち上がり膝《ひざ》を折った。

リブライエルが片眉《かたまゆ》をもたげれば、癖のある黒い髪を丁寧《ていねい》に撫《な》でつけ、公務の衣装を身にまとったウェルバム王国王太子テクスタスが、片手を上げながら応接室に入ってきたところだった。

「やあ、お疲れ様」

「本当に疲れたよ！」

まあふたりとも楽にしてくれ、王太子はそう言いながら整えられた髪をぐしゃりとかき回し、リブライエルの腰掛ける長椅子《ながいす》の隣に腰を下ろした。それからおもむろに、両の手の平を打ち鳴らす。

アウローラはしゃんと背を伸ばし傾聴の姿勢に入った。彼がこの仕草をするのは、防諜《ぼうちょう》の魔術――主に、音声を外部に漏らさないようにする結界を展開する時なのである。

「――実はね、めでたい事に、我が妃《きさき》が懐妊した事が分かったんだ」

「まあ……！　おめでとうございます！」

思わず小さく歓声を上げて、アウローラは慌てて口を押さえた。それでも表情の変化は止められず、ゆるゆると緩む両頬《ほお》に手を当てる。

「ありがとう」

夫妻の婚姻から、次の夏至で二年が経《た》つ。

子は授かりものであり、おしどり夫婦であっても授からない事もある。しかし、継ぐ立場のある人々の後継について周囲がとやかく言うのもまた、常の事だった。日頃《ひごろ》ひょうひょうとして、そうした周囲の圧力を感じさせないふたりではあるが、やはり重圧はあったのだろう。

（本当に良かった……。ああそうか、それでこのドレスなのね……！）

表情を輝かせ、アウローラはリブライエルの姿に見入った。

いつもよりゆったりとしたシルエットのドレスは、よく見れば腹部を柔らかく包み込む、締め付けの弱い形をしている。生地も細くて柔らかい糸で織られているようで、風で揺れるドレープを見るに、軽くて肌当たりも優しそうだ。

うっとりと王太子妃――のドレスに魅《み》入《い》るアウローラに、リブライエルは屈託のない笑みを浮かべて、まだ膨らみの薄い腹部をそっと撫でさすった。

「……あの、公になりましたら、お祝いに刺繍《ししゅう》を贈らせて頂いても？」

「それは嬉《うれ》しいな！」

表情を輝かせるリブライエルに、「よかったな」と呟《つぶや》いて、王太子が寄り添う。その姿に自分までも幸福な気持ちになって、アウローラは瞳《ひとみ》を輝かせた。

「……それでね。今回の外遊でリブラは、あちらの国で我が国の文化を紹介する役割を担う予定だった。でも、今の日数の妊婦を長旅に出すなど言語道断だと侍医に言われてね。来月の大海国の使節団の構成人員を急遽《きゅうきょ》変更する事になったんだ。それで、リブラの名代をラエトゥス公夫人にお願いしたんだよ。そこで、彼女の補佐を君に頼みたいというわけだ」

喜びが一段落したところで、王太子がそう言葉を続ける。

「確かにお義姉様、ラエトゥス公夫人は適任だと思いますけれども……王家の方ではなく？」

アウローラは首を傾《かし》げた。

王太子妃の代役である。普通であれば身分が同等な人物、つまり王族の女性と交代するのが妥当な選択のはずだ。しかし、問われた王太子夫妻は口ごもる。それから顔を見合わせ、小さく息を吐いた。

「姉上は長期間の旅に出られるにはお身体《からだ》に不安があるし、第一王妃殿下がいないと父の仕事が危うい。かといって第二王妃たる我が母は……外交には向かない性分でねえ。母上を出すくらいならば、社交界を先導する貴婦人の方がまだ適任であろうという、外務と議会の判断なんだよ。母上はどうにも芸術家気質で、没頭してしまうと必要な事を色々忘れてしまうんだよね」

王太子は苦笑を浮かべてそう言った。

しかし、己の好きな事に没頭するという性質は、アウローラにとっては身近なものである。

なにしろアウローラとて、嫁入り前は刺繍に没頭するあまり、睡眠や美容、社交といった、貴族の娘にとっては必須の諸事をおろそかにしてきた過去がある。嫁いだ今であっても、その性質が完全になりを潜めたという事はない。

「……お言葉ですが、わたくしもどちらかというと、第二王妃殿下のご性質に近い質ではないかと」

思わずそう言葉を返せば、王太子夫妻は揃《そろ》って首を横に振った。

「クラヴィス夫人は刺繍という特技を生かして人との縁を繋《つな》いでいるし、流行の一端を担ってもいるじゃないか」

「それに、アウローラさんの参加はラエトゥス公夫人の希望でもある。他の貴婦人たちや侍女、女官たちももちろん連れて行くけれど、やっぱり立場が違うからね。肩を並べて采配するのは難しいでしょ」

「それにくらべて実家に嫁いだ仲の良い義妹なんていうのは、かなり己に近い立場だ。何かあった時に自分の名代にできるし、是非連れて行きたいと言っていたよ」

「もちろん、参加するのはアウローラさんだけじゃない。女性だけでもそこそこの人数になる予定だよ。それに、我が国の文化を紹介と言ったって、何も大学で講義をしろというようなものじゃない。社交や外交の様々な場面、人との交流の中でアピールするのがメインになる」

「で、そういう仕事に良い人は誰だろうって周りに相談したら、ラエトゥス公夫人からだけじゃなくて、女官たちからもアウローラさんの名前があがったんだ。社交に精を出している貴婦人はいくらでもいるけれど、他国に紹介できるような『ちょっと素敵な魔法』の持ち主ってそうそういないからね！」

（ど、怒濤《どとう》のような畳みかけ……！）

　さすがは王太子夫妻と言うべきか。ふたりの舌はアウローラの左右でなめらかに回り続け、紡《つむ》がれる言葉は力強く、アウローラを囲い込む。

（さすがにここまで言われて頷かないのは、次期侯爵夫人としてあり得ないわよね……）

　最後に「だから頼むよ！」と同時に言葉を重ねられ、アウローラはつい、頷いてしまった。

　もとより、王族からの打診を勝手に断るほどの権限はアウローラにはない。家長であるクラヴィス侯爵が認めれば、アウローラがどれほど嫌がろうとも行かざるを得ないのである。

婚家に直接打診をすれば絶対に断られないだろうに、先に当人を直接説得するというのは、あり得ないほどの好待遇だった。

「そういう事でしたら……」

「やあ、ありがとう！」

「やった、これで肩の荷がひとつ下りるよ！」

「ご期待に添えるとよいのですが。……ちなみに、他の方はどのような？」

気を取り直して問いかけたアウローラだったが、その数秒後にはそれを後悔する事になる。

「そうだね、わたしから頼んだのは今までに……」

聞かれたリブライエルは指折り数えながら、貴婦人たちの名を唇に乗せる。次から次に飛び出す社交界の重鎮たちの名に、アウローラの表情からはだんだんと血の気が失せていった。

（絵画コレクターのヴァリス伯爵夫人に、美食家のゴルトベルグ伯爵夫人？　文学や詩で知られたビッテンフェルト子爵夫人まで！　えっ、フリーデンタール子爵夫人って、王立大学の講師をされている方では……？　それにフロースのおねえさままで⁉　そうそうたる顔ぶれなんですけど！）

リストに連なる誰も彼もが、社交に疎《うと》かった時代のアウローラでも名を知っていたような、才女で知られたその道の熟練者ばかりだったのである。

（は、早まったかしら。と、とんでもない精鋭たちの中に放り込まれてしまう……！）

強者たちに取り囲まれる己を思い浮かべ、アウローラはぶるりと震えたのだった。

※

「――アウローラさん、着いたわよ！」

不意に掛けられた声と頬に感じた衝撃で、アウローラははっと顔を上げた。ひと月前の事を思い返しているうちに、少しばかりうとうとしていたらしい。向かいに座ったルナ・マーレが、ほっそりとした指先でアウローラの頬をむにむにとつついていた。

「す、すみません。お見苦しいところを」

背筋を伸ばし、つつかれた頬を慌ててさすれば、侍女にすっと白粉《おしろい》を直される。

「移動って疲れるものね。でも、今回のわたくしたちはウェルバムの『代表』よ。コンパートメントを出る前に、切り替えて頂戴ね」

「はい、以後気を引き締めて参ります」

いきなりの失態に、アウローラはしょんぼりと肩を落とした。ルナ・マーレは小さく苦笑して、「そうね、気をつけて頂戴ね」とアウローラの頬を再びつつき、それからぽん、と両の手を合わせた。

「……ま、お小言はいいでしょう。それより、ご覧なさいよ。見た事のない景色だわ」

ルナ・マーレはちょいちょい、と指先を動かしてアウローラを窓辺に誘う。その視線につられるように窓を向いたアウローラは、そこに見えた景色にあっと息を呑《の》んだ。

眼前に広がっていたのは、温室のようなガラス張りの天井と無骨な鉄骨の骨組みを持つ、巨大な施設だった。霧のような白い蒸気にいくつもの汽車が沈んでいて、その突き当たりには宮殿風の華麗な建築物がそびえている。天井のガラス窓から差し込む陽光と相まって、どこか異界に迷い込んだかのような雰囲気だ。

「不思議な雰囲気です。そして、ずいぶんと立派な駅舎ですね……」

「そうね、まるで宮殿だわ。陸路で来る旅人に国威を見せつける意味があるのでしょうね。万国博覧会のために建て直したのですって。驚きを通り越して呆《あき》れてしまうわ」

圧倒されて呆然《ぼうぜん》とするアウローラの横で、ルナ・マーレはそうぼやく。

「――ご歓談中、失礼いたします。大海帝国女官、マノン・ソーレでございます」

長距離を移動する度に体調を崩している兄の姿を思い浮かべ、アウローラが苦笑したその時、コンパートメントの扉の外から声が掛けられた。ぴたりと会話を止めたふたりの前で、ルナ・マーレの侍女が用を問う。

「ご用意中かと存じますので、このまま失礼いたします。ラエトゥス公爵夫人ご一行のお出迎えの準備が整いました。ご用意を終えられましたらご降車下さい」

そう告げたのは、国境の街で使節団を出迎えた大海国の女性だった。大海国の外交庁に勤める女官で、今回の女性陣の通訳を担当している才女である。

「セレモニーがあるのだったわね。そのまま離宮で非公式の晩餐会《ばんさんかい》、であっている？」

「左様でございます。第三皇子のサミュエル殿下が、王太子殿下をお出迎えになる予定です」

「まあ。第三皇子殿下が帝室の外交担当とお伺いしてはいるけれど、直接お出でになるの？」

「はい、殿下が御自らお出でになられます」

彼女の話す流暢《りゅうちょう》な、けれど少し大海国訛《なま》りのあるウェルバム王国語を耳にして、アウローラはきゅっと眉間《みけん》に力を入れた。

（そうだわ、ここを出たら周りは皆、大海国語をしゃべる人たちなのだった。この一ヶ月で慌てておさらいはしたけれど、大海国語の勉強なんて何年ぶりかしら。ああだめ、ここまでの汽車の揺れで、覚えた言い回しが頭の中からこぼれ落ちていそう……）

「……アウローラさん、笑顔、笑顔よ」

　気負い、唇まで引き結んでいたアウローラの頬に、ルナ・マーレの指が伸びる。そのままぐにぐにと頬を揉《も》まれて、アウローラは「ひゃい、ひゅみまひぇん！」と間抜けに応《こた》えた。

「いい事？　外交も社交と同じで、基本は『人と人』よ。相手が『国』だとしても、『国』を動かすのは『人』ですからね。人間ってね、まず第一印象で相手の人となりを判断して、この人は多分こんな人なんだろう、って分類するの。つまりね、最初に良い印象を植え付けられたらその後の扱いも良いように、悪い印象を与えたら悪いようになるというわけ」

　あら、もちもちね、良いお肌じゃないの。合間にそんな事を呟きながら、ルナ・マーレはアウローラの頬を続けてもちもちと揉み、最後に優しく手を添えると、にんまり笑った。

「アウローラさんだって、最初の夜会《プルミエ・ソワール》のドレスのデザインを考えていた時、『相手に印象を残せたら勝ち』というような事を言っていたじゃない。今回だって、『初対面で相手に良い印象を与えられたら勝ち』よ。初めての国外は不安も多いでしょうけど、ハッタリが大事。笑っていきましょう」

（フェル様は、お義姉様が苦手でいらっしゃるけれど、いつか侯爵夫人になる身としては、見習わなくてはならないところが、あまりにもたくさんあるわ）

　恐れを振り払って気合いをいれるアウローラに、ルナ・マーレは目を細めて頬をつついた。

「でもそんなに気負う事ないわ。アウローラさんは、あの面倒くさい愚弟が惚《ほ》れ込んだ笑顔の持ち主なんだから、いつもの笑顔で十分に可愛《かわい》いはずよ！」

「そ、そうでしょうか……」

「そうそう。恋とは無縁だった愚弟を溺れさせた笑顔なんだから。いつも通りに笑っていれば、勝手に『良い子そうだな』って思ってくれる事間違いナシよ。愚弟に言われて嬉しかった言葉でも思い返していたら、良い顔になるんじゃない？」

どんな言葉があったかしら。考え込んだアウローラの脳裏を、彼の言葉が駆け巡る。


『貴女が好きだ』

『貴女と夫婦になる日が、待ち遠しい』

『――結婚しよう、アウローラ』

『やっと貴女を、妻と呼べる』

『――それなら、笑っていてくれ』

『貴女こそが私の、「森の祝福」だ』

『貴女の命は、貴女ひとりの命と思わないでくれ』

『――ああ。私たちは、家族になったのだな』


（ひゃああ……）

落ち着いた青年の声が紡ぐ直截《ちょくさい》な、そして無数の愛の言葉が、思い出の中から怒濤のように押し寄せてくる。そして同時に、記憶に結びついた甘さや優しさ、そして熱さも思い起こされて、アウローラの顔は熟れた果実のように真っ赤になった。

「それそれ！　良いお顔よ。こちらの紳士はまるで息をするように女性たちを褒めるというけれど、紳士たちを本気の恋の沼に引きずり込まないように、注意しなくちゃいけないわね！」

「そ、それはわたくしよりもお義姉様がお気を付け下さいまし」

なにしろこの義姉ときたら、アウローラよりも遥《はる》かに華奢で可憐《かれん》、月の女神と評される美貌《びぼう》の持ち主なのである。彼女がほんの少し微笑めば周囲は虜《とりこ》になり、わずかにでも言葉を交わそうものなら苦しい恋情の沼に突き落とされると、まことしやかに囁かれる美女なのだ。

しかし、その反論を聞いたルナ・マーレはふふんと鼻を鳴らし、唇を尖《とが》らせた。

「残念だけど、わたくしみたいな女に恋心を抱くのは、まだ恋を知らないような夢見る若者ばかりなのよ。ああ、旦那《だんな》様がわたくしを見つけてくれて良かった！　……でもまあ実際、こんな場に引っ張り出されるような公爵夫人が、裏で何も考えていないわけがないのだけど！」

「――ルナ様、いい加減になさいませんと皆様がお待ちですよ」

高笑いを始めたルナ・マーレに、侯爵令嬢時代から使えているという侍女が淡々と声を掛ける。

「あらいやだ、急がなくちゃじゃないの」

「はい、お急ぎ下さい。――クラヴィス夫人も、奥様がこのモードに入られましたら、どうぞお強い言葉でお止めになって下さい。このお方は放っておかれますと永遠におしゃべりなさいますので」

「そ、そうなのね。気をつけるわ」

「ご協力に感謝いたします」

真顔で頭を下げられて、アウローラは苦笑する。そんな中、侍女は改めてルナ・マーレのドレスの裾《すそ》を整えると扇子や小さな鞄《かばん》といった小道具を取り出し、貴婦人たちを誘《いざな》った。

「さ、奥様参りますよ。クラヴィス夫人もお足元にお気を付けて、どうぞご同行下さいませ」

そうして侍女に促され、列車を降りたアウローラは——その場で立ちすくんだ。

（な……なに……!?）

それはまるで、春の夜に吹き荒れる嵐のような。

汽車の扉をくぐったその途端、凄《すさ》まじい音の波が押し寄せたのだ。

（す……すごい人……！）

そこに広がっていたのは、プラットフォームを埋め尽くす、圧倒的な数の群衆だった。

その中央には、華麗な騎士たちに守られた、アウローラにもよく見覚えのある王族——ウェルバム王国の王太子、テクスタスの姿がある。彼は王族らしく整えた表情でにこやかに手を振っているらしく、その手が揺れる度に「わっ」と歓声が上がっているのだった。

どうやらこの群衆は、異国から来た王族ご一行と、それを出迎える皇族を見に来た野次馬であるようだった。その熱量は息苦しいほどで、黒い軍人風の制服を着た人々が、『飛び出すな！』『下がれ！』『ロープの前に出るな！』と声を張り上げている。

「さあ、わたくしたちも行くわよ」

立ちすくんだアウローラの後ろでそう囁いたルナ・マーレは、至極華麗な微笑みを浮かべ、誰にエスコートされる事なく堂々と、王太子たちの方に向かって歩き出す。その、己の見せ方を知り尽くしている麗しの笑みに、女性陣に気がついた群衆が再びどよめいた。

空気がビリビリと震える大音声に、アウローラは目を丸くしながら、慌てて後に続く。

（笑顔、笑顔……、だめだわ、どうしても頬が引きつるし、足が震える、もつれそう……）

アウローラも必死になって、ルナ・マーレを真似《まね》して笑みを浮かべるが、周りの貴婦人たちの優雅な動きに比べると、いかにも『緊張しています！』という空気が出てしまう。それに焦っているうちに、今度は足が震えてきた。

（どうしよう、頭が真っ白になりそう――あっ）

震えるつま先がドレスの裾を踏んでしまい、アウローラはぐらりとよろめいた。慌てて踏ん張りはしたものの、緊張に冷え切ったつま先はいつもよりも動きが鈍い。侍女たちが「あっ」という顔をしてこちらに寄ってくるのが、ゆっくりとして見えた。しかし、間に合わない。

アウローラがきつく目をつぶったその時、きゃあ、という黄色い悲鳴がどこかで聞こえた。

それと同時に、アウローラの傾《かし》いだ身体は寸前にそっと抱えられ、事なきを得る。

「――大丈夫かい？」

支えてくれたのは、知らない固い腕だった。

そして囁くのは、どことなくスパイスのような芳《かぐわ》しさを感じさせる、甘い低音。

（……だれ？）

目をそっと開けば、至近距離で目に映るのは、数多《あまた》の勲章と飾緒《しょくしょ》で飾られた上質の黒い生地。その見慣れぬ輝きと知らないデザインの制服に、アウローラはぎょっとなって恐るおそる顔を上げる。

そしてぎくりと固まった。

（ま、また、とんでもなく整った顔の人が現れたわ……！）

胸に連なる、組紐の美しい飾紐の上にあったのは、オリエンタルな異国の夢物語に現れる精霊のような、整いきった美貌だったのである。

ベルベットのようにつややかでなめらかな褐色の肌、整ったアーモンド形の瞳《ひとみ》は満月のように輝く黄金色。後ろでひとつにまとめられた波打つ闇夜の黒の髪と、その身を包む黒い衣装が相まって、その佇《たたず》まいはまるで夜を司《つかさど》る精霊のよう。砂漠の国の人々のような彫りの深い顔立ちで、どうにもミステリアスである。周囲に漂う汽車の蒸気すら、まるで香炉の煙のようだ。

兄に夫にその同僚にと、美しい顔立ちの男性を見慣れているアウローラであっても、ちょっとびっくりするほどの美貌だった。

（……ははあ、物語に出てくる『エキゾチックな美貌』というのは、こうした顔の方を言うのね）

思わずそんな事を考えたアウローラを、男がひょいと覗《のぞ》き込む。

「大丈夫そうだね？」

片目をつぶってそんな事を言う男に、アウローラは慌てて身を離して膝を折る。

まとうものこそ周囲で警備を行っている兵士たちと同じようなデザインだが、この数の飾緒や勲章を付けている人物が、低い地位にいるわけがない。その上で、異国の高位貴族に気さくな声を掛けられるような人間など、広い大海国といえどもそう何人もいないのだ。

「ありがとうございます、問題ございません。お手数をおかけいたしました」

「おや、ばれてしまったかな」

大海国語で呟いてくすりと笑う美丈夫に、いつの間にかアウローラの横に移動してきていたルナ・マーレたちが、同じように膝を折った。己よりも高い身分の相手に対する礼である。

その仕草に、美丈夫は残念そうに眉を垂れ、肩をすくめた。いささか軽薄な仕草ながら、それがやたらと様になる。それを分かっているのだろう、青年は大げさに両手を挙げ嘆く振りをしてみせた。

「ああ、しまったな。夢の国からの美しきお客人たちを、警備兵に紛れてこっそり見ていようと思っていたのに。気づかれてしまったのでは仕方がないね、そう、私が――」

「――何をしている、ナタニエル」

青年の一人舞台が始まろうとしたところで、呆れたような、しかし威厳のある声が場に響いた。青年がぱっと振り返り、アウローラたちは聞こえた声で、事を知る。

「予定にない事をするものではない。セレモニーの手順がおかしくなるであろう、官僚たちのここまでの努力をなんと心得る。それに客人たちをいつまで畏《かしこ》まらせておくのだ」

現れた青年はナタニエルと呼ばれた青年を叱責し、小さく息を吐くとアウローラたちに振り向いた。膝を折ったままうつむいているアウローラの目に入るのは、傷ひとつない、顔が映り込むほどに磨かれた黒い革のつま先と極上の縫製の黒いトラウザーズ、そしてその人が伴っているらしき貴婦人の、非常に繊細で美しいレースが覗くシルクタフタのドレスの裾だ。

「愚弟が申し訳ない。皆様どうぞ顔を上げて下さい」

聞こえてきたのは、イントネーションも申し分ない、大変流暢なウェルバム語だった。

「帝国の若き星《皇子殿下》にご挨拶《あいさつ》申し上げます」

ルナ・マーレが美しい大海国語で応え、頭を上げるのに合わせてアウローラたちも顔を上げる。

視界に飛び込んできたのは、ナタニエルとよく似た、しかし幾分か人間味のある柔らかさを持った美しい顔立ちだった。肌と髪の色は同じであるが瞳の色は青く、それ故にか弟よりも清廉《せいれん》な雰囲気をまとっている。その鼻に載った小さな眼鏡《めがね》と相まって、一見、真面目《まじめ》そうな官僚といった佇まいだ。

しかし、『若き星』とは帝国語で、皇后から生まれた子どもたちを指す雅称である。ルナ・マーレの挨拶に異を唱えなかったという事は、彼がその通りの立場を持つ事を示していた。

「ご挨拶、痛み入る。私はサミュエル。帝国の三番星で、これの兄だ。そしてこれは、四番星のナタニエル。これでも帝都の治安維持組織の長であるので、この場にいる事を許して頂けたら嬉しい」

三番星、四番星というのは、帝室の第三子と第四子、という事である。

「ウェルバム王国、ラエトゥス公爵家の妻女、ルナ・マーレと申します」

「ウェルバム王国、クラヴィス侯爵家の妻女、アウローラと申します」

同時に名乗り、改めて膝を折ったふたりを立たせ、皇子は鷹揚《おうよう》に頷く。それから己の腕に掴《つか》まっている貴婦人を見下ろし、その腰を抱いた。

「こちらは我が妻ファビエンヌ。貴女方と知己を得る事ができれば嬉しく思う」

「どうぞよろしくお願いいたしますね」

ゆったりとしたウェルバム語で微笑んで礼を取る、彼と腕を組んでいた第三皇子妃は、大海国で最も一般的な髪色であるブルネットに淡い翡翠《ひすい》色の瞳をした、優しげな雰囲気をまとう美人だ。

「やあ兄上。そして義姉上、相変わらず白百合《しらゆり》のように清廉でお美しい」

「ありがとう。ナタニエル殿下は相変わらずですね」

「そちらのご婦人を助けた事は評価しよう。だがそろそろ始めさせてくれ」

「それではこちらの麗しの花々は、私がエスコートいたしましょう」

第四皇子ナタニエルは兄にそう申し出ると、くるりと軽やかにターンをして、ウェルバム王国の女性陣の中央で最も堂々と立っている貴婦人——つまるところルナ・マーレへと手を伸べた。

「不肖の私めが、花の妖精《ようせい》たちをご案内させて頂きます。それにしても、ウェルバム王国は妖精の国と聞きますが、貴女は妖精の女王でしょうか。実にお美しい」

「まあ、さすがは美と愛の国の殿方ですこと。先ほどは義妹を助けて下さって感謝申し上げます」

「なに、ご婦人を助けるのは大海男の義務ですから。しかし、難儀されたのが愛らしい貴婦人とあっては、私がいなくとも皆こぞって手を差し伸べた事でしょう。近くにいた事が役得でしたね」

（これが噂《うわさ》の、女性を見たらまず褒めるという、大海国男性の流儀……！）

まるで息をしているのと同じと言わんばかり、ナタニエルの口から矢継ぎ早に飛び出す女性への賞賛に、アウローラはぽかんとして開きかけた口を慌てて閉じた。

「これほどの美を前にしては、私はひれ伏す事しかできません。さあ、どうか手を」

ナタニエル皇子がきらきらしい笑みを見せ、ルナ・マーレを促す。

ダンスを誘うような仕草にルナ・マーレは一瞬呆れた顔をしたが、まばたきひとつの間にそれは、可憐な妖精の笑みに取って変わった。そして堂々と皇子の手を取り、その案内に身を任せる。

「では、どうぞよろしくお願い申し上げます」

（さすがお義姉様……）

アウローラは深く感心して、エスコートされてゆくルナ・マーレの背を追う。

そして、王太子率いるウェルバム一行と合流し、心配そうなフェリクスの顔を見て、ようやく一息ついたのだった。

※

（はあー……疲れた……）

その日の晩。アウローラは使節団の宿となる離宮の一室で、ぐったりと長椅子に身を任せていた。

「はい、若奥様、こちら緩めますよ」

「はーい……」

「後ろ外しますので、こちら向いて頂けますか」

「はいー……」

「クラヴィス夫人、お足元失礼いたします」

「うんー……」

周りの侍女たちがアウローラの盛装を解いてくれているけれど、労《いたわ》る元気も湧《わ》いてこない。

（皆様がお召しのドレスは、ほんとうにどれも、素晴らしかったけれど！　刺繍も本当に見事で、これが流行最先端のデザインなのねって夢中で見てしまったけれど！　でも……！　疲れた……！）

ずっしりとした装いがひとつひとつ解かれて身軽になり、室内用の気軽なドレスに着替えたところで、アウローラはようやく背を伸ばした。

「お疲れ様でした。お化粧は、湯浴みの時に落とさせて頂きますね」

「……ありがと」

差し出された水を飲み、ふうと息を吐く。

「晩餐会はいかがでしたか？」

「驚くほど華やかだったわ」

侍女のクレアに尋ねられ、アウローラはそう返して苦笑した。

あの後、始まりこそ少々波乱があったものの、歓迎式典と非公式の晩餐会はつつがなく行われた。

離宮の広間で行われた晩餐は、非公式といえども途中で皇帝夫妻や第一、第二皇子も顔を出す、大がかりなものだった。贅《ぜい》をこらされた設《しつら》えの広間、管弦楽を奏でるのは皇帝お抱えの管弦楽団であったし、食事やワインも美食を尽くされ、参加者も国の重鎮ばかりだったのである。

「なんと途中で皇帝陛下と他の皇子殿下もご来臨になったの。今思えば、いつ陛下がいらしても大丈夫なような設えだったのね。あれが非公式なら、公式の晩餐会はどれだけ華やかになるのかしら」

「まあ、ご兄弟全員がおそろいだったのですか。皆様大変お忙しくしていらっしゃいますから、揃ってお出でになるのは、国民であってもなかなか御目にかかれない事なんですよ！」

ウェルバム語ができるために客人付きに抜擢《ばってき》されたという大海国の年若い侍女が、思わずといった風情で声を上げ、慌てて口を覆う。

「お客様がいない時は気軽に話して構わないわよ。話し相手になってくれた方が嬉しいわ」

アウローラがそう微笑むと、侍女は「ありがとうございます！」と表情を輝かせた。

「おそろいになるのは本当に希《まれ》な事なので、興奮してしまいました。どなたも皆様、国民からは大変に人気がおありなんですよ」

「確かに四人の皇子殿下はどなたも、大変な美丈夫だったわ」

頷きながら、アウローラは晩餐会の場で見かけた皇子たちの姿を脳裏に思い描く。

第一、第二皇子は、故人である先代皇后の血筋で、ふたりとも金髪に青い瞳をした白い肌の美丈夫だった。大柄で軍人のような体つきをした、獅子《しし》のような風格のある男性たちである。最後に現れた皇帝と非常によく似ていて、三人が並ぶと混乱するほどだった。

一方の第三、第四皇子は、皇帝にエスコートされていた今の皇后の血筋がはっきりと出たのだろう。黒い髪に褐色の肌、そしてすらりとした体躯《たいく》という、上のふたりとは全《まった》く方向性の違う美形である。

とはいえどちらもそれぞれ美しい事は間違いなく、国民から人気があるというのは頷けた。

「クラヴィス夫人は、どなたが一番お好みでいらっしゃいますか？」

「わたくしは旦那様一筋だから……。皆様とてもお美しいとは思うけれど……」

アウローラは苦笑する。大海国は、情熱的な人柄の人物が多く、基本的に恋愛に寛容なお国柄であるという。貴族どころか帝室の恋愛騒動もさほど珍しくはなく、過去には帝室を飛び出して異国に嫁に行ってしまった皇女がいたり、他国の女性と駆け落ちした皇子もいたというから驚きである。

「クラヴィス卿は大変お美しい方でいらっしゃいますものね」

「旦那様は確かに素晴らしいご容姿だけれど、人柄が素敵なのよ」

熱く語りそうになったアウローラははたと我に返り、コホンと喉を鳴らすと澄ましてみせた。

「もしかして、恋愛結婚でいらっしゃるのですか？　素敵です……！」

しかし、侍女にはしっかりと伝わってしまったらしく、彼女はぱっと目を輝かせた。この侍女は大海国の貴族の令嬢だが、恋愛に寛容な大海国であっても婚姻は家と家の契約であり、やはり政略的な結婚の方が多いのだという。

だから恋愛結婚は憧れなんですよ！　と侍女ははしゃいだ声を上げた。

「ちなみに貴女はどの殿下がお好みなの？」

「わたくしは、やっぱり第四皇子殿下、でしょうか」

「どうして？」

アウローラは目をまたたかせた。確かにナタニエル皇子は美しい顔立ちではあったが、恋多き男性であるというし、少々軽薄な雰囲気の持ち主だった。眺めているのは眼福だろうが、恋の相手としてはあまりよろしくない人柄のように見えたのだが。

「やっぱりあのまなざしのお美しさでしょうか。第四皇子殿下は、あのミステリアスで物憂《ものう》げな雰囲気が帝都の女性たちに人気なんです。確かに恋の狩人ではいらっしゃいますけれど、あれほど美しい方だったらそれはもう、女性が放っておきませんから仕方がありません」

「ミステリアスで物憂げ……？」

アウローラは胡乱《うろん》な目をしてしまったが、侍女は同意と取ったのか、頬を染めて言葉を続けた。

「特に、第四皇子殿下は帝室で唯一の独身皇子でいらっしゃいますから、あの愁いを帯びた瞳に見つめられたい、と望む貴婦人は本当に多いんですよ！」

（あの第四皇子が……？）

そう内心で呟いてしまったのは仕方がない。

何しろ今アウローラが感じている疲労の七割ほどは、彼のせいだったのだ。

※

それは、デザートの時間も終わり、晩餐会が終わりに近づいた頃の事だった。

「こんばんは、クラヴィス夫人。少しお話ししてもいいかな？」

閉会までのひと時を歓談して過ごす人々の中で、どうにか己の席の左右、正面の人との会話を乗り切って胸を撫《な》で下ろし、周囲の貴婦人たちのドレスの刺繍を眺めて楽しんでいたアウローラの背後に、突然人が立ったのである。

振り返れば、そこにあったのは満月のような黄金色の瞳をした、月夜の化身のごとき美貌の持ち主、第四皇子のナタニエルである。周囲がにわかにざわめいて、アウローラは頬を引きつらせた。

「この場でよろしければ……」

「それはもちろん」

にっこりと微笑まれたが、どうにも胡散臭《うさんくさ》いものを感じて、アウローラは口を引き結ぶ。

そんなアウローラの心情を察してか、ひとつ間を空けた席に座っていたルナ・マーレが席を立ち、有無を言わさぬ微笑みを浮かべてこちらへやってくる。

「そのお話、わたくしもお伺いしてもよろしいでしょうか？」

「構いませんよ。麗しの美姫《びき》をふたり同時にお相手させて頂けるとは、この上ない喜びです」

ルナ・マーレの少々凄《すご》みのある笑みにも怯《ひる》む事なく、皇子は芝居めいた仕草で手を広げ、歓迎の意を表した。それならば、とアウローラとルナ・マーレの間に座っていた大海国の貴族が席を立ち、皇子はそこに腰を下ろす。そして食後酒に手を伸ばし、軽やかに掲げてみせた。

「美しき姫君たちに乾杯を捧《ささ》げさせて下さい」

「お受けいたしますわ」

ルナ・マーレとアウローラもグラスを取り、そこに揺れる淡い琥珀《こはく》色をした酒で唇を湿らせた。甘く度の強い酒精は、濡《ぬ》れただけの唇からも酩酊《めいてい》を引き寄せようとする。

「お話というのは？」

「ウェルバムの貴婦人たちが身につけている美しいリボンについて、話を聞きたいのです」

（……リボン？）

切り出したルナ・マーレの問いに、ナタニエルはそう答えた。それを聞き、びくりと肩を揺らしたのはアウローラである。ナタニエルはそんなアウローラの仕草を見逃さず、笑みを深めた。

「神秘的な模様が、皆の衣装のどこかに揃いでついている。これは何か意味があるものですか？」

そう問う唇こそ笑みを刷《は》いているが、その目の笑いは鋭い光を湛《たた》えている。そこに滲《にじ》む猜疑《さいぎ》の色に、アウローラは頬を引きつらせた。なんという事はない、ウェルバム王国の貴婦人一行が身につけている『リボン』とは、アウローラが手がけた刺繍の品だったのだ。

使節団に選出されたあと、己にしかできない仕事は何だろうかと頭を悩ませたアウローラが皆に提案したのが、ウェルバム王国らしい魔術模様の施された衣装や雑貨を身につけませんか、という事だった。魔術が絡む模様は大海国では珍しい事は間違いないし、目を引くので話題にしやすいだろうと考えたのだ。そしてその一環として、アウローラは己の『古《いにしえ》の魔女』の力を用いながら職人たちと協力して、人数分の刺繍入りリボンを大急ぎで用意したのである。

「私は美しいものに目がないのです。この美しいものが何であるかと貴婦人方にお話を聞けば、これについては貴女が詳しいと仰《おっしゃ》る。——これが噂の『魔法模様』でしょうか」

ナタニエルの目は麗しいが、その奥にはわずかに険が潜んでいる。

（魔術模様が、怪しいものに思えるのかしら……？）

大海国の人々にとって、魔術や魔法は見慣れないものだ。善し悪しの判別がつかないので、疑われているのだろう、とアウローラは考えた。

（そういえば、第四皇子殿下は王都の治安維持組織の責任者なのだとお伺いしたっけ。それなら、不審なものは疑う方が、正しいお姿よね）

　サミュエル皇子の言葉を思い出し、アウローラは納得した。ナタニエル皇子は軽薄そうではあるものの、己の仕事はきちんとするタイプであるらしい。

　しかし、この図案はウェルバムでは珍しくもない模様である。最も一般的な『精霊の祝福』の聖句を図案化した魔術模様で、大神殿で売っている聖句が刺繍されたお守りのリボンを模している。老若男女、誰もが身につけて不思議のないデザインなのだ。

「わたくしどもは『魔術模様』と呼んでおります。皆様のリボンに刺繍しているのは、『精霊の祝福』と呼ばれる魔術をデザインした模様です。持ち主に何か良い事がありますように、という祈りが込められたもので、我が国ではお守りとしてよく見られます。なにか魔術が発動するものではないのですが、今回の旅で良い事がありますようにと祈って、揃いで身につける事にしました」

　疑いを解くべく、アウローラは己のドレスの隠しから、リボンと同じ刺繍をほどこしてあるハンカチーフを取り出して、ナタニエルの前で広げてみせた。古ウェルバム語を図案化した記号の刺繍がハンカチーフの縁取りにぐるりと施されている、手は込んでいるがシンプルな構成のハンカチーフだ。

「近くで拝見しても？」

「もちろんです」

　差し出されたハンカチーフを受け取ったナタニエルは不思議そうに広げ、表や裏をしげしげと検分した。しかし、アウローラが自分用として刺したものである事もあり、『古の魔女』の力さえほとんど籠もっていない。ただ綺麗《きれい》なだけの刺繍のハンカチーフである。

「――見事な刺繍ですね」

ナタニエルはしばらく縫い目や糸の継ぎ目を眺めていたが、なにもないと分かったのだろう。小さく息を吐いてハンカチーフを返し、明るい笑みを浮かべた。

「ありがとうございます。実に素晴らしいものを見せて頂きました」

「義妹はこうした図案に大変造詣《ぞうけい》が深いのです。我が国では魔術を日常に取り入れておりますから、身につけるものにこうした魔術的なモチーフを用いる事はよくある事なのですよ」

疑いが晴れたらしいと察して、ルナ・マーレも友好的な笑みを浮かべる。

「ではひょっとして、ラエトゥス公夫人のドレスの裾にある刺繍も、魔術的な意味が？」

「はい。アウローラさん、説明できるかしら？」

己のドレスの裾を揺らしながら、ルナ・マーレがアウローラを振り返る。

拙《つたな》い大海語で伝わるだろうかと神経を尖らせながら、アウローラは頷いて口を開いた。

「ラエトゥス公夫人のドレスの裾に施されている模様は、魔術大国《マグナ・マギア》から伝わった『守護魔術の魔術陣』を図案化したものに、イラクサとつるバラの意匠を足したものです。身だけでなく心も守る『魔術』として、社交に出る貴婦人のドレスにはよく用いられます」

身体だけではなく、心も折れぬようにとの祈りが込められた、昔から連綿と受け継がれてきた基本的な模様である。貴族社会では女性に限らず、需要のあるデザインだ。

興味を惹《ひ》かれたらしく、ナタニエルはほうほうと楽しげに相槌《あいづち》を打つ。

「貴女の胸元にある白薔薇《しろばら》の刺繍にも、何か意図が込められているのですか？」

「これはわたくしが刺したものですが、魔術的な意味はありません」

「貴女が刺した？　ご自身で？」

「はい」

素直に頷いたアウローラに、ナタニエルの目の色が変わる。彼は「なんと」と感慨深げに呟き、するりとアウローラの手を取った。ぎょっとしてわずかに腰を引いたアウローラの横で、「あらあら」とルナ・マーレが目を細める。

「驚きました……。見事な目と手をお持ちでいらっしゃる」

「お、お褒め頂き光栄に存じます？」

「私は美しいものが好きですが、美しいものを生み出す手も愛しているのです。貴女の素晴らしい技術と美しい手に、敬意を」

「あ、ありがとう、存じます……」

グローブ越しの手の甲に唇を落とされ、アウローラはひゃっと背を震わせた。紳士が婦人に贈る敬愛の挨拶ではあるが、この挨拶は少し苦手なのである。

「もしや、先ほどのハンカチーフも、ご自身の手で？」

アウローラの腰が引けている事をものともせず、ナタニエルが言葉を続ける。そろそろ手を離してくれないだろうかと思いながら、アウローラはしぶしぶと、「そうでございます」と頷いた。

あらあらあら、とルナ・マーレの笑みが深くなる。

（……ん？）

その時ふと、強い視線を感じてアウローラは顔を上げた。

女性人気の高いナタニエルの事だ、この場にいる貴婦人の誰かに睨《にら》まれているのかもしれない。だとすれば、外交に差し支えないようフォローをしなければ。そう考えて視線を走らせたアウローラは、視線の主と目が合って、凍りついたように固まった。

――少し離れたはす向かいの席に座って、こちらをニヤニヤと眺めているウェルバム王国王太子・テクスタスの後ろに護衛の姿勢で立っている、凍れる冬の冴《さ》えた月を擬人化したような美形が、こちらをじっと見つめていたのである。

※

幸いにも、それからすぐに晩餐の終了を告げる挨拶があり、場は解散となった。

アウローラは逃げるように会場を後にしたが、一体何が気に入ったのか、去って行くアウローラたちを見送るナタニエルの瞳は、話し足りないという空気を醸し出していた。

思い出すとどっと疲労が込み上げて、アウローラは今再び、長椅子に背を預けた。疲労を感じさせるアウローラの姿に、侍女もそっと口をつぐんで壁際に移動する。

（なんだかナタニエル皇子に目を付けられてしまった気がする……）

アウローラは呻《うめ》き、ううんと頭を悩ませる。

美しいものを愛している、それを生み出せるものも愛しているという、彼の主張には嘘はないだろう。だが、それだけではないはずだ。たったそれだけで、帝国の第四皇子が歓待の場で、異国の既婚者にあんな態度を取るわけがない。魔女的な『第六感』が、何かがある、と告げている。

（わたしが美女なら言い寄られているのかもと思うところだけれど、それはないでしょうし。本当に刺繍に興味があったとしても、大海国のクチュリエにはもっと優れた職人がたくさんいるものねえ。他に考えられるのは、魔術的な図案に関する興味がおありなのかなという事くらいだけれど……。フェル様なら、占術で何か分かるかな。……フェル様、すごい目でこっちを見てたけど）

皇子の仕草はいささか行きすぎであったとはいえ、あくまで社交の範囲の中ではあった。あの程度では、アウローラから拒絶する事はできないと、フェリクスにだって分かっていただろう。けれどあの時、アウローラたちの方を向いたフェリクスの瞳には、はっきりとした苛《いら》立《だ》ちの色が浮かんでいた。

（あの目で見られるのは、ちょっと辛《つら》いな）

無表情の裏に隠された冷たい表情を思い出し、アウローラは胸の痛みをごまかすように息を吐く。基本的に、アウローラに対しては甘いフェリクスだ。家族として心配したり、叱ったりする事はもちろんあるが、冷たさを感じる視線を向ける事はない。

（あれは、ナタニエル皇子に向けた目だとは思うけど……）

見慣れぬ表情を向けられた事で、足元が揺らぐような不安を感じる。

いつもだったら、もやもやとした気持ちはすぐに話し合って、溜《た》め込まずに解決できるのに。

（やめやめ。……考えるの、やめ！）

アウローラは椅子の上で伸びをして、深く息を吸った。わずかに開いた窓から流れてくる、初夏の晩の空気に混じった、慣れぬ街の匂いと温度が身体にしみこんでゆく。

（これが大海国の空気なのね。からっとしていて、ウェルバムとは全然違う。昼間の太陽もすごくま

ぶしくて、肌がじりじりと焼けるみたいだったな）

昼間の気候を思い出し、アウローラは軽く目を閉じた。目蓋《まぶた》の裏に浮かぶのは、駅舎からこの離宮までを移動する間、馬車から見た帝都の街並みである。どこまでも続いているかのような、整然と並ぶ石造りの街並み。駅から四方八方へ延びる、馬車が走りやすい幅広の道。街路樹と街灯に彩られた賑《にぎ》やかな商業地区は様々な装飾で溢《あふ》れ、街区が変わるのに合わせて、威風堂々とした見事な建築の歌劇場や劇場、音楽堂や美術館が次々に現れた。

（本や絵で見た事がある街並みが、実際に目の前にあるんだもの。『ほんとうにある景色だったんだ』って、なんだか感動しちゃった……）

初めて見る、異国の景色。けれどもそれらは大海国の名所として、絵画や雑誌、物語の挿絵などでは幾度も目にした光景である。本物を見るのは初めてなのに、どこかで見た事がある、というのはなんとも不思議な感覚で、自分がまるで物語の中にいるような夢見心地にさせられた。

馬車に同乗していたルナ・マーレもどうやらそれは同じだったようで、ふたりは馬車のカーテンの隙間《すきま》に張り付いて、移りゆく車窓の華麗な眺めに心を躍らせた。

――けれども、そこはやっぱり、この義姉妹であるので。

（知識では知っていたけれど、ほんとうにいろいろな見た目の人が街を歩いていたのも驚いたなあ。肌の色も髪の色も、服装もお化粧も髪型も装飾品も、びっくりするくらい様々だった！）

一番盛り上がったのは、やはりそれだった。

（思いもつかないような形と色の取り合わせが、本当にたくさん見られたな。赤と黄色の原色そのままの衣装とか、どこの国のものなんだろう。びっしり刺繍が刺された民族衣装を着ている人も見かけたし、ものすごくお洒落《しゃれ》な大きい帽子を被っている人もいたわ。長い布を身体に巻き付けたような服を着ている人もいたし、その布の模様がまた美しかったのよね……）

すれ違った女性の帽子が良かったとか、お洒落な模様のマントを着けた男性がいただとか。

とても太い帯を締めた男性と、長いヴェールを被った女性が連れだって歩いていただとか。

街頭警備の兵士の制服が洒落ているだとか、学生らしき少女たちの麦わら帽が可愛いだとか。

義姉妹はいつしか夢中になって、行き交う人々の装いについてあれやこれやと会話を弾ませた。

（外国から万国博覧会に来ている人も多いのだろうけれど、海運業の拠点が近いというから、船乗りとか商人が多いのかもしれない。植民地から来ている人も大勢いるのでしょうねえ。……ウェルバムにも他所《よそ》の国の人はいるはずなんだけど、ほとんどが留学生だから、みんなもうちょっと地味というか、ウェルバムで手に入る服装になっちゃうのよね）

　商人や役人は、己の取り扱う品や自国文化の宣伝などを兼ねて、自らの国の美しい装いをしている事も珍しくはないが、長期留学の学生は日々暮らす場所に馴染《なじ》んでいくものだ。

ウェルバムでも、大学の入学時期である秋には珍しい衣装の若者たちが見られるのだが、彼らの多くは気がつくと、魔術師のローブやウェルバムで一般的なシャツにトラウザーズ姿となっているので、帝都のような多様な雰囲気にはなかなかならないのである。

（窓から見ているだけでも十分に楽しいけれど、万国博覧会ではいろいろな国の衣装が見られるんだろうなあ。視察中によそ見しすぎないように気をつけなくちゃいけないわ。絶対、子どもみたいにキョロキョロしてしまうもの。ああ、考えていたら、なんだか……）

　想像して胸を弾ませたアウローラの指先が、ぴくりと動く。

（……なんだか今、無性に、刺繍がしたいわ）

うずうずと、アウローラは指先を動かした。

車窓から見た絶景や帝都の賑やかな光景、絢爛《けんらん》豪華な離宮の佇まいは、アウローラの『刺繍心』を刺激してやまなかった。汽車を降りてからの目まぐるしさや第四皇子への衝撃でしばし忘れていたけれど、心動かされた眺めをひとたび思い出してしまえば、もう止まらない。押し込められていた刺したい気持ちは夏の積乱雲のようにむくむくと、止めどなく湧き上がってくる。

美しいものを見たら、画家は描きたくなり、演奏家は奏でたくなって、文筆家は書きたくなるだろう。それと同じように、感動を布に刺したくなるのが刺繍愛好家《アウローラ》である。

（……そうよ、刺すのよ！）

アウローラはすっくと立ち上がり、思い立った勢いで侍女のクレアを振り返った。

「クレア！　わたくしの刺繍道具はどこ？」

主《あるじ》の突然の機敏な動作にクレアは目を丸くしたが、すぐにいつもの事、と切り替える。

「棚の中に収納してございますよ。お出ししますか？」

「お願い！」

道具を取りに行ったクレアを待つ間、アウローラは小さなランプの置かれたライティングデスクに移動して、そわそわする自分を戒めるように膝の上で指を組んだ。しかし、届けられた刺繍籠《かご》が卓上に現れると、おもちゃを与えられた子どものようにニコニコしながら手を伸ばす。

（ああ、久しぶりの糸！　布！　ハサミに枠！）

これだけはお願いと持ち込んだ旅行用の裁縫箱と刺繍枠、気に入っている糸や布といくつかのビーズを収納した道具籠は、アウローラにとっては長年の相棒のようなものだ。

　すりすりと枠に頬を寄せ、ハサミをちょきちょきと動かしてはその心地と音にうっとりする。

（たまらないわ……）

「ラ・コロール・ドゥ・メールの糸ですね。そちらでもお使いになられているのですね」

　アウローラの手元を見た大海国の侍女が、刺繍糸に目を留めて話しかけてくる。アウローラはニコニコと微笑んだまま大きく頷いた。

「ええ。メールの糸は草木染めから魔術染めまで色数が本当に豊かだから、我が国でも人気よ」

　ラ・コロール・ドゥ・メールは『海の色』に名を由来する、大海国の刺繍糸ブランドである。

　キャッチコピーは『世界の色』。世界中からありとあらゆる品々の集まる大海国だからこそのうたい文句で、他のメーカーでは見かけないような変わった色や、並べて見ないと違いが分からないような微妙な濃淡を表現した糸があり、特にブランド名の由来となった海の色――青のバリエーションがとびきり豊富である。世界で最も色数の多いラインナップというのは、誇張表現ではない。

（いい色が揃っているのよねえ。……それにしても何を刺そうかしら。せっかく大海国に来ているのだから、大海国に縁のある模様がいいわよね。そうなるとやっぱり海かしら。自分で図案を考えてもいいな。……海はここから見えないだろうけれど、お庭に何かヒントがあるかも？）

　チラリと窓を向き、アウローラはそわそわと立ち上がる。

「ねえ、ちょっとバルコニーに出てみてもいいかしら。暗くて見えないかもしれないけれど、お庭や建物の装飾に、刺繍のヒントになるものがないか見てみたいの」

「聞いて参ります！」

侍女はさっと部屋を出て行き、いくらも経たないうちに警備兵をふたり連れて戻ってきた。

大海国の飾緒の多い軍服をまとった屈強ながら端整な男たちは、バルコニーへ繋がる重い扉の鍵《かぎ》を開けると、バルコニーと部屋の内側、二ヶ所に立って哨戒を始める。

（……そうか、この警備兵の多さも、魔術が浸透していないからなのね）

ありがとうと声を掛けてバルコニーに出ながら、アウローラはそう気づく。ウェルバムの騎士たちが当たり前のように使う魔道具や魔術がない分を、人員の多さでカバーしているらしい。

身につけている武器も違うようで、いつもフェリクスたちが持ち歩くような長剣はなく、短い剣と銃を帯びているようだ。

（場所が変わると、本当にいろいろな事が違うのだわ）

しみじみとそう考えつつ、アウローラはバルコニーに出た。

賓客が泊まる部屋のバルコニーだ。警備の都合もあって離宮の外が見えはしないが、それでもウェルバムの王宮とは雰囲気が違った。

（きらきらしてる……）

アウローラはほう、と息をつき、中庭を眺めた。

至る所に据え付けられたガス灯が宝石のようにきらめいて、夜の中庭を彩っている。振り返って離宮を見上げれば、無数にある客室に明かりが灯《とも》っていて、夜空の星々を近くで見たならこう見えるだろうか、と思うほどの輝きだった。そんな光に照らされた中庭はなんとも艶《なま》めかしく、華麗な佇まいをみせている。

「夜風が涼しいわ。……それになんだか、不思議な香りがする」

アウローラは深く息を吸い、それからひくりと鼻を動かした。

しっとりとした夜の空気の中に、しょっぱいような、甘いような、それでいてどこか苦いような、なんとも言葉にし難《がた》い香りが混じっている。

「これは潮、海の匂いでございます」

同じようにバルコニーに出たクレアの後ろから、侍女の声がする。アウローラが目配せすれば、彼女はちょこちょこと歩いてきて、アウローラの斜め後ろに立った。

「こちらの離宮にお越しの際に通られたかと思うのですが、リュミエル中央駅の前を通っている大通りを突き当たりまで行きますと、セリュレエン湾——海に出るのです。リュミエルの香りと言えば、やっぱりこの『潮の香り』です」

「これが『海』の香りなのね。湖とは全然違うわ。海は宮殿から遠いのかしら」

「馬車であればすぐです。混雑していない時間帯であれば、三十分ほどでしょうか。朝や夕方は馬車が混むので、もう少しかかります。でも、大型の船舶の泊まる港に向かわれるのでしたら、馬車では少し遠いので汽車での移動をおすすめいたします。保養地は帝都からは遠いですが、西海領が有名です。白い砂浜が広がっていて大変美しいので、我が国では画家や詩人がよく題材にするのです」

「白い砂浜？」

「はい。青い空と海、白い砂浜、というのは我が国の絶景のひとつでございます」

アウローラは想像を巡らせ、瞳を輝かせた。

青い海に青い空、白い砂浜というのは、いかにも美しい光景、という雰囲気ではないか。

（刺繍のモチーフに、いいんじゃないかしら……？　見てみたい……！）

目を輝かせたアウローラに、侍女が微笑む。

「この離宮は外国からのお客様を多くお泊めいたします関係で、我が国の景勝地や風俗を描いた絵画を集めたロングギャラリーがございます。ご覧になりますか？」

「是非お願いしたいわ！」

「では……」

「――ご歓談中失礼いたします、クラヴィス卿がお越しになっていますが、いかがなさいますか」

手配いたしますねと侍女が続けたところで、室内からそう声がかかった。

その名を耳にした途端、疲れ気味だったアウローラの表情が、春の日差しのようにぱっと華やぐ。

「お通しして！」

侍女たちに驚かれながら、アウローラは室内に駆け戻る。

そして、そこに佇んでいたすらりとした人影を認めると、勢いをつけて飛びついた。

ぽかんと目を見開く、離宮の使用人たちの姿も、もはや目に入らない。

「フェル様！」

「ローラ」

フェリクスは妻の突然の奇行にも揺らがず、かなりの勢いで飛びついてきたアウローラをしっかりと抱き留めた。そのまま軽く持ち上げて、頬をすり寄せる。アウローラもまたその首に両の腕をしっかりと回して、己の力の限りに夫を抱きしめた。

「会えて嬉しい」

「わたくしも嬉しいです！」

身体から力が抜けるのを感じて、自身がかなり身を強《こわ》ばらせていた事を知る。慣れない環境に、思った以上に力が入ってしまっていたらしい。義姉や侍女など身近な人がいても、一番身近な人が側《そば》にいてくれる安心感は、やはり別格なのだ。

フェリクスはそのままアウローラを抱え上げ、ともに長椅子に腰を下ろした。

「何かご用がありましたか？」

「休憩時間だ。ローラがこちらにいると聞いたので、顔を見に来た」

アウローラの頬を優しく撫で、フェリクスは囁く。きゃー、と侍女の押し殺した小さな悲鳴が聞こえたが、フェリクスは特別気に留めず、室内にいた使用人たちを振り返った。

「少しふたりにしてもらいたい。四十五分経ったら声を掛けてくれ」

頷いた使用人たちが礼をとって部屋を出て行くと、フェリクスはひと時前のアウローラとほとんど同じ仕草で大きな息を吐き出し、ぐったりと長椅子にもたれかかった。

「お疲れですね。少し仮眠されますか？」

アウローラも手を伸ばし、フェリクスの頬をそっと撫でる。

フェリクスは多少の任務ではびくともしない白磁の肌の持ち主だが、さすがに忙しいのか、どこか青ざめて見えている。青い頬を暖めるように撫でる妻の手を取り、フェリクスは無言でうつむいた。

「少し横になるだけでも体力は回復しますでしょう。……実は、ご用意頂いた寝台が驚くほど広くて、わたくしひとりでは持て余しそうな大きさなのですよ。暑いのが少し心配だったのですけれど、縁に見事な刺繍の施されたひんやりとしたリネンが敷いてあって、触れてみたらとても涼しくて――」

「ローラ」

「はい」

「ローラ……」

アウローラの台詞《せりふ》を断ち切るように名を呼んだフェリクスは、繰り返してただ名を呼んだ。そしておもむろに腕を伸ばし、妻の身体を抱き寄せる。

夫のその仕草にアウローラはじっとして、抱き寄せられた腕の中からフェリクスの顔を見上げた。

「フェル様、何かありましたか」

「……気にするな」

「そう仰いましても、フェル様がお元気でないのに、それを気にしないのは無理です」

互いに心配し合うのが私たちでしょうとアウローラが言葉を重ねる。フェリクスはしばし無言でうつむいていたが、しばらくするとぽつりと口を開いた。

「…………第四皇子殿下は、顔が良かっただろう」

「はい？」

今この場で、考えもしていなかった名前が飛び出した事で、アウローラはぽっかりと間抜けに口を開けた。フェリクスは妻の素《す》っ頓狂《とんきょう》な声にも顔を上げず、ぼそぼそと呟く。

「浮気な性格であるらしいが、あの美貌で帝都の女性に人気だという」

「ええ、まあ、そう聞いておりますけれど……」

一体何を言うのかと首を傾げたアウローラに、フェリクスは続ける。

「ローラがきちんと仕事をこなし、その審美眼が認められた事は誇らしかったのに」

うつむいていたフェリクスは、そこで言葉を切った。顔を上げ、アウローラの手をそっと握る。

「あの皇子がローラの手に触れた時……」

そう囁いて、アウローラの顔を覗き込んだその瞳は。


「――腸《はらわた》が煮えくりかえるかと思った」


アウローラも見た事がないほどの、苛烈な炎を宿していた。

その真っ青な、すべてを燃やし尽くす青い灼熱《しゃくねつ》の瞳に見つめられ、アウローラは魅入られたようになって、呆然とフェリクスを見つめ返す。

どろりと灼《や》けた瞳のまま、フェリクスの唇が獰猛《どうもう》に、アウローラのそれに重なった。


――しばしの時が流れて。

腫れた唇を尖らせながら、アウローラはぷんと頬を膨らませ、夫の眉間によった深いしわをぐいぐいと指でのばしていた。

「もう。恋のお噂の豊富な方だそうだから、社交辞令に長《た》けていらっしゃるのよ」

「社交辞令なものか。ローラが子猫のように愛らしいというのは、素直な感想に決まっている。一瞬でそれを見抜く目は認めなくもないが……」

「お義姉様の事も絶賛されていらっしゃいましたものね」

「姉上は狡猾《こうかつ》で外面《そとづら》が良いから、その罠《わな》に掛かるのは仕方があるまい」

「罠って」

くすりと笑うアウローラに、フェリクスはその美貌を苦々しく歪《ゆが》めて、重苦しいため息をこぼした。

「ローラは自分の魅力をあまりにも分かっていない」

ぼそりと呟き、アウローラの腰を一層引き寄せる。

「ルーミスを見ても分かるように、ああいう様々な女性を称える性質の男は、最終的にはローラのような清らかな人に惹かれるものだ」

「人によりけりだと思いますけれど……」

「だが、実際に晩餐では、思った以上に絡まれただろう？」

「それは……」

アウローラは苦い顔になった。つい先ほどまで、何故《なぜ》自分がと考えていたのは確かだ。フェリクスは言いよどんだアウローラの顔を覗き込み、噛みしめるように言葉を放つ。

「お願いだから、気をつけてほしい。……あの殿下は噂通りで、実際にあちらこちらで浮名を流しているという。過去の恋人の中には、既婚者もいたらしい。現在の恋人も、未亡人であるとか」

「あら、その話はわたくしも聞いたわ。異国の未亡人という触れ込みで、なんでも、真っ白い髪に紅《あか》い瞳の、凄まじい美女らしいわよ」

「きゃあ!?」

「姉上!?」

聞こえるはずのない声が耳に届き、夫婦は長椅子の上で飛び上がった。

さっと身構えたフェリクスの膝の上でアウローラが振り仰《あお》げば、客間の入り口を入ってすぐのところに、解いた白金の髪を背にゆったりと流し、くつろいだ衣装をまとった絶世の佳人が、不自然なほどにこやかに「はぁい」と片手を挙げて立っていた。

その背後に、彼女を連れてきたらしきユールとルナ・マーレの侍女が、神妙な顔で立っている。

「アウローラさんにお話があって来たんだけど、お前もいるならちょうど良いわ。ルーミス卿もどうぞお座りなさいよ」

「……任務中ですので」

世が世なら傾国のと呼ばれたであろう美女——ルナ・マーレは高く笑い、淀《よど》んだ目で不満げに自分を睨む弟と、顔を真っ赤に染めてうつむいてしまった義妹に向かい、ひらひらと手を揺らしてみせた。

「貴重な癒しの時なのです。邪魔をしないでください。ルーミス、お前も帰れ」

「ほほほ！　わたくしだって旦那様に会いたいのに、お前ばかり癒やさせてなるものですか。ルーミス卿もそう思うでしょう？」

「はあ……」

突然振られたユールは何とも微妙な表情で、曖昧《あいまい》に頷いた。

（……それはまあ、そうかも）

不満げを通り越し、心の虚無感が滲んだ表情になったフェリクスの膝の上から下りながら、アウローラは内心独《ひと》りごちる。ルナ・マーレに限らず随行員の皆様とて、愛する家族に会いたい人はいるだろう。夫婦で参加させてもらえている幸運に胡座《あぐら》をかいていてはいけないかもしれない。

しかし、膝から下りたアウローラをフェリクスは無言で再び抱え上げ、己の膝の上に乗せた。

下りようとするアウローラ、乗せようとするフェリクス。

その無言の攻防をルナ・マーレはにやにやと見守っていたが、あまりに決着がつかないものだから、仕舞いには諦《あきら》めて両の手を二度叩いた。

「ま、くたびれ果てた顔をしているから、少しは癒やされる事を許してあげてよ。顔色、真っ青じゃないの。お前の取り柄が半減しているわよ」

「……問題ありません。魔力が若干《じゃっかん》、足りていないだけです」

「魔力が？」

姉の言い草に、フェリクスはぶすりと口を引き結ぶ。しかし、アウローラがひどく心配そうな顔をしたので、取り繕うように咳払《せきばら》いをして言葉を続けた。

「魔力が少ない土地では体内魔力も不足しがちになる。魔術を行使する人間は体内に魔力がある事が常態なので、体調に影響が出る事がある。……それらは知識として知っていたが、実際に体感してみると、これが思ったよりも影響が大きい。ルーミスのようなタイプはピンピンしているのだが」

「確かに私はなんともないが。そんなに影響があるのか」

ユールが驚いたように目をまたたく。フェリクスは認めたくないと言いたげに、渋々頷いた。

「貧血や寝不足に似たような感覚がする。こちらに長期滞在している外務の人間によれば、徐々に適応していくそうなのだが、それまでは怠《だる》さを感じるケースが多いらしい。殿下曰《いわ》く、魔術師は体内の魔力を食事や呼吸で補う事ができるが、こちらの食事や空気にはほとんど魔力が含まれていないから、体内の魔力が不足するのだろうとの事だった」

「ああ、それで皆飴《あめ》を舐《な》めているのね」

「支給の『魔力糖』でしょう。私も先ほど補給しました。もうしばらくすれば回復するはずです」

ルナ・マーレの気づきに、フェリクスが頷いて返す。魔力糖は魔力を含んだ飴で、魔術師が大きな魔術を使う際などに、魔力の補充のために摂取する薬のようなものである。摂取できる量には上限があるが、滞在日数に足りるだけの量を支給されている、とフェリクスは言った。

「つまり、しばらくは我慢するしかないってわけね。……じゃ、殿下の恋のお噂に戻るけれど、お相手はなんでも、北のお国の伯爵家の未亡人なのですって」

　優雅に長椅子の向かいの椅子に腰を下ろし、ルナ・マーレは足を組む。無言で近寄ってきた彼女の侍女が、柑橘《かんきつ》類の沈んだ水を三人分、透き通ったガラスのゴブレットにそっと注いでいった。

「女優も歌姫も高級娼婦もその美貌と肢体、聡明さには敵《かな》わない、なあんて街角の戯《ざ》れ歌《うた》に歌われているらしいわよ。実際、絵画のモデルになっているのを見たら、まあ人間離れした雰囲気なの」

「それは私も聞きました。白いドレスがトレードマークの妖艶《ようえん》な美女らしいですね」

「……一体どこで聞くんだそんな話を」

　フェリクスの呆れた声に、ルナ・マーレは高らかに笑う。ユールもふふんと得意げに胸を反らした。

「私はこの離宮の若い使用人たちに聞いた。宮殿勤めの若い女性の間では、今注目の話題のひとつらしい」

「わたくしはね、ここに来る途中で見かけた新聞をすべて買い集めてくるように指示しておいたのよ。特に、三流紙を中心にね！」

「なんでまた」

「あらだって、高級紙と大手の大衆紙は殿下付きの外務部隊が入手するでしょ。でもね、わたくしが知りたいのは市井《しせい》の噂なのよ」

（さすがお義姉様……）

確かに、とアウローラが頷けば、ルナ・マーレは満足げに口の端をもたげた。

「そりゃあね、記事の質は玉石混交よ。載っているのは面白おかしく書き立てられたゴシップがほとんどだし、明らかに嘘を書いた記事や、よからぬ事を扇動するような内容もたくさんあるわ。でも時々、『どこからそれを知ったわけ？』って叫びたくなるような真実が紛れていたりするのよね。アウローラさんも王都に帰ったら、こまめに市井の情報を確認しておいた方がいいわよ」

「使用人たちの噂話も馬鹿にならないですよ。客人や高貴な人々を最も近くで見ているのは彼女たちですからね。……もっとも、忠誠心が高い使用人はそう簡単には口を割らないですが」

ルナ・マーレとユールの教えにアウローラは頷く。ルナ・マーレは一層満足げに目を細め、それから酔いを覚ますように豪快にゴブレットを口に運んで、ぷはっと息を吐き出した。

「で、そんなゴシップ中心の三流紙には、帝室の噂がたくさん書かれているわけ。特に第四皇子殿下は話題に事欠かないみたいで、恋人の目撃情報とか、殿下とどの歌劇を見に行ったかとか、どこそこのビストロに現れただとか、そんな情報が事細かに書かれていたわ。周囲に聞いたら、全部がガセではないようなのよね。一体どこに情報源があるのかしらね？」

「市井の人々の情報提供があるのでしょう」

「そうとしか考えられないわよねえ。帝室の恋は市民の娯楽というわけね」

ルナ・マーレが肯定すれば、フェリクスは顔を歪める。

「……良い趣味とは言いがたいと思いますが」

「まあねえ。でもここは大海国、こちらの宗教の主神である海神は恋多き神だと言うし、恋愛に寛容な国である事を忘れてはならないわ。眉をひそめればわたくしたちの方が後ろ指を指されかねないのだから、思っても胸に秘めておきなさい」

　ルナ・マーレの指摘に、フェリクスは苦い顔をしたまま頷いた。

　それをどう思うかはさておき、国が違えば文化も違う。国を代表する使節団の一員が一方的に文化を非難するような事を口にすれば、国際問題にもなりかねない。

「とはいえわたくしも、そのあたりはフェルの意見に近いのよね。わたくしたちクラヴィスの人間は代々、ひとりに対しての執着心が強いから、次々にっていう感覚が今ひとつ理解できなくて。この国の恋愛文化に関しては、わたくしたちよりルーミス卿の方が水が合うかもしれないわねえ」

「確かに、私はなかなか楽しんでいますよ。皆、ちょっとした火遊びや言葉遊びには寛容なようで、女官や侍女を口説《くど》いても誰も文句を言わないし、なにより女性たちの反応が実にいい」

「あら、さすがね。フェルもその積極性をちょっとは見習いなさいな」

「……………………無理かと」

　フェリクスの顔が、完全な無表情になる。

　ユールの対女性のコミュニケーション力の高さは才能である。人見知りであり、女性を苦手としているフェリクスにとっては、真似しようとしてできるものではないし、おそらくは生まれ直しでもしない限り――ひょっとすると生まれ直したとしても無理だ。

「……ところで、姉上はローラに何の用事でいらしたのです。私の休憩時間はもう終わるのですが」

「あ、そうそう。わざわざ来たのに雑談で終わるところだったわ」

　苦い薬草を生のままで口に放り込まれでもしたかのような顔をして、フェリクスがそうぼやくと、ルナ・マーレはぽんと両の手を叩いた。

「実は晩餐のあと、大海国から打診があってね、それを伝えようと思って来たのよ。明日の万国博覧会の視察グループに、アウローラさんにも加わってもらいたいの」

「はい？」

「聞いておりませんが」

アウローラは思わず声を漏らし、フェリクスはこれ以上ないほどに顔をしかめた。

「今さっき、大海国側から要望が届いたのよ。お前も殿下のところに戻ったら聞かされるでしょうよ」

「そうですね、先ほど殿下のところに届いていましたよ」

ユールも頷く。ルナ・マーレはどこか呆れたように肩をすくめ、言葉を続ける。

「明日は殿下が万国博覧会のパビリオンをご視察なさるのだけれど、わたくしとエルメンヒルデが同行する予定なのは聞いているでしょう？　そこに、アウローラさんにも加わってほしいのですって。ギリギリの予定変更は侍女たちにも負担が大きいと思うけれど、よろしく頼むわね」

アウローラは侍女たちを振り返る。クレアも大海国の侍女も深く頷いた。

「旅先では行き先が急遽《きゅうきょ》変わる事もございますので、複数のご予定に備えたご用意がございます」

「あら、優秀ね。さすがだわ」

「恐れ入ります」

頭を下げるクレアに、アウローラは我が事のように誇らしく胸を張る。

しかしふと不安になって、麗しの姉弟を見上げて首を傾ける。

「でも、どうしてわたくしをお呼びになったのでしょう」

「……まさか」

アウローラの呟きに、そうこぼしたのはフェリクスである。

彼は険しい顔をして、姉を睨むように見つめた。

「そうね、多分だけれど、あの第四皇子殿下からのご要請でしょう。気に入られちゃったわね？」

「まあ、あの晩餐を見れば皆そう思うでしょうね」

ルナ・マーレとユールが同時にそう口にする。

げんなりとして肩を落とすアウローラに、ルナ・マーレは鈴を転がすような笑い声をあげた。

「姉上、笑い事ではありません」

「仕方ないじゃないの、先方からのご要望なんだから。……何か思惑があるのか、単にアウローラさんが気に入られちゃったのかは、まだ分からないわね。ただ、ウェルバムとしては、このぐらいの要望は聞いてもいいだろうという判断よ。もちろん、ふたりきりには絶対にしないから安心しなさい」

「当然です。私も殿下に同行予定ですから、絶対にさせません」

アウローラより先に声を上げるフェリクスに、アウローラは苦笑しつつホッと息を吐く。

フェリクスも同行するのだと思えば、湧き上がった不安がゆるりと解け、「やってやろうじゃないの」という不思議なやる気が湧いてくるから不思議ではないか。

「ま、あちらの思惑が見えないから慎重になる必要はあるけれど、アウローラさんにも良い経験になると思うわ。大海国と我が国のパビリオン以外の国の展示も見学できるそうだから、アウローラさんが見たかったものも見られるかもしれないわよ。殿下のご予定には月砂帝国のパビリオンの視察もあったし、刺繍作品も見られるのじゃないかしら」

アウローラの脳裏を、カタログで見かけた『刺繍の見事な逸品』のページが駆け抜けていく。

「……頑張らせて頂きます！」

「心配だ……」

拳《こぶし》を握って立ち上がったアウローラに、ユールが「さすがは女神」とぼそりと呟く。

一方、フェリクスは頭を抱えた。しかし、行けないと分かっていながらもカタログを何度も眺めていたアウローラの姿を思い出したのだろう。彼は最後には苦笑を浮かべ、立ち上がった妻の身体を己の膝の上に引き戻した。

「いつも身につけているもの……そうだな、婚礼の指輪に、可能な限りの魔術を込めよう。最近はごくごく小さな魔石を後から指輪に埋め込むような技術も進歩したというから、そうした加工をしてもらおうか。絶対に身から離れないように、盗難防止の魔術も掛けておいた方がいいな」

「まあ、今以上に？」

「今以上にだ。貴女に何かあれば私は生きていけないのだから」

「うっわ」

「んまあ！」

これがあの、鉄面皮で知られたフェリクス・イル・レ＝クラヴィスか？

そう言いたげな姉と部下の視線をものともせず、フェリクスは妻の手を取ると薬指に口づけ、大きな息をついた。

「――存分に楽しんで。でも心から気をつけて過ごすと約束してくれ」

†3　夢にまで見た地のはずが

（なんて素晴らしいの……）

そのパビリオンの雰囲気に、アウローラは足を止め、天を仰《あお》いだ。

見上げた天井の中央には、無数の蝋燭《ろうそく》の明かりが灯《とも》る、巨大な金属製のシャンデリア。四方の壁には目を見張るほどに細かい模様が織り込まれた、大きな絨毯《じゅうたん》が吊《つ》り下げられている。

そしてそれらを照らすのは、絨毯の合間にぶら下げられた、モザイクガラスのエキゾチックなランプだ。きらめく虹色の光がこぼれ落ち、床や壁を万華鏡《カレイドスコープ》のように彩っている。

（まるで夢の国に迷い込んだみたい）

アウローラは感嘆の息を呑《の》み、視線をさまよわせてため息をこぼした。

室内の隅に置かれた、アラベスク模様の彫り込まれた銀色に輝く金属の香炉からは、甘くドラマティックな香りを乗せた白い煙が漂ってくる。その煙の向こうで、異国の衣装を身にまとった楽人たちが、しゃらしゃらとした、聴いた事のない弦の音を奏でていた。

その雰囲気は、まるで、遠い異国の宮殿の、宝物庫にでも迷い込んだかのようだ。

「これは……すごいわねえ」

アウローラばかりでなく、ルナ・マーレたちも目を丸くして、頬《ほお》をほんのり紅潮させている。

音や香り、会場職員の衣装や飾り付け。どれをとっても異国のそれで、あまりにも異国情緒を掻《か》き立てるのだ。アウローラはうっとりして、ゆっくりとまたたいた。

（カタログに挿絵がないものにも、こんなに素晴らしいものがたくさんあっただなんて……！）

――アウローラが感動に打ち震えているここは、アンリ帝記念公園に設営された『月砂帝国《サハラ・アルカマリ》』のパビリオンである。

アンリ帝記念公園は、大都市リュミエルの郊外に位置する広々とした大公園で、元は帝室が狩りや乗馬を行うための森であり、近年は帝都民がピクニックや散策を楽しむ場所でもあったという。しかし今は大海国《グラン・マーレ》の展示のために一から建てられた離宮・シャルル七世宮を皮切りに、パビリオンのための無数の仮設建造物が建ち並ぶ、万国博覧会最大の会場だ。


帝都到着のその翌日。

朝一番で万国博覧会へと視察に向かった王太子一行は、第三皇子に案内されて大海国のパビリオンを視察した後、昼の休憩を兼ねて自国のパビリオンを運営する職員たちをねぎらった。

その後、第三皇子に合流した第四皇子が誘《いざな》ったのがここ、月砂帝国のパビリオンだったのだ。

何故《なぜ》、三番目に案内されたのがこのパビリオンだったのか、というと。

「この展示ケースが、我が国の輸出品なんだよ」

アウローラにそう囁《ささや》いたのは、背後にいつもの護衛を三人引き連れた、王太子テクスタスだった。

「これがですか？」

目の前にあるのは、精緻な彫りが見事な銀器の飾られた、ガラス張りのケースだった。均一な厚みの大きなガラスが見事で、黒檀《こくたん》らしき木の枠や台座部分は展示品の格を表す極上品だが、ウェルバム国内の博物館などでも見かけるものと、同じように見える。

（普通の展示ケースのように見えるけれど。ウェルバム製という事は、何か魔術が……？）

考え込んだアウローラは、展示品をよく見ようとケースに近づく。しかし、指先がガラスに触れた途端、バチンと強い反発を感じて飛び上がった。

「わっ……！」

「危ない！」

王太子の斜め後ろに控えていたフェリクスが、さっと一歩出てきてその背を支えた。一瞬、夫と顔を合わせたアウローラは頷《うなず》きあうと立ち上がり、少しばかり恨めしげに王太子を見上げる。

「ごめんごめん、素直な反応が見たくてつい」

くつくつと笑う王太子は、アウローラと同じようにケースに手を伸ばすと「いてっ」と呟《つぶや》いた。

「結構な反発があるな。——これはね、最近、魔導院の開発局が開発した魔道具なんだ。防衛の魔術が付与してあって、ケースに触れると小さな魔術が発動して反発を食らうっていうおまけ付き」

「まあ、大海国でも動作する魔道具ですか？」

アウローラの後ろから興味津々で、ルナ・マーレが覗《のぞ》き込む。

「そう。魔道具って、魔力の薄い場所ではすぐに使えなくなるっていう欠点があるんだけど、これはそれをある程度解決した魔道具でね。動力に人工魔石を使っているんだ」

王太子が自慢げに微笑《ほほえ》む。

「人工魔石は近年開発された技術なんだけれど、天然物に比べて見た目が美しくないという事と、魔力が切れやすいという欠点があって、普及していなかった」

そう言いながら、王太子が手を開く。いつのまにどこから取り出したのか、彼の手の平の上には親指の爪《つめ》ほどの大きさをした、ふたつの石が載せられていた。

片方は内包物も少ない、透き通った美しい貴石だが、もう片方は半透明で薄い灰色をしている。半透明の石が美しくないわけではないが、貴婦人が好んで身につける宝石のようなきらびやかさはない。

透明な方が天然で、半透明な方が人工だ。そう言いながら王太子はふたつの魔石をもてあそんだ。

「でも、人工物には土地に縛られないという利点がある事が分かってね。ウェルバムを離れても稼働するという事で、魔道具の動力として人気が出てきているんだ。――で、輸出された魔道具が異国でどんな評判か。そういうのを実際に見てくるというのが、今回の視察の目的のひとつというわけ」

「人工魔石の開発は、殿下の進めておられる『魔術一般化運動』の一環でございますね」

エルメンヒルデが呟けば、王太子は「そうだよ」と頷く。

「魔石の研究では、フロース伯にはお世話になっているね」

「もったいないお言葉、ありがとう存じます。励むよう伝えます」

(なるほど、それでフロースのおねえさまが同行されたのね)

納得してアウローラはひとり頷いた。

フロース魔法伯夫人エルメンヒルデは、アウローラの親戚でもある貴婦人である。

今でこそ辺境伯として高い地位を持つポルタ家だが、その始まりは魔法伯と呼ばれる魔術に秀でた地位を持つ、フロース伯爵家の分家として興《おこ》っている。魔術の研鑽《けんさん》と国防の両方を担うのは難しいと、フロース家の娘が騎士団長に嫁いで分家を興した、というのが起源だ。

……実は、フロース家の娘が辺境の魔の森を守る一族の男と恋に落ち、彼を騎士団長に立てて押しかけ女房として嫁いだのだ、と両家には言い伝わっているが――閑話休題《かんわきゅうだい》。

当代フロース魔法伯の妻・エルメンヒルデもまた、『宵月《よいづき》の魔女』の異名を持つ優秀な魔女だ。おそらくは夫の研究に関する知識もあるのだろう。今回の視察に呼ばれるべくして呼ばれた人である。

（……やっぱり、なんでわたしが呼ばれたのかしら、という謎が残るわね）

アウローラが唸《うな》っているうちに、王太子のところに大海国の皇子たちが歩み寄ってくる。

「月砂帝国の展示はいかがですか」

「雰囲気作りが大変に素晴らしいですね。実際に月砂帝国にいるかのような気分になります」

第三皇子サミュエルの問いかけに、王太子はにこやかに答える。第三皇子は鷹揚《おうよう》な仕草で頷いて、己の背後に連なる様々な展示品を見上げ、薄く笑みを刷《は》いた。

「月砂帝国は、皇后の出身国です。展示には我が国もかなり力を貸しています。最近、運河建設のために新たな友好条約を結んだばかりだという事もあり、今回は特別貴重なものを出品してもらいました。我が国の展示とあわせて、こちらも堪能《たんのう》頂ければ嬉《うれ》しいですね」

「なるほど、まずこちらの展示にケースを導入されたのは、そういう事情でしたか」

「この展示ケースは重宝しています。美しいものを見ると触りたくなる不届き者は後を絶たないですから。触れたくなる気持ちはとても分かりますがね」

ひょい、と二人の間に、第四皇子ナタニエルが首を出した。

彼は王都の治安維持の一環として、万国博覧会の警備計画にも関わっているのだという。言われて見れば周囲には、彼と同様の制服を着た兵士たちが厳重に警戒していた。

「運用上の問題がないか、会場の職員に直接聞いてみたいですね。可能ですか？」

「後ほどその時間を設けましょう。麗しのご婦人方も、どうぞ月砂帝国の品々をご覧下さい」

ナタニエルの言葉に、貴婦人たちは三人揃《そろ》っていそいそと、展示ケースに近寄った。

ちょうど、服飾文化を紹介するコーナーに差し掛かっていたらしく、展示ケースの中ではきらきらとした明かりに照らされて、月砂帝国の衣装や装飾品が輝いている。

（なんて美しいのかしら！）

ガラスに触れないように細心の注意を払いながら、それでもアウローラは寄れる限り近寄って、ガラス越しの衣装に目を凝らした。

（装身具の華やかな金細工も素晴らしいけれど、やっぱりたまらないのは、衣装の刺繍《ししゅう》ね。どうやっているのか分からない、立体的なステッチがたくさんある……！　模様は繊細なのに大胆、そしてなんだか神秘的だわ。あちらのお国が様々なものを幾何学模様で表現するのは宗教の影響と言うけれど、こんなに多彩な表現になるなんて思いも寄らなかった。……ひょっとしてナタニエル皇子は単純に、刺繍をする人間ならこれを喜ぶのではと思って下さっただけだったり？）

一国の皇子がまさかそんな理由で随行員を増やすとは思えないが、思わずそんな事を考えてしまうほど見事な品ばかりである。

アウローラは浮かれ、展示ケースの中で静かに佇《たたず》んでいる展示品、そのひとつひとつに魅入《みい》った。

「見事ねえ」

アウローラの隣にやってきたルナ・マーレもまた、ケースを覗き込むと感嘆の声を漏らした。

「この帯に施されているのは、あちらの祝福文でしょうか。構成が似ています」

一方、アウローラの反対側から、ルナ・マーレと同じようにしてケースを覗き込んだエルメンヒルデは、魔女らしい事を呟いて腕を組んだ。

「月砂帝国の魔術は我が国のものとは違うのかしら」

「わたくしたちの魔術は、我が国にかつて住んでいた魔法種族から伝わったとされるものが多いですから、こちらの魔術とは理念も理論も違います。けれど、中には砂漠の国の魔術に通じるものもあります。初代女王の出身はこちらの方という説もありますしね」

魔女たるエルメンヒルデの言葉に、アウローラとルナ・マーレは揃って目をまたたかせた。

ウェルバム王国は魔術と学問の国を標榜《ひょうぼう》し、古くから魔術の学術的研究が盛んだが、その魔術そのものは、古《いにしえ》の時代にこの地にいたとされる精霊や旧《ふる》き森の民から伝わったとされているものが多い。魔術学の中では『北方魔術』と呼ばれる系統に属すという。

一方、月砂帝国とその周辺諸国の魔術は、精霊的存在と契約をした上で術を奮《ふる》うという形態のものが多いらしく、魔術の有様《ありよう》も使われ方も大きく異なり、『東方魔術』と呼ばれている。

しかし、ウェルバム王国の初代女王は魔術のほとんどない東方地域から迫害を恐れて逃《のが》れてきた氏族の長であり、彼女が奮っていた魔術はこの『東方魔術』の系統を汲《く》むものだった。故にウェルバムの魔術にはその系統も残っている、というのが近年の研究なのだそうだ。

（つまり、似たような文様が使われているかもしれないって事ね！）

アウローラは丹念に、飾られた衣服の装飾に目を凝らす。

（言われてみれば、この模様は水を表す魔術文様に似ているかも。あ、こっちの模様は守護文様に似てるんじゃない？　ああ、この木の模様、アルカ・ネムスの命の樹に通じるものがあるかも……！）

「はいはい、アウローラちゃん、先に進みますわよー」

展示ケースに張り付いて動く気配のないアウローラに、このままでは日が暮れると思ったのだろう。

エルメンヒルデがアウローラの腕を引く。

「ああっ、フロースのおねえさま、もうちょっと、もうちょっとだけ……！」

アウローラは未練たっぷりに踏ん張るが、お姉様方は容赦がなかった。エルメンヒルデが引くのとは反対側の腕をルナ・マーレに取られ、アウローラはずるずると展示室を移動する。

「残念だけれど時間は有限なのよ、アウローラちゃん」

「そうよ。ほらご覧なさいよ、これも素晴らしいものじゃないの！」

そうルナ・マーレが指し示した刺繍に、アウローラは文字通り息を呑んだ。

数多《あまた》のランプに照らされて浮かび上がっていたのは、服飾展示の中で最も大きな展示ケース。その中に、月砂帝国の帝室の花嫁衣装が飾られていたのだ。

美しい模様を染め抜いた生地をたっぷりと利用したスカートと、ゆったりとしたサイズの胴着。

絢爛《けんらん》豪華な金糸銀糸で、繊細な模様を織り込んだ、幅の広い帯。

灼熱《しゃくねつ》の地域が多いからだろうか、ウェルバムの花嫁たちのヴェールとは違い、全面に豊かに刺繍の施された薄い紗を何枚か重ねる形の被衣《かづき》が彩りを添えている。

（カタログに載っていた、『刺繍の名品、皇妃の被衣』だわ……！）

息をするのも忘れ、アウローラは花嫁衣装に魅入られる。

（息を呑むほど薄い紗《しゃ》に繊細な刺繍、小さな銀片と照りの見事な真珠、無数の青い貴石は空かしら。そしてこの大きくて透明な七つの石が『月砂の七つ星』！）

「手が込んでいるわねえ」

「とんでもないですわねえ」

そのあまりの美しさに、アウローラの左右に並んだふたりの貴婦人も、アウローラ同様にうっとりと、繊細なため息をこぼしている。

「見事なものでしょう。こちらは月砂帝国の初代皇妃の花嫁衣装と言い伝わる、貴婦人の衣装です。あちらは日差しが強く土地が乾いて砂が風に舞うので、こうしたゆったりとした服の上から薄布を被って、帯で押さえるのが裕福な子女の一般的な装いです」

女性陣の興味関心を聞きつけたらしき第三皇子が、ゆったりとしたウェルバム語で解説する。

「この薄いヴェール状の被衣が皇妃の、帯は皇女の謹製と言われているものです。衣はさすがに、当時の職人の手によるもののようですが」

「なんと豪華な……」

「どちらも金糸と銀糸がふんだんに使われています。特にこちら、被衣の方は、夜の砂漠で人を導く七つの星を模したという『月砂の七つ星』という銘を持つ石が縫い付けられていて、いま同じようなものを再現しようとしても、高価になりすぎてしまうので難しいとか」

「月砂帝国の最盛期の品は、豪奢《ごうしゃ》の極みを尽くした装飾品が多いのですよ」

兄の後ろについていた第四皇子は、そう口にするとにっこりと微笑み、くるりとアウローラの方を向いた。ぎくりと背を震わせて一歩引いたアウローラに、ナタニエル皇子は流し目を寄越す。

「あちらでは、こうした被衣は女性が家族のために刺すのが伝統で、月砂帝国の女性たちは三歳になると針を贈られ、物心がつくと同時に刺繍を学び始めるのだとか。刺繍を施したものを贈るのは愛――友情や敬愛、親愛、愛情の証《あかし》。月砂帝国では今でも、刺繍の技術の優れた婦人が異性からの思慕の念を集めるそうですよ。クラヴィス夫人もきっと、あちらでは数多の愛を得られる方でしょうね」

（リップサービスがお上手《じょうず》ねえ……）

流し目とともにそう囁かれ、アウローラは心の中で呟いてしまう。

「特にこの皇妃の婚礼衣装は逸品と名高く、この三点の中でも最も価値が高いとされるものです。皇妃が当時の帝王に嫁ぐ際、己の持つ深い愛情と敬愛を示すものとして作ったと言われています。ひとつひとつのモチーフにも、様々な意味が込められているそうですよ」

高すぎず低すぎない、なめらかな声色で歌うように続けられる解説に、アウローラは少しばかり苦笑しながらも、被衣の方へと視線を戻した。見れば見るほど見事な品だと、そう思って。

しかし。

（……ちょっと待って？　何か、変）

ケースの中で輝く被衣、その佇まいに引っかかりを覚えて、アウローラは口を引き結ぶと、目を凝らした。未だ続くナタニエル皇子の口上が、耳を右から左へ抜けてゆく。

「どうかした？」

ケースにぺたりと張り付いて目を凝らすアウローラに、ルナ・マーレが耳打ちする。

アウローラは振り返り、視線をさまよわせつつ、とびきりに小さい声で問うた。

「……あの、こちらの展示品は、レプリカ、ではないですよね？」

「どういう事？」

ルナ・マーレが困惑の声を漏らし、眉根《まゆね》を寄せる。彼女は目配せでエルメンヒルデを呼び寄せると、アウローラと同じ事を囁いた。するとエルメンヒルデもまた首を傾《かし》げて、アウローラに問うた。

「何か気になるの？」

「このヴェール、目を見張るほど素晴らしい品物である事は間違いないのですけれど、なんだか、わたくしがカタログで見たものとちょっぴり違うような気がして……」

アウローラの脳裏に、夢中で読み込んだカタログの『刺繍の逸品』のページがよぎる。すり切れるかと思うほどに読み込んだページだ。その内容を間違えて記憶しているとは思えない。

「カタログによればこちらのヴェールには、月砂帝国の水にまつわる魔術文様が施されていると書かれていました。水が貴重な地域なので水の文様は命の文様とほぼ同じ意味を持つ、非常に重要なものだと。でも、今ここにあるものは、なんだかちょっぴり違うように思うのです。それにこの『七つ星』もなんだかカタログの絵と違うような……」

「細かい事は分からないけれど、貴女《あなた》がケースに触れたのに反応がないって事は分かるわ」

「……確かに」

ルナ・マーレの指摘に、アウローラは再びケースにぺたりと触ってみる。きちんと動いているのであればバチンと反発があるはずのそれは、ぴくりとも動かなかった。

「確かに、おかしいわ。それにこれ、天然物の魔石じゃなさそう」

アウローラの動作と被衣へ目を凝らしたエルメンヒルデは、わずかに顔をしかめた。

「――殿下、少しよろしいでしょうか」

「どうしたの？」

王太子が寄ってきて、エルメンヒルデの指がパチリと小さく鳴る。ふたりの上半身を覆うかどうかの小さな防諜《ぼうちょう》魔術が展開され、ナタニエル皇子が顔を強《こわ》ばらせたのが見えたが、エルメンヒルデは構わず、王太子の耳にアウローラの見解とケースの不具合を囁いた。

「――確かにおかしいな」

おもむろに展示ケースをひと撫《な》でした王太子は、パチリと指を鳴らして魔術を解除し、低く唸った。

「どうなさいましたか」

王太子の仕草を目に留めたナタニエルが小さく囁く。

「……お耳を拝借しても？」

今度は王太子の両の手が、小さくぱちんと音を立てる。

エルメンヒルデのそれよりは範囲の大きい、けれどいつもの彼の術よりはずっと薄く小さな防諜魔術が起動して、王太子と第四皇子の会話がアウローラたちには聞こえなくなった。

だから、アウローラたちが次に聞いたのは、王太子の耳打ちに驚愕《きょうがく》した第四皇子がケースに走り寄り、何かを確認して言い放ったこの叫びだったのだ。

「――くそっ、やられた！　ヴェールがレプリカに入れ替わっている！」

※

「……皆さんは『怪盗ベル』の噂《うわさ》をご存じですか」

月砂帝国のパビリオンは『臨時点検』の名目で、即座に封鎖された。

事態を確認した第三皇子サミュエルは即座に外務庁に飛んで行き、ウェルバム王国の一行は第四皇子ナタニエルとともに残され、彼による事態の説明を受ける事になったのだが。

アンリ帝記念公園の一角に古くから建つという、狩猟用の小離宮（万国博覧会における治安維持局の本部なのだという）の応接室にて、窓辺に立った第四皇子が切り出したのはそんな話だった。

「市井《しせい》を騒がせている盗人がいるとの報告は受けています」

「貴族や富豪の宝物庫ばかりを狙う愉快犯であるとか」

（ああ、そういえばベネディクタ様がそんなお話をしていたっけ……）

首を傾げていたアウローラだが、ウェルバム王国側の護衛の責任者のひとりとしてフェリクスが答え、ユールが補足した事で、そう言えばと思い出す。大海国に血縁を持つ貴婦人・ベネディクタから、そんな噂を聞いたではないか。

ナタニエル皇子は頷いて、「概《おおむ》ねその通りです」と返すとひどく真面目《まじめ》な顔を作った。

「今、我々帝都警察は『怪盗ベル』を追っています。帝都警察というのは、私が皇子として長を務める、帝都の治安維持を担う部局です。治安維持や要人警護の他、発生した事件の捜査と犯人の確保も担っています。それなりに大きな組織です」

「そうした組織がある事は聞いています」

フェリクスの相槌《あいづち》に、皇子はまた頷く。怪盗の犯行について詳しい事は？　そう問われ、一同は無言で首を振る。ナタニエル皇子は浅いため息をひとつ落とし、口を開いた。

「帝都を騒がす『怪盗ベル』は、クラヴィス卿とルーミス卿が仰《おっしゃ》ったように、貴族や富豪の宝物庫を狙って盗みを働いている悪党です。――最初の被害は、昨年の夏の終わり。富を得て爵位を買った『成金』の男爵家が金に飽かせて手に入れた、三百年前の王が妃《きさき》のために作らせたと言い伝わる、拳《こぶし》ほどもある緑柱石のブローチでした」

（……そんなとんでもないものが、男爵家に？）

皇子は、「そう、本来なら王家の宝物庫にあるようなものですよ」と肩をすくめる。

「我が国には新興の貴族というものが大勢おりましてね。没落した貴族から爵位を買ったり、貿易で儲《もう》けた金で事業を興して爵位を授与されたりした者たちです。彼らの多くは旧家に対するコンプレックスが強く、古くからある名品を手に入れる事で箔《はく》を付けようと画策することがあります」

それで我が国に富が集まるのであれば、帝室としては文句ないですがね。

そう告げた皇子の目の光は、為政者の一族らしい冷えたものだった。口をつぐんだアウローラたちに、皇子は「失礼」と咳払《せきばら》いをして、話を戻す。

「初めの被害者である男爵家は家の体面を重んじて、盗難に遭った事をしばらく隠していました。同じ犯人と思われる盗難事件に遭った、他の貴族たちもです」

（……まあ、言い出しづらい、でしょうねえ）

アウローラは内心独《ひと》りごちた。もっと早くに分かっていればと皇子は嘆くが、隠蔽《いんぺい》しようとする貴族たちの気持ちも分かる。

「しかし犯人は、己の犯行が話題にならない事を腹立たしく思ったのか、ある時から新聞社などに『犯行声明文』を送りつけるようになったのです。それによって一連の事件が発覚、あっという間に大衆に広まりました。奴《やつ》を『怪盗』と呼び始めたのは、最初に犯行声明を受け取った新聞社です」

「犯行声明文？」

「預かり証のようなカードです。……このようなね」

皇子が懐から、一枚の紙片を取り出した。それは美しい鳥の子色の厚手の紙の、貴族がメッセージを残す際に使うようなカードである。そこには印刷物のような文字が、青黒いインクで並んでいた。

いともうるわしき花嫁のヴェール、お預かりいたしました。

途中で見つけた代わりの品を置いておきましたから、どうぞそちらをご覧下さいまし。

そちらもとても素敵なお品だと思いますから、きっと皆さん楽しめる事でしょう。

それにしても、これほど美しい邂逅《かいこう》がこの世にあるでしょうか？

ヴェールも、わたくしを彩る事ができて幸せな事でしょう。

――ではまたお会いいたしましょう　愛を込めて　ベル

「つい先ほど、この帝都警察大公園支部に届いたものです」

「……これはまた、大胆な」

王太子が呆《あき》れの声をこぼし、一同は揃って頷く。皇子も浅く頷いて、カードをひらひらと揺らした。

「こうしたカードが届くようになり、優れた宝を持つ家々は家宝を守ろうと動き出しました。各自で警戒を強め、我々帝都警察と連携するようになったのです。……しかし、奴はそれをあざ笑うかのように犯行を重ねました。各家の警戒も我々の警備も掻《か》い潜《くぐ》って、目当ての物を盗み出すのです」

美貌《びぼう》を歪《ゆが》ませ腕を組み、ぎり、とナタニエルの奥歯が噛《か》みしめられる。

「博覧会の開幕までに怪盗ベルを捕まえようと、我々は躍起になりました。何しろ万国博覧会には、各国の宝物や最新技術が集まりますからね。しかし奴は捕まらず、博覧会は幕を上げてしまった」

ナタニエルはそこで言葉を切り、大きく息を吐き出した。きららかな顔立ちに陰が宿り、娘たちが心ときめかせるような、物憂《ものう》げな気配が目元に現れる。

「……こうなれば、あとは護《まも》りに徹するしかありません。国威発揚のためにも、怪盗を理由に時期をずらす事などできませんしね。そこで我々は、異国の宝物の集結するこのアンリ帝記念公園の警備を、予定よりも厚くする事にしました。特にこの月砂帝国のパビリオンには貴国の魔道具まで導入し、多くの人員を割《さ》いて備えていました」

（……そういえば、警備がものすごく厳重だなとは思ったのよね）

展示室の警備を思い出し、アウローラもひとり頷く。あの厳重すぎるほどの警戒は、他国の名品が展示されているからという理由だけではなかったのだ。

「なにしろあの展示は、月砂帝国にとって国宝とも言える貴重なもの。彼《か》の国との友好を貴族や市民に対してアピールするために貸与してもらった、今回の他国からの出品の中では最も重要な展示でした。決して盗まれるなどという事があってはならないものだったのです。……それなのに」

彼は片手に掲げた『犯行声明文』を昏《くら》い目で睨《ね》めつけて、眉間《みけん》に険しいしわを刻んだ。

「結果はこれです。ある意味で最も貴重な展示品が、まんまと奪われてしまいました。……先ほど展示ケースの中に飾られていたものは、我々が準備していた作りかけのレプリカです。奴はどうしてかレプリカの存在に気づき、ただ盗むだけではなく、本物と入れ替えていったようだ……」

「作りかけ？　あんなに素晴らしい刺繍の品がですか!?」

思わずウェルバム語でそう叫んだアウローラに、ナタニエルはあっさりと頷いた。

「そうです。展示品と入れ替えておけば、奴を出し抜けるだろうと考えたのですが、あれほどの作品のレプリカが、数日でできるわけがありません。展示品が届けられてすぐに制作が始まり三ヶ月、ようやく完成間近となったのですが、奴の方が一枚上手だった」

なるほど、とアウローラは一人得心した。

思い返せばヴェルバム王国で王太子妃のヴェールを急ぎ制作した時も、腕利きの職人を大量に集めてなお、ふた月はかかった。しかも、今回は大っぴらに作業できないのだから、より時間がかかるはずだ。

「三ヶ月であそこまでの物を作り上げた職人方の腕は、驚嘆に値するものかと存じます」

「そう言って頂けると、職人たちも報われます」

こほんと小さく咳払いをして、ゆっくりと大海国語を口にしたアウローラに、ナタニエルはうっとりとした笑みを向けた。それから、急に改まって姿勢を正すものだから、アウローラはぎくりとして背を震わせる。その脳裏をよぎったのは、夫の『気をつけてくれ』なる言葉である。

しかし、その次にナタニエルが口にしたのは、こんな言葉だった。

「実は、本日クラヴィス夫人をお招きさせて頂いたのは、あのレプリカの完成に力を貸して頂けないかと考えたからだったのです」

「……わたくし？」

アウローラは目をまたたかせる。ナタニエルは大きく頷いてみせ、仰々《ぎょうぎょう》しく手を広げた。

「レプリカは、帝室御用達《ごようたし》の刺繍工房の手練《てだ》れが密《ひそ》かに制作を進めていました。ですが、材料はほぼ同等であるのに、元の品の持つ得体のしれない『気配』がなく、職人たちはそれが何故なのかと頭を悩ませていたのです。——そんな時、貴女の刺繍作品に出会ったのです。これだ、と思いました」

黄金色の瞳《ひとみ》がらんらんと輝く。アウローラは喉《のど》を引きつらせたが、ナタニエルは止まらない。

「あのミステリアスな文様と、そこから滲《にじ》む魔法の気配。これこそ、あのヴェールにあってレプリカには存在しない神秘そのものだ、これがあれば奴を欺けるに違いない。そう思ったのです」

けれど間に合わなかった。そう呟き、ナタニエルは唇を噛みしめた。

「それでも、クラヴィス夫人の作品に出会ったことで、魔術の奥深さの一端に触れる事ができました。……実は、あまりにも犯人の尾がつかめないため、我々は、これらの犯行には我々の詳しくない手口、つまり魔術などが用いられているのではないか、という仮説を立て始めたところだったのです。我が国はこれでも、科学的な手法を用いた捜査は大陸随一だという自負があります。それに全《まった》く引っかからないのは、犯行の痕跡が魔術などで隠蔽されているからなのではないかと考えました」

「ないとは言えませんね。ただ、この国で大規模魔術を展開する事は難しいかと思いますが」

そう続けたナタニエルに、王太子も顎《あご》を撫でる。

「この国は自然界に存在する魔力が非常に薄い。魔術師にとっては平時の数分の一も力を発揮できないような環境です。私も魔術師ですが、大げさな魔術を使う事は難しいですよ」

「ごく些細《ささい》な魔術であっても、我々にはそれに対抗する術《すべ》がありません。そちらではたいした事のない術であっても、我々にとっては大事件になる可能性があるのです」

ナタニエルは腕を組み、たとえば、と口にする。

「指の先からほんの小さな火が出せるだけでも我々にとっては驚異です。犯罪者がわずかな結界を使うだけでも、我々は驚愕し、取り逃がしてしまうでしょう。音を遮断する魔術などを使われてしまえば、敵が間近に接近するまで気づけない可能性さえあるのです」

そんな風に説明したナタニエルの言葉に、王太子は険しい顔になり腕を組んで小さく唸る。

「そうか、こちらでは、『発動される魔術に備える』という発想が、そもそもないのですね」

「ええ。国民のほとんどは、魔術や魔法をおとぎ話の中でしか知りません。実際、貴国との縁がなければ、現物を目にする事はおろか、実在するとすら知らぬままに生涯を終える者も少なくない事でしょう。……それは、訓練を積んだ我々帝都警察の人員であっても同じ事が言えます」

実際、警備の者は皆、あなた方の使った小さな魔法ひとつひとつに驚いて、いちいち報告を上げてきますよと、ナタニエルは小さく笑った。

「そんなわけで、もし、怪盗ベルが魔法を使える人間であったなら、我らには対抗する術がないのです。今回起こったヴェールの盗難事件もこれから全力で捜査に取り組んでいきますが……、もしも魔術が使われているのであれば、未解決事件にならないとも限らない」

ナタニエルは深く息を吐き、ゆっくりとウェルバム王国の一同を見渡す。

王太子からルナ・マーレ、アウローラたちと護衛たち、ひとりひとりの顔を順繰りに見やり、胸の前に拳を掲げながら、さながら演説のごとくに言葉を奮った。

「しかし、未解決にするわけにはいきません。なにしろ友好国の国宝級の品が盗難されたなどと明らかになれば、友好関係にヒビが入るどころか、一歩間違えば戦争になりかねない重大な事態です。我々は世間に知られる前に秘密裏に、なんとしてもヴェールを取り返さねばならない」

そこで言葉を切り、ナタニエル皇子は姿勢を正す。

それを受けるように王太子も姿勢を整え、皇子の前にすっくと立った。

「――テクスタス殿下、そしてクラヴィス夫人。あなた方の魔法でもってどうか、我々に力を貸してもらえないでしょうか」

†4　まさかの潜入捜査

「これはまた、とんでもなく華やかねえ……」

——夏至《げし》も近づくまばゆい太陽が、彩りを濃く深める木の葉の影を黒々と落としている。

空は、目もくらむような青。夜のうちに海風が雲を運び去ったらしく、すっきりと晴れ渡っていた。

そんな、初夏の命がきらめく昼下がり。

海の色をした屋根を持つ、海神や海の精霊の彫刻が壮麗な白い石造りの離宮の前庭、開放的に広がる芝生の上には、リボンや花で飾られた白い布張りのキャノピーが立ち並んでいた。

キャノピーの合間から聞こえてくる、星のまたたきのようにきゃらきゃらとさんざめく令嬢たちの明るい歓声を耳に、アウローラは日傘の陰でそっと息をつく。

（……皆若くて、きらきらしているわ）

芝生の上は、まさに花盛り。花のように装った淑女たちが日傘を掲げてそぞろ歩いている。

彼女たちの多くは、まだ社交界に出たてなのだろう。リボンやレースがふんだんに用いられた可憐《かれん》なドレスで装って、まだ見ぬ世界のきらめきに瞳《ひとみ》を輝かせている。

アウローラは己の胸元を見下ろした。視界に映り込むのは少女たちのドレスとそう変わらない、若々しい形のドレスだ。生地は上品な淡い翡翠《ひすい》色のタフタで、同色のフリルと白いレースがたっぷりと飾られている。しかもそこに、刺繍《ししゅう》が施されたたくさんのリボンとオールドローズのコサージュといったいかにも少女の好きそうな装飾が足され、砂糖菓子のように甘い印象を作り出していた。

（これ、今のわたしには可愛《かわい》すぎないかしら。……それに）

片手を伸ばし、アウローラは腰元に伸びた己の髪をつまみあげ、目の前にかざした。

未婚の令嬢たちと同じように、結い上げずに下ろされたそれはなんと、彼女の持つたまごで作られたクリームの色ではなく、夫のものによく似た、月の光を集めたような淡い銀色に輝いているのだ。アウローラ自身には見えないけれど、目の色も、森のような緑……ではなく、ほんのわずかに紫の気配を帯びた、矢車菊の花のような青玉色に染められているのである。どちらも、王太子の持ち込んだ魔道具（もちろん、彼が日頃《ひごろ》お忍びで街を歩く時に使うものだ）によるものだった。

（同じ色だわ、って浮かれていられたら良かったのに。まさか、結婚後にこんな格好をして、こんなところに参加する事になろうとは……）

――ここはアンリ帝記念公園、シャルル七世宮の前庭である。今日はここで帝室主催の園遊会、第四皇子の妃《きさき》がねを探す、皇后肝いりの見合いが開かれているのだ。

そして、アウローラはその場に、未婚の年若い令嬢を装って潜り込んでいるのだった。

※

なぜこんな事になったのか。

それは、あの警備本部での、ふたりのロイヤルによる話し合いの時に遡《さかのぼ》る。

第四皇子の協力依頼に、ウェルバム王国王太子、テクスタスはこう答えたのだ。

「協力するのはやぶさかではありません。……しかし、魔術の国の民である我々が何度もこのパビリオンに出入りすれば、何か大事があったのだと周囲に知れるのは時間の問題でしょう」

なるほどと口にしながら、王太子のこの言葉に考え込んだナタニエルはちらりとアウローラに目配せをする。アウローラは作り笑いを引きつらせながら「何かございましたか」と聞き返した。

「貴婦人に対してあるまじき問いとは思うのですが……クラヴィス夫人はおいくつですか？」

アウローラの周囲の貴婦人ふたりの頬《ほお》がひくりと引きつった。

確かにそれは、貴婦人に聞くべきではない質問の序列第一位の地位を戴《いただ》く質問である。

しかし、答えないわけにもいかない。アウローラは口ごもりつつ、口を開いた。

「……この春、二十一になりました」

「――妻が、何か？」

フェリクスも王太子の隣で視線を冷え込ませ、ナタニエルに問いかける。

ナタニエルはくすりと小さく笑い、「いえ、ちょうど良い年回りだな、と思いまして」と答えた。

「ちょうど良い？」

問いかえす王太子に、ナタニエルは「実は」と前置きして眉根《まゆね》を垂れた。

「明日から数日の間、こちらの公園では園遊会やパビリオンの鑑賞会など、帝室主催の社交行事が立て続けに行われる予定なのです。……母后が私の妃探しをしようと、帝都を訪問中の未婚の令嬢たちを招待しておりましてね。――私は誰かひとりに永遠を誓うのは、まだ早いと思っているのですが」

「……なるほど？」

ナタニエルの言葉にそう呟《つぶや》いたのは、ルナ・マーレか王太子か。

「つまり、そこに紛れて公園を訪れるのであれば、周囲の目を引かないだろう、と？」

「ええ。クラヴィス夫人ほどの年回りの方であれば、不自然ではないでしょう？　未婚の令嬢であれば、付添人や護衛、侍女など、何人も引き連れていてもおかしくないですしね」

　現場の視線を一身に集めたアウローラは、きゅっと眉根に力を込めた。フェリクスの周囲の気温がどんどんと下がっていき、隣のユールが小さくくしゃみをひとつこぼす。

　しかし、残念ながらそれに怯《ひる》むような皇子たちではない。皇子と王太子は空々しいほど爽《さわ》やかな対外用の笑顔を浮かべ、逃げ場を失ったアウローラの左右に立ち塞《ふさ》がった。

「クラヴィス夫人、貴女《あなた》であれば、令嬢たちの中に紛れてそれらの行事に参加できると思います。申し訳ないのですが、貴女を隠れ蓑《みの》にして貴国の魔術師たちをお連れ頂く事はできないでしょうか」

※

　そんなわけで参加した、園遊会が始まってしばし。

　甘いドレスの裾《すそ》をひらめかせ、アウローラは日傘の陰で笑顔を引きつらせていた。

「貴女、とても素敵なドレスね！　どこでお作りに？」

「この方、ウェルバムからいらっしゃったんですって。ドレスはウェルバムの仕立て屋で？」

　年若い娘たちがドレスの流行に興味津々であるのは、国が違えど変わらないらしい。

　このドレスを見立てたのは、ウェルバム王国のファッションアイコン、ルナ・マーレだ。それが非常に洒落《しゃれ》ていたからだろう、園遊会の片隅で目立たぬようにひっそりと佇《たたず》む予定だったはずのアウローラはいつの間にか、大海国《グラン・マーレ》の年若い少女たちに取り囲まれ、質問攻めにあっていた。

「このドレスの刺繍は、妖精《ようせい》の模様ですのね！」

「こちらのリボンの不思議な文字は、なにかの魔法？」

何のためらいも屈託もなく話しかけてくる少女たち。彼女たちと同じくらいの歳《とし》の頃《ころ》には社交もおざなりに、刺繍ばかりして過ごしていたアウローラにはまぶしいばかりで、くらくらと目を回す。

「ごめんなさいまし、順番にお伝え頂いてもよろしいですかしら……？」

「もう、アニエス様ったらいつも勢いが良すぎよ」

「コラリー様に言われたくないわっ」

意を決して口を開いても、少女たちの勢いは止まらない。

（そうか、いつもはわたしが侯爵家の人間だと知られているから、周りの方々が慮《おもんぱか》って下さっているのね……。わたし、すっかりそれに慣れてしまっていたのだわ）

しかし今日は、フェリクスや婚家の権力を使うわけにはいかない。こうした場では、護衛や付添人たちは少し離れたところから見守るのが基本なのである。真後ろにずらりと引き連れているのは、よほど身分が高い家柄の者だけだ。

（……しっかりしなさい、アウローラ。貴女はこの子たちより歳上で、なにより侯爵家の嫁なのよ！　それに、ウェルバムの文化に興味を持ってもらえるのは『本来のお役目』としても本望だわ）

アウローラは内心で拳《こぶし》を握り、一度大きく息を吸うと、くるりと大きく日傘を翻《ひるがえ》し、にっこりと微《ほほ》笑《え》んだ。少女たちが、あら、と目を丸くする。

「ウェルバムには、妖精も精霊もおりますよ。そして、魔法も魔術も身近にございます。他所《よそ》のお国ではおとぎ話だと思われていると聞いて、わたくし本当に驚いておりますの」

薄い微笑みを意識して、極力おっとりと。余裕を感じさせる、ゆったりとした口調で。相手の会話のスピードを落とし、己のペースに乗せるには、相手の速度に乗せられないようにする事。

アウローラの振る舞いに、相手の身分が低くない事をようやく察したのだろう。少女たちは我に返ったようにこほんと喉《のど》を鳴らすと、我先に姿勢を正した。

「その、不躾《ぶしつけ》に話しかけてしまって、ごめんなさいまし……」

「お気になさらないで。わたくしの祖国に興味を抱いて頂いて、とても嬉《うれ》しく思います。もしご興味がおありでしたら、ウェルバムのメゾンや商会をご紹介いたしましょうか」

「まあ、是非お願いしたいわ！」

そうして連絡先を聞き出していたその時、不意に前方からざわめきと歓声が飛び込んできた。

少女たちがぱっと顔を上げ、アウローラも日傘を傾けて、音の聞こえた方を振り仰《あお》ぐ。視界の中で、淑女たちが次々に、傘を下ろして膝《ひざ》を折った。

その波のような動きの中央に現れたのは、艶《つや》めく黒髪を風に遊ばせた、濃いアンバーの肌を持つ希《まれ》なる美貌《びぼう》を持つ美青年。もちろん、第四皇子のナタニエルである。彼は左右の乙女たちのお辞儀ににこやかに手を振って応《こた》え、この場で最も格式の高いテーブルへと歩を進めた。

（……ようやくのお出ましね）

満を持しての主役の登場に、『歓談の時間』の終わりを悟り、アウローラは深く息を吐き出した。

少女たちに辞する挨拶《あいさつ》を述べようとしたアウローラは、振り返ってきょとんとまたたいた。

「皆様はご挨拶なさいませんの？」

少女たちは皆そそくさと、挨拶の列から遠ざかるように位置を下げていたのである。アウローラの問いかけに、少女たちは顔を見合わせて困ったように眉を垂れた。

「もちろんご挨拶させて頂きますけれども、わたくしたちに順番が回ってくるのはまだ先なのですわ。身分の高いお家の方は別ですけれども、まずは殿下とお年の近いお姉様方からというのが、ここ最近の暗黙の了解なのです」

少女たちはひそひそと盛り上がりながら、そんな事を耳打ちする。

(なるほど、それならわたしもすぐにはご挨拶に向かわないで、様子を見た方が良さそうね)

しばらく様子を見るという少女たちと別れ、アウローラは人気《ひとけ》の減ったキャノピーに歩み寄るとさっと周囲に目配せをした。すぐさま人が集まってきて、アウローラはほっと小さく息をつく。

「……お疲れ様」

こそり、歩み寄ってきた人影が耳元で囁《ささや》く。囁きの主を見上げ、アウローラは口元を緩めた。

(何色になっても、何を着ても、こんなに素敵だなんて。ほんとうにずるいわ)

たぐいまれなる美貌を縁取るのは、はらりと頬に掛かる淡いたまごクリーム色の髪。アウローラを心配そうに覗《のぞ》き込んでくるのは、森の精霊もかくやと思わせるとろりとした緑色の瞳。すらりと伸びた、けれど逞《たくま》しい手足を包むのは、この帝都の治安を守る兵士たちのそれと同じ、黒い飾緒で複雑に飾られた暗いグレーの制服だ。

そう、見上げた先、視界に映ったその人――フェリクスの装いもまた、アウローラと同じようにいつもと違った。彼の姿は、夫婦が日頃持つ『色』を真逆に入れ替えた、『変装』姿だったのである。

これもまた、王太子テクスタスの持ち込んだお忍び用の魔道具によるものだ。

(ポルタの色をしたフェル様、どうにも違和感があるのに、見つめていると新鮮で素敵、とも思わせてしまうのだからほんとうにずるいわ……）

髪も瞳も、明るくも素朴な色味であるはずなのに、どうにも硬質で透き通った印象が拭《ぬぐ》えない。同じ色を帯びていても、妖精めいた可憐さを持つポルタ家の男性陣とは全《まった》くもって雰囲気が異なるのだ。

不思議なものねと思いながら、アウローラはほう、と息をついた。

「ローラ？」

見慣れぬ夫の姿にみとれていたアウローラは、名を呼ばれて慌《あわ》てて口を開いた。

そうして、若い令嬢たちに教わった『暗黙の了解』について話せば、フェリクスはもちろん、その後ろから優雅にやってきた『令嬢の付添人』に扮《ふん》したエルメンヒルデも、難しい顔をした。

「困ったわねえ。あちらが提案してきたのだから、手はずを整えておいて下さればよろしいのに。まあ、あの状況では、たとえ手配がされていたとしても抜け出せないでしょうけれど……」

ちらり、エルメンヒルデの視線の先を追い、アウローラは目をまたたかせた。

（す、すごい、人垣……）

ナタニエルの周りは十重《とえ》二十重《はたえ》、華やかなドレスに囲まれた、大きな人垣ができていたのである。その様ときたらもはや、祝祭の広場における大道芸人もかくやという有様で、ナタニエルの背がもう少し低ければ、どこにいるか分からなくなってしまっただろう。

「あんなに囲まれて、抜けてこられるのかしら。……ところで、あのお隣にチラリと見えるのは、もしかして噂《うわさ》の恋人かしら？」

「まさか……。あくまで暗黙の了解とはいえ、皇后陛下主催の『花嫁探し』の場に恋人を連れて現れるなんて事はないでしょう。皇后陛下が未亡人の方に招待状を出すとも思えませんし……」

「でもほらご覧なさいよ、噂通り、人間離れした美女じゃないの。あんな雰囲気の人間が、ふたりも三人もいるとは思えないわ」

アウローラの耳元に、エルメンヒルデが小さく囁いて、こっそりと指を伸べる。その指の先に見えた、人垣の合間にちらちらと覗く人影を目にして、アウローラは息を呑《の》んだ。

（……すごい、この距離でも分かるほどの美人だわ）

その場に、透き通るように白い大輪の百合《ゆり》の花が咲き誇っているかのような。

ナタニエル皇子の少し後方。真っ白な日傘を傾けて佇んでいるのは、雪のように白い髪と肌、そして艶《なま》めかしい曲線を描く肢体をやはり真っ白なドレスで包んだ、人外めいた美しい貴婦人だった。どうにも人目を惹《ひ》きつけてやまないらしく、警備のために配置された兵士たちまでも、ちらちらとそちらに視線を送ってしまっているようだ。

（お肌も髪も、真っ白なのね。まるで冬の精霊のよう……。ちょっとぞっとする美しさ、というのはこういう方を言うのかしら）

その雰囲気に、アウローラはうっかりと魅入《みい》った。

佇まいが美しい、というのだろうか。透き通るような美しさと気品、それと同時に匂《にお》い立つような色香を感じさせるというのは、人間らしからぬと言っても過言ではないだろう。彼女の持つ色彩が真っ白であるという事もまた、その気配の形成に一役買っているようだ。

美しい貴婦人や貴公子を見慣れているはずのアウローラであっても、ちょっと記憶にないような雰囲気の持ち主である。

（ううん、『美しいものが好きだ』というナタニエル皇子の恋人だと思うと、納得だけれど……。精霊みたいだと思うと、なんだか近寄り難《がた》い感じがするわ。おふたりが並ぶと、『朝と夜の精』という雰囲気ね。……昔作ったドレスを思い出すなあ)

「牽制《けんせい》のために連れてきたのでは？」

「ああ、殿下はまだご結婚されたくなさそうだったものねえ」

しみじみと、かつてのドレスに想いを馳《は》せながら人垣を眺めるアウローラを横目に、フェリクスとエルメンヒルデは声を潜めて、ナタニエルとその恋人らしき貴婦人に言及する。

「もっとも、牽制が上手《うま》くいっているとは言い難いようだが」

「さすが情熱のお国、大海国……」

アウローラには、やたらときらきらしさを振りまいているふたりに並び立つのは、なかなか勇気がいる事のように思えるのだが、こうして見ている間にも、彼らを囲む垣根は徐々に厚みを増している。美男美女にめげる事なく果敢に挑んでいく貴婦人たちが、後を絶たないようだ。

その時、垣根が一瞬たわんだ。引き潮の時にだけ現れる海中の道のような空間に現れたのは、数人の淑女たちを従えた、燃えるような赤毛の鮮やかな貴婦人である。

そのメリハリのある身体《からだ》を包むのは、海のニンフェの衣のような、晴れた日の海の色のドレスだ。たっぷりとした生地と豊かなドレープ、そこで星空のように光るのは人魚の涙――真珠だろうか。白をまとった皇子の恋人とは真逆の、艶《あで》やかでエレガントな装いである。

(……また、とびきりの美人が！　まだ若そうなのに、びっくりするほど妖艶《ようえん》だわ……)

ぱっちりと大きな、アーモンドの形をしたつり目がちの瞳は溌剌《はつらつ》と輝き、ふっくらと厚い唇はバラ色。頬も桜貝のように淡く色づいて魅力的に輝いて、噂の未亡人とはまた雰囲気の違う、こちらもか

なりの美女である。

（お義姉《ねえ》様やお義母《かあ》様のお美しさに匹敵するような美女はそうそういないと思っていたけれど。世界にはまだまだ、とんでもない美女がいるのねえ……）

そんなずれた感想を抱き、アウローラはぽかんとして彼女たちを見つめた。

彼女は周囲の視線をものともせずまっすぐに皇子に向かい、これ以上のものはないだろうという、美しい礼をしてみせた。そして、周囲の人垣にも隣の美女にも頓着《とんちゃく》せず、まぶしい笑みを浮かべて皇子に話しかける。皇子は苦笑を浮かべているが、それでも邪険にはせず言葉を返していた。その振る舞いを許されているという事は、帝国でも屈指の家柄の娘なのだろう。

（……それに、彼女はナタニエル皇子に対して、かなりお熱なのだわ）

彼女の振る舞いの端々から覗くのは、人の色恋沙汰《ざた》には少々鈍いアウローラでさえ気づくほどの、ナタニエルへの熱い思慕の念である。

（こんなご令嬢がいると知られているのなら、歳の若いお嬢さんたちが遠慮がちになるのも分かるわ）

そんな事を思いながらしみじみと人垣を眺めていたアウローラはふと、星の宿った紅玉のようなきらめく瞳がこちらをじっと見ている事に気がついて息を止めた。

皇子に必死に話しかける令嬢の、その向こう。

人が踏みにじる前の早朝の雪原のような澄んだ白い景色の中、雪に埋もれて輝くサンザシの実を思わせる目の醒《さ》めるような赤、それがふたつ、こちらを覗いていたのである。

そしてそれは、アウローラの青く染められた瞳と交差すると、ゆるりと細められた。

（……め、目が合ったわ）

まるで何か、覗かれてはいけない存在に見られてしまったような。

そんな心地が胸を掠《かす》めて、アウローラはひゅっと息を呑む。

「……大丈夫か？」

思わずくらりとよろめけば、護衛に扮したフェリクスがさっとその背を支えてくれる。その安定感にほっと息を吐いたものの心配そうに覗き込まれて、アウローラは慌てて表情を取り繕《つくろ》った。

「ええ、大丈夫」

「顔色があまり良くない」

手袋を外したフェリクスの手の甲が、アウローラの頬と額を撫《な》でる。慣れ親しんだ、長い指の感触に頬を緩め、アウローラはゆるゆると首を振った。

「本当に大丈夫よ。久しぶりのこの雰囲気に、ちょっと当てられてしまっただけだと思うの」

「少し休ませてもらおう。あちらの大きな白いテントに、休憩室が設《しつら》えられていると聞いた」

「少し風に当たっていれば治まるわ」

「だが……」

フェリクスは、緑色に染まった瞳をすがめ、人垣の向こうの主催者を小さく睨《にら》み付ける。

「……正直、あの皇子の取り囲まれぶりを見ると、休憩室にいた方が都合良く事が運ぶように思う。彼の周りは、あまりにも人の目がありすぎる。我々が挨拶に向かうより、向こうから来てもらった方が目立たないだろう。それに……」

そこで言葉を切って、フェリクスはついとひとつ、流し目をくれた。

いつもと違う色なのに、いつものような色気が滲《にじ》んだその瞳に、どきりと心臓が跳ね上がる。

未《いま》だ頬に留まっていた彼の指先は、頬から顎《あご》へとするりと滑り、口づけの代用として淡い紅に染められた唇に触れた。アウローラの頬がじわりと赤らめば、彼は満足げに口の端をもたげ、その指を己の唇に押し当てる。

「――私の色をまとったローラを衆人に晒《さら》し続ける事は、本心では業腹《ごうはら》だ。できる事ならば独《ひと》り占めしておきたかった」

口づけの代わりに交わされた指先。無意識のうちに見つめ合い、アウローラは甘い吐息を漏らした。

しかし、その距離は護衛と令嬢としては不適切と言う他ない。

「はいはい、そこまでそこまで」

ごほんごほんという、わざとらしいほどに大きな音の咳払《せきばら》いが隣で響き、ふたりはぱっとその身を離してそれぞれ互いに明後日《あさって》の方向に視線をさまよわせた。

「そんな愛の言葉を囁けるようになったなんて……。フェリクス君、大きくなったわねえ」

「………フロース夫人」

付添人らしくふたりのロマンスを解散させたエルメンヒルデは、苦い顔をしてみせたフェリクスに、くすりと軽やかに笑ってみせる。

「だって、独身時代の貴方《あなた》は、『氷の貴公子』とかいう評判だったじゃないの。甘い言葉どころか無口で有名で、女性とのちょっとしたロマンティックな駆け引きさえ、聞いた事がなかったわ。そんな子がこんな風に愛を口にできるようになったなんて、小さい頃から知っている身としてはどうしたって、成長したわねえって思ってしまうのよ」

「……そうですか」

「噂は聞いていたのだけれどね。だって、本当に無口な子だったのだもの」

アウローラにとっては日常であるフェリクスの愛の言葉も、ルナ・マーレの友人で、幼い頃からのフェリクスを知るエルメンヒルデとしては、驚きの事実なのだろう。

「小さい頃は人見知りで、わたくしがクラヴィス家にお邪魔した時も、挨拶したきり一言もしゃべらなくて……。ルナによく、『弟の愛想が悪すぎる』と相談されていたものだわ。しゃべらないにしても、せめて少し微笑めばいいのにって」

「……愛想良くなどすれば、厄介事《やっかいごと》に巻き込まれますので」

「確かに、アウローラちゃんと出会う前のフェリクス君は、女難がすごかったものね」

エルメンヒルデが苦笑する。

人見知りで口下手《くちべた》なのに、同世代では顔面が飛び抜けて整っていたせいで、少年時代のフェリクスは色々と嫌な思いをしたという。気が強く、弟を振り回す気質の姉と母がいた事もあり、彼はすっかり女性が苦手な青年に成長してしまった。

その時代に一体何があったのやら、知りたいような、知りたくないような。アウローラはちらりと隣で憮然《ぶぜん》とした表情を隠しもしない夫を見上げたけれど、そこにあったのはあまりにも表情筋の動かない『無』の表情である。

（思い出したくもない事を、あえて思い出させる必要は、ないわよね）

思い出さなくていいんですよ。

そう告げるように、表情を強《こわ》ばらせたままの夫の片手をそっと取り、軽く握る。フェリクスは視線だけでアウローラを見下ろして、ほんのわずか、目元を和《やわ》らげた。夫婦のささやかなふれあいに、エルメンヒルデもやわらかく口元を緩める。

「……さ、雑談はこのくらいにしましょう。先ほどのフェリクス君の提案はとても良かったと思うのよ。日差しもずいぶんと強くなってきたし、キャノピーで休みながら殿下をお待ちしようじゃないの」

※

「申し訳ない、お待たせしてしまった」

結局、アウローラたちが休憩していたキャノピーにナタニエル皇子が現れたのは、彼が園遊会に現れてから、一時間以上が経過した後の事だった。その頃には、キャノピーに設置された長椅子《ながいす》などですっかりくつろいでいたアウローラたちだったが、詫《わ》びの言葉とともに足早に現れたナタニエルの姿に、さっと立ち上がって礼を取る。

「お待ち申し上げておりました」

一行を代表してエルメンヒルデがそう膝を折れば、「楽にして下さい」とナタニエルは微笑む。しかしその表情は、少々疲れて見えた。

「いつもあのように人に囲まれておいでなのですか？」

「いえいえ、今日はお若い貴婦人が多いからでしょうか、いつもよりもずいぶんと分厚いミルフィーユでしたよ。お陰で、予定より大分遅くなってしまいました」

アウローラの問いかけに、ナタニエルは苦笑する。それから片目をつぶってみせた。

「もっとも、可憐な妖精たちに囲まれて、華やかな気分になった事は否定しませんがね。母に知られたら叱られてしまいそうですが」

「あらあら。皇后陛下が泣かれますわよ」

エルメンヒルデが呆《あき》れの声をこぼせば、ナタニエルは肩をすくめた。

「しかし、私にも好みや理想はありますのでね。若く可憐な花々を愛《め》でるのは楽しいが、唯一と誓うには足りないと感じてしまうのです。——私は、芯から美しいものが好きでしてね。それは性別や年齢に囚《とら》われるものではないのです」

そんな事をうそぶくと、ナタニエルは軽く首を左右に振った。

「ところで、先日いらっしゃらなかった方がおいでですね」

「ええ。わたくしからご紹介させて頂きますわ」

ナタニエルに向かい、エルメンヒルデが姿勢を正す。すると、少し離れたところからコツコツと靴の踵《かかと》が床を叩《たた》く音がして、アウローラははっと顔を上げた。護衛や警備の人々の中に埋もれていた人の気配が、不意に強く立ち上る。

（いる事に、全然気がついていなかったわ……！）

アウローラは目を丸くしてぽかんと口を開け、慌てて閉じる。

壁際から歩み寄って来たのは、令嬢付きの侍女がよく着ている形のドレスの上から、丈の短い魔女用のケープを羽織《はお》り、マギの実を象《かたど》った徽章《きしょう》を胸に飾った、すらりと背の高い女性だった。艶やかな黒髪を上品に結い上げ、陶器のような艶めかしい白肌と石榴《ざくろ》石のような濃い赤の瞳をした、透き通るような美女である。

「こちらはウェルバム王国の魔術の専門機関である『魔導院』に所属する、ロザリンド嬢です」

（そういえば、ロザリンドさんは『魔術を使った痕《あと》』を分析するのが得意だって聞いたわ……）

ロザリンドは、かつてアウローラの故郷で起きた事件の解決に尽力してくれた、優秀な魔女だ。魔導院というウェルバム王国の魔術の最高機関のエージェントでもあり、魔術を利用した事象の分析と、自身の気配を変容させる魔術を得意としていた。

今もその術を使い、周囲の気配に溶け込むように振る舞っていたのだろう。

「王宮女官や宮廷侍女としても仕事のできる才女で、魔術の痕跡などの分析を得意としています。此《こ》度《たび》の外交使節団には魔術の使える女官として参加しておりました。今日はアウローラさんの侍女に扮しておりますけれど、このチーム内での立ち位置としては、わたくしの部下と思って頂ければと」

「帝国の若き星に相まみえますこと、光栄の極みと存じます。ロザリンドと申します」

「これは心強い肩書きだ、頼りにさせて頂きますよ。しかし、魔女というのは皆、美女揃《ぞろ》いなのでしょうか。次々に美しい人ばかりが現れて驚愕《きょうがく》しきりです」

ナタニエルの軽口めいた賞賛の言葉に、ロザリンドは優美に膝を折ったまま無言で微笑む。エルメンヒルデも苦笑を浮かべ、ロザリンドの前に一歩踏み出した。

「以上、今回は四名でご協力させて頂きます」

「ありがたい。どうぞよろしくお願いいたします」

エルメンヒルデの言葉に頷《うなず》いて、ナタニエルはひとりひとり、ウェルバムの一行を目に映す。

「……では、遅くなって申し訳ないが、さっそく現場へ参りましょう。園遊会が終わるまでに戻らなければ、カモフラージュの意味がなくなってしまいますからね」

※

（ううーん……。わたし、場違い……）

裏口からこっそりと入り込んだ月砂帝国《サハラ・アルカマリ》のパビリオンで、アウローラは壁際に用意された椅子に腰掛けて、ひとりぼんやり途方に暮れていた。

彼女の目の前にはナタニエル皇子とパビリオンの警備兵、そしてウェルバム屈指の魔女と魔術師が、レプリカが取り出されて空《から》になった展示ケースを取り囲み、あちらこちらを検分している。

「魔石の可動部分の魔術が一部、強制的に消されていますね」

「別の魔力で無理矢理潰《つぶ》したように見えますが」

「書き換え防止の魔術が掛けられているはずなのだけれど、効果が弱まっているわね……」

「魔力値が低い土地ですので、魔石が十全の力を発揮できないのかと。魔術の威力が統計的にはおおよそ半減するようですから、魔道具の機能もそのぐらい制限されてしまう可能性があります」

「なるほど、他国ではこうした機能はもっと物理的に強化しなくてはならないのね……」

（ぜんぜん、分からない……。邪魔しないように大人《おとな》しくしているのが最大の協力ね……）

魔女たちの会話は当然ながら専門的で、アウローラにはさっぱりである。

この場におけるアウローラの仕事は彼女たちをこの場に連れてくるための目くらましなので、分析の内容が分からずとも問題はないのだが、なんとも身の置き所のない心地にさせられるではないか。

「この場から何か分かる事がありますか。我々の捜査では今のところまだ、犯人の痕跡は見つけられていないのですが」

熱心に検分を進める魔術師たちを、ナタニエルが覗き込む。振り返ったのはロザリンドで、彼女は大きく頷くと、ナタニエルに協力を求めた。

「魔術の破壊部に魔力の残滓《ざんし》が見受けられます」

「魔力、ですか？」

首を傾《かし》げるナタニエルに、ロザリンドは浅く頷いた。

「この魔道具を動かす魔術陣を、誰かが無理矢理破壊したようなのですが、その破壊に魔力が使われたようです。薄《うっす》ら、残滓が残っています。——魔力というのは」

ロザリンドはくるりと己の指を回し、指の先端に小さな紅玉色の明かり——輝く魔力を集めて灯《とも》す。

「このような、人間の体内にある力のひとつです。もっとも、持たない人もいますし、持っていても自覚のない人もいます」

ロザリンドは指先を掲げ、ナタニエルの前に差し出した。

指の先に灯された、いつもよりもいささか淡い赤の光は、星が流れて消えるようにちりちりとまたたいて消えた。どこか残念そうに、ナタニエルが吐息をもらす。

「この魔力というものは、基本的には人によって質が異なります。そして、魔力は魔術を使った後、しばらくその場に留まる事が分かっています」

ロザリンドは講義をする教師のように言葉を紡《つむ》ぐ。

「つまり何らかの魔力が残っていれば、そこから関係者を特定できる可能性があると？」

「時間が経《た》てば魔力は薄れていずれ消えてしまうものですので、あくまで可能性があります、というだけですが。我が国では魔術を利用した事件の捜査に利用される一般的な手法です」

なにしろウェルバム王国には、魔力を持っている人間の方が多い。魔術師となるほどの才のない人でも大抵は魔力を持っていて、ユールのように魔術適性のないケースの方が希なのである。

「この場にはいくつか、魔力の痕跡があります」

ロザリンドはケースに歩み寄り、ガラスをこつんと指で叩く。それから力のある言葉をふたつ三つ、口の中で小さく呟くと、ケース全体が薄紅色の、淡い魔力の光に包まれた。

それを見たフェリクスが、眉間《みけん》のしわを深くする。一体なんの魔術だろうとアウローラが首を傾げると、それに気がついたフェリクスがすっと立ち上がり、ケースの一部をそっと指さした。

「あっ」

思わず小さな声が漏れる。フェリクスが指をさしたその先に、ロザリンドのものと違う魔力らしきものが点々と、壁の染《し》みのように浮き上がっているではないか。どうやら、自分の魔力と違う魔力の痕跡をあぶり出すような術であるらしい。

「この点状に見えているものが、この場に残されている魔力の痕跡です。広く残っているものは展示物が保有していたものでしょうが、ケースの下部に残っているのは、破壊した人間のものでしょう」

きっぱりと言い切ったロザリンドに、エルメンヒルデとフェリクスも無言で頷く。

「関係者に魔力を持つ方がいれば可及的速やかに、この場に残るものと比較するべきかと」

「担当者に魔力持ちがいるかどうかは分かりません。我が国ではそれを個人情報として収集しませんのでね。ですがこのケースに触れる権利を持つ者と、パビリオンの設営、掃除を担当する者は全《すべ》て記録があります。彼らを呼び出しますので、確認をお願いしたい」

「承りました」

エルメンヒルデの同意に、ナタニエルが周囲に目配せする。人を集めるためだろう、幾人かの兵士が浅く頷いて、さっとパビリオンを駆け出していった。

「しかし、運良く魔力が犯人のものだったとして、貴国ではそこからどう捜査を広げるのですか？」

「我が国でもそれは課題となっています」

兵士たちの背を見送ったナタニエルの問いに、ロザリンドは重々しく口を開いた。

「過去に罪を犯して捕まった事のある者であれば、魔力がどのような型であるかが記録されていますから、そこから割り出す事が可能なのですが、初犯や逮捕歴のない者を探し出すのは、容易ではありません。その先は正直なところ、似顔絵による犯人捜査と同じような手配になります」

「そこを補うような魔法はないのですか？」

「もしそんな術があれば、それこそ『魔法』になってしまいま――」

そこまで口にして、ロザリンドはふと言葉を切る。ゆっくりと二度三度まばたきをして、おもむろにフェリクスを振り返った。

「クラヴィス卿、この場で占術を行う事は可能ですか」

唐突に話を振られたフェリクスは、その矢車菊のような青い瞳を軽く見開いた。それから己の手の平を見下ろしてじっと眺め……、小さく拳を握ると浅く頷く。

「可能だが、精度は落ちるだろう。そして、場を整える必要がある」

「……占術？」

（この反応、久しぶりに見るわ）

ナタニエルの表情が、怪訝《けげん》なものに変わる。その姿にかつてのユールたちを思い出す。

「星占やカード占いなら、ご婦人方が楽しんでおられるので馴染《なじ》みもありますが……」

大海国でも占いは貴族や女性の遊びという認識なのだろう。占術どころか魔術にも馴染みのないナタニエルには、やはりピンとこないらしい。

（フェル様の占術は本当に素晴らしいのに……、やっぱり世間ではそういう認識なのかしら）

もどかしさに唇を噛《か》むアウローラの背を、フェリクスがそっと撫でる。

それからナタニエルの方を向いて、固い声色で口を開いた。

「貴国では馴染みがないと存じますが、私の使う占術は、カードの導きを利用したり星の巡りを計算するような一般的なものではなく、場の魔力に訴えかけて、可能性の高い方向や範囲、選択を導き出すものです。厳密には魔術ではなく魔法に近い分類に当たるものですが、魔術と思って頂いても間違いではありません」

ナタニエルの眉間が開かれ、瞳に星のような輝きが宿る。

「そんなおとぎ話のような術が、本当に？」

「私は古い時代に王と精霊に仕えた一族の裔《すえ》です。こうした血筋の者には、占《せん》の能力が高い者が生まれる事があります。特に我が家は男子に発現する事が多く、身近な親等では祖父もそうです」

淡々と続けるフェリクスとは裏腹に、ナタニエルの瞳の輝きが増していく。満月のような輝きはいつしかギラギラと、真夏の太陽のごとくに変化していた。

「まるで神話の巫女《みこ》のようですね。是非とも見せて頂きたい」

カツカツと、踵の音も高らかにフェリクスに歩み寄ったナタニエルは、がっしりとフェリクスの手を掴《つか》んで上下に振る。フェリクスの頬が引きつるのも気にせずに、「さあさあ！　何を用意すれば？」と喜色に溢《あふ》れた声を上げた。

（……やっぱりナタニエル殿下、フェル様に目を付けていないかしら）

　そんなナタニエルの姿に、今度はアウローラがむっと頬を膨らませる。

　美しいものを愛する人が、フェリクスを気にしないわけがないではないか。アウローラは心底そう信じているので、気が気ではない。しかし、じっとりと睨んでみても、神秘の術に夢中になっているナタニエルには通じなかった。

「ではここに、清らかな水をお持ち頂きたい。水を受ける洗面器のようなものがあれば、それもご用意頂きたく」

「宿直時の洗面道具でも問題ありませんか？」

「構いません。また、詳細なものでなくても構わないので、帝都の地図があればお持ち頂きたい」

　再び、現場に残っていた警備兵たちが、パビリオンを駆足で出ていく。

　それからそれほどもしないうちに、洗面器と水差しが運び込まれた。フェリクスは身なりを整え、持ち込まれた洗面器と水差しで己の手を清める。

　瞑目《めいもく》し、時折口元で紡ぐのは、禊《みそ》ぎの言葉か、清めの祈りか。

　そうして静かに整えているうちに、場の空気がしゃんと澄んで、研《と》ぎ澄まされてくる。それに気づいた者がひとり、またひとりと口を閉ざして、気づけばパビリオンの中は静かになっていた。

　そして、懐《ふところ》からいつものペンデュラムを取り出すと、いつの間にやら卓上に広げられていた帝都の地図へと向き直った。周囲がごくりと喉を鳴らす音が、やけに大きく響く。

不意に、場に涼やかな風がながれた。

肺を洗う清廉《せいれん》な空気が満ちて、耳が痛むほどの静寂が場を支配する。

そして。


『我に示せ《魔力の持ち主の所在を》』


まるで、冬の王が配下の妖精に命じるかのような。

凛《りん》としたなめらかな低音が、魔力に命じる。ペンデュラムを持った指先から滴《したた》るように青銀の魔力がこぼれ落ち、それはペンデュラムの先端にくくりつけられている六角柱の魔石にまとわりつくと、ぱっと光り輝く。

(ああ、いつ見ても、なんて綺麗《きれい》なんだろう……)

光の中央に立ち尽くす夫の、精霊めいた美しい姿に、アウローラは胸を躍らせる。

——しかし、そこでアウローラはふと気がついた。ペンデュラムを握るフェリクスの額に、薄らと汗が滲んでいるではないか。

(……そういえば、いつもよりも、魔力の光が弱い?)

いつも神々《こうごう》しいほどの輝きを放つ彼の魔力が、半分ほどもないのではないか。

日頃は呼吸をするように魔術を駆使する人なのに、魔力の弱い土地で魔術を奮《ふる》うのは、それほどに大変なのか。とはいえ声を掛けて良いタイミングも掴めず、両の手の平をぎゅっと握りしめたアウローラの肩を、そっと叩く人がいた。

弾《はじ》かれたように振り返れば、エルメンヒルデが険しい顔をして、こちらを見ているではないか。彼女は振り返ったアウローラの耳元に唇を寄せると、フェリクスの集中を乱さないように神経を尖《とが》らせながら、小さく囁く。

「アウローラちゃん、貴女何か、そのリボン以外の刺繍作品を持ってきてはいない？」

突然、何を言い出すのか。目を見開いたアウローラは、眉根を寄せて囁き返す。

「刺繍を、ですか？」

「そう。いつも色々お持ちでしょ、何か持ってきていない？」

「ハンカチーフとストールでしたら持ってきておりますけれど……」

侍女に扮したロザリンドがはっと目をまたたかせて動き出した。少し離れた場所に置かれていたアウローラの荷物から、大判のストールを引っ張り出して駆け寄ってくる。

差し出されたストールを受け取り、アウローラは首を傾げる。

（普通のストールだけれど……）

初夏の森をイメージし、種々様々の緑や白の糸をふんだんに使って刺繍した、大判のストールだ。縁にぐるりと繁栄を表す夏の木々と守護のいばら、中央には夏至の日の陽光を表現した光のモチーフと、森に注ぐ初夏の慈雨を図案化したものをちりばめている。

「相変わらず、貴婦人の趣味の域を大きく飛び出した、見事な出来映えねえ……」

広げてひょいと羽織ってみれば、どこか少し呆れた声色で、エルメンヒルデが感嘆の息をつく。ロザリンドも目を見開いて、無言でこくこくと頷いた。

「アウローラちゃん、それ、旦那《だんな》様のところに持っていってあげなさいな」

どうして、と首を反対側に傾ければ、ロザリンドが小さく耳打ちする。

「占術というのは、原理が解明されていない『魔法』に近い魔術ですけれど、土地の持つ魔力と呼応する事で結果を導き出すものである、という説があります。……この説が正しい場合、土地が持つ魔力が弱いリュミエルのような土地では、結果が返ってこない事があり得ます」

（それじゃあ、フェル様はあんなに大変そうなのに、結果が出ないかもしれないの？）

ストールの端を握りしめ、顔を曇らせたアウローラに、ロザリンドはゆっくりと首肯《しゅこう》する。

「ですが、クラヴィス夫人の刺繍が、助けとなるかもしれません」

「魔道具でもないのに？」

アウローラが半目で己のストールを見つめれば、ロザリンドは再び頷く。

「クラヴィス夫人の刺繍は、精霊や妖精に好かれやすい魔力を帯びています。それが、この土地にわずかに残る旧《ふる》い魔力や、クラヴィス卿ご自身の魔力を引き出す、補助となる可能性があります」

「人間にとっては普通のものでも、精霊にとっては大好物、という事はよくあるのよ。逆もあるでしょ。……それにね、魔力が足りない時って、魔力の出力がほんのわずかに増えるだけで成否が分かれる事があるのよ。駄目で元々、試さない手はないわ」

片目をつぶってそう囁き、エルメンヒルデはアウローラの背をぽんと押す。その勢いに乗せられて、アウローラは己の肩に掛けたストールを握りしめ、フェリクスに向かって駆け出した。

神聖な雰囲気を乱す存在に周囲がぎょっと目を剥《む》くも、アウローラは止まらない。

そうして夫の元にたどり着いたアウローラは、清く輝く青銀の燐光《りんこう》をものともせずにふわりとストールを広げ、フェリクスの前に差し出した。

「……ローラ？」

不意に目の前に現れた愛《いと》しい妻の姿に、フェリクスはぱちぱちと目をまたたかせる。途端、渦巻いていた魔力が解け、輝いていた青い光も急激に縮んで、ペンデュラムの先に収束して消えた。

「集中を乱してごめんなさい。でも、少しでもお力になればと思って」

差し出されたストールを目にしたフェリクスはしばし瞠目《どうもく》したが、すぐに、何故《なぜ》それが差し出されたのかに思い至ったらしい。裏付けを取るように、エルメンヒルデとロザリンドに視線を投げれば、ふたりも大きく頷いてみせる。

最愛の妻の、ちょっぴり不思議な刺繍に宿る優しく明るい魔力に、フェリクスは目元を和らげた。

「何のお力にもならないかもしれないのですけれど」

「いや、これほど魅力的な魔力もそうない。例えるなら、お腹《なか》を空かせた子どもの前に焼きたてのパンを差し出すようなものだ。私が大地に宿る精霊であれば、飛びついてしまうだろう」

「それはあまりにも身内びいきというものですわ……」

アウローラの呆れた声色に喉を鳴らしたフェリクスは、差し出されたストールを受け取って、まるで妻自身かのように抱き寄せる。それから布の表を鮮やかに彩る刺繍を指先でするりと撫でると、雪解けの春のような、柔らかな笑みを口の端に乗せた。

「もう一度、やってみよう。――よろしいですか？」

「もちろんだ」

ナタニエルの同意を得たフェリクスは、ストールを羽織ると深く息を吸い、ゆっくりと吐き出す。

そして地図に向き直り、ひと時前に執り行った儀式を繰り返した。指の先から滲む己の魔力をペンデュラムへと滴らせ、ゆっくりゆっくり広げてゆく。

とはいえ、その現象は先ほどのそれと、さほど変わらない。広がる魔力は常時に比べるとずいぶんと弱く、淡く儚《はかな》い青銀に揺れてまるで鬼火のようだ。

しかし、目を伏せていたフェリクスが、魔力に命じたその瞬間。

（あっ……）

祈るように手を組んで見つめていたアウローラの目の前で、フェリクスの足元からふわりと冷たい風が巻き起こった。それは肩から下がったストールを煽《あお》り、小舟の帆のように膨らませる。

火の粉のようにちらちらと輝きながら、空気中に散りかけていた青銀の魔力は、まるで帆と戯《たわむ》れるようにまとわりついて、そこに留《とど》まった。集まった魔力は小舟の帆を膨らませる風にも似た勢いで、力を奮うフェリクスを後押しする。

「これは……？」

ナタニエルが掠れた声をこぼすが、他には誰も言葉を発さない。

やがて。

ストールに集まっていた青銀の魔力は、鮮烈な雪解け水の注ぐ渓流のように勢いよく流れ下り、フェリクスの指を伝ってペンデュラムに宿った。ぎゅっと凝縮された魔力は小さくも強烈な光となって、六角柱を輝かせる。

そして、ペンデュラムは地図のとある箇所の上でグルグルと回り、ゆっくりとその光を消した。

「……くっ」

「フェル様！」

魔力の消耗が激しいのか、歯を食いしばったフェリクスから、呻《うめ》くような声が漏れる。アウローラが駆け寄れば、彼は額に滲んだ汗を手の甲で乱雑に拭い、荒い息をついた。

その時、ぱちぱち、と手を叩く音が響いた。

「実に美しいものを見せて頂いた。――結果は如何様《いかよう》でしたか」

一息ついたと踏んだのだろう。一歩引いて見守っていたナタニエルが、舞台の幕引きにアンコールを求める観劇者のように手を叩きながら、フェリクスの隣に戻ってくる。

「何分、魔法に対する知識がないもので。今の事象は何を表しているのか、教えてもらっても？」

「今、私が使用した占術はいわゆる『失《う》せ物探し』の応用です。精度は状況によりますが、人や物がどこにあるのか、その所在を占う事ができます。――ロザリンド嬢、先ほどの他者魔力可視化の術を掛けてもらえるか」

「承知いたしました」

ロザリンドが口中で小さく力ある言葉を唱え、その手の平からふんわりと、淡い紅色の魔力を放つ。それは地図上の一部を薄らと覆い、そこに残る魔力の痕跡――たった今、フェリクスのペンデュラムが揺れ動いた領域を指し示した。

「占《せん》の結果が示すのは、失せ物の所在する領域です。私の魔力が痕跡となっている、この辺り」

フェリクスが指を差し出す先を覗き込み、ナタニエルがあっと声を上げる。

地図に記されているのは、大海国全土、都市名と主要な街道、鉄道路線である。魔力の痕跡が指し示すのは、地図上で最も大きな文字と記号が記された場所。

つまりここ、帝都・リュミエルである。

「ぴたりと位置を割り出す事は叶《かな》いませんでした。しかし、このヴェールとケースに残された魔力が示すのは、帝都。犯人と盗難品は今なお帝都にある、という事です。——ペンデュラムの痕跡から見るに、帝都の外れではなく宮殿を中心とした都市の中心部ではないかと思われます」

「と、いう事は……」

ナタニエルがフェリクスを見る。交錯した視線をそらさず、フェリクスはこくりと頷いた。

「おそらくですが——怪盗はまだ、すぐそこにいるのでしょう」

※

（ああ、やっと終わった……！）

豊かな緑の揺れる、アンリ帝記念公園の芝生の上にて。

日が傾きつつある青空の下、目にも眩《まぶ》しい白いキャノピーが黄金色に染まりつつある園遊会の会場で、アウローラは、ほっと安堵《あんど》の息を吐いた。

（ああ、もう園遊会もおしまいの時間じゃないの。刺繍の観察、ぜんぜんできなかった……）

初夏の日は未だ高く、芝生の上には今なおたくさんの人々が集っているが、いつの間にやら軽食は片付けられ、軽やかな音楽を奏でていた楽団も去っている。場の空気はすっかり『そろそろおしまい』という雰囲気だ。

アウローラたちをこっそりとこの場に戻したナタニエル皇子はそのまますでに撤退しているし、皇子がいなくなったためだろう、高位貴族の令嬢たちの姿もほとんど消えている。

（わたしたちもさすがに、今日はここまでよね……。思ったよりずっと時間が掛かったし、ちょっぴり疲れたな……）

あの後。占術に感激したナタニエルがフェリクスを質問攻めにし、怪盗とやらの所在を絞り込むべく、フェリクスとふたりの魔女を巻き込んで新たな作戦会議を始めてしまったものだから、アウローラは蚊帳《かや》の外に放り出されてしまったのだ。ただ待っているだけというのはなかなかに疲れるもので、アウローラはこっそりと小さく腕を回して、コキリと鳴った肩に苦笑した。

（せっかくだから、この時間を利用して、レプリカを見せてもらえばよかったなあ）

「――そこの貴女」

（レプリカを制作した職人さんにもお会いしたかったし……）

「――ちょっと、貴女？」

（あのレプリカ、レプリカといえども素晴らしい作品だったもの……。あれはあれで、どこかに展示できたらいいのに）

「聞いている⁉」

どうやら誰かに声を掛けられていたらしい。後ろから軽く腕を叩かれ、慌てて振り返ったアウローラは、日傘の向こうに現れた人の姿に、目を丸くした。

そこに佇んでいたのは、夏の女王とでも呼べそうな、華やかな美女だったのだ。

まず目に飛び込んでくるのは、高く結い上げられた炎のような赤い髪。夏の夜を焦がすかがり火のようなそれが縁取るのは、大きな瞳とぽってりとした唇の美しい、華やかな顔立ちである。

しかし、少し見ていれば、髪よりもよほど印象的な要素がある事がすぐに分かる。それは、抜けるような白い肌の真ん中に輝く、青と緑が混じった南の海のような虹彩だった。海を宝石にしたらこのようになるだろうかと思われる彩りで、どこか人外めいた雰囲気さえ感じさせる。

——しかし、アウローラがおののいたのは、それらが故ではなかった。

燃え盛る夏のかがり火を連想させる、情熱を具現化したようなその美女を、つい最近、見かけた記憶があったからである。

（こ、この方は……！）

うっかり無視する形になってはしまったが、アウローラは急いで傘を閉じ、礼儀正しく膝を折った。

しかし、侍女や付添人らしき女性たちを後ろに複数従えた彼女はぎゅっと口を引き結び、大きな瞳をきりりと吊《つ》り上げ、アウローラをじっと睨《ね》めつけている。

小鳥のさえずりと人のざわめきだけが聞こえる、静かな時がふたりの間にしばし流れ。

アウローラの膝が辛《つら》くなってきたその時、彼女はおもむろに口を開き、こう宣《のたま》った。

「貴女！　どうやってナタニエル殿下に取り入ったの!?　聞かせなさいッ！」

†5　恋とはままならぬもの

青い薔薇《ばら》、それは不可能の象徴であるという。

薔薇という植物は、花びらを青く染める因子を持たず、それ故に、どれほど様々な品種を掛け合わせたとしても、スミレのような濃い青の花を咲かせる事はない。しかし、花の女王と呼ばれ、王侯貴族に愛されてきた薔薇の花に青があれば……と人は夢を見て、叶わぬ挑戦を続けている。それ故に、『不可能』を表現するために使われるのだ。

しかし、大海国《グラン・マーレ》で『青い薔薇』といえば、それは『西海大公家』の象徴だった。

西海大公家といえば、帝国に属する大公国を治める大貴族だ。大海帝国の中でも屈指の港湾を持っていて、そこだけで、ウェルバム王国をしのぐほどの国力を持っている。

――今、アウローラの眼前にあるのは、そんな青い薔薇が絵付けされた茶器だった。

ここは帝都内で最も格式の高いホテルの中にあるカフェである。目の前の赤毛の貴婦人が、「ちょっとお話ししましょう」とアウローラをここに連れてきたのだ。

(この茶器を使えるんだもの、ここは王族同士がこっそり顔合わせをするような時にも使われる、格式の高いお店なんだわ。……それにしても、どうしたものかしら)

アウローラは店内から正面へと視線を戻し、困り果てて口を引き結んだ。アウローラの真向かいの席に座るのは、この場の主人のごとき貫禄《かんろく》を漂わせている、例の赤毛の美女だ。

彼女は不機嫌を隠す事もなく、当たり前のように、青い薔薇の茶器をゆっくりと傾けている。

（この茶器を、こんなに自然に使っていらっしゃるって事は、彼女はやっぱり……）

美女の正体を薄々感じつつ、アウローラは少々途方に暮れた。何しろこの美女、このカフェにアウローラを連れてきたにもかかわらず、椅子《いす》に座ってからずっと無言で、挨拶《あいさつ》をしようとすればぎりぎりと睨《にら》まれるのである。

（ご挨拶させて頂きたいのだけれど、この雰囲気ではちょっと……）

この姫君は間違いなく、アウローラよりも身分が高い。そしてウェルバムでも大海国でも、身分の低い方から名乗るのが礼儀とされている。だというのに、口を開けば睨まれるのでは名乗りも挨拶もできず、アウローラはなんとも居心地の悪い思いを味わっていた。

「――どうぞ」

「……ありがとう」

カフェの給仕ではなく、ご令嬢の侍女らしき貴婦人が、アウローラの前にそっと、デザートサイズの皿を並べる。音のない上品なサーブは、高貴な人に仕える事に慣れた仕草だ。

アウローラが目を合わせれば、貴婦人はわずかに口の端を持ち上げる上品な笑みを見せ、整えられた指先で、デザート皿の上に鎮座する宝石めいたお菓子を指さした。

「お嬢様の事はお気になさらず、どうぞ、お召し上がり下さい。異国からのお客人には必ずこれを食べさせるべし、と帝都では申します」

「そうなの……。とても美しいお菓子ね」

「ルージュ・パルフェと呼ばれるプティ・ガトーです。先代帝の妹君であらせられるマリー皇女が初めてこのケーキを召し上がった時に、『完璧《かんぺき》だわ！』と叫ばれたのがその由来であるとか」

侍女のこの振る舞いを許しているのであれば、挨拶を一旦《いったん》横に置いておいても問題ないのだろう。

アウローラは美女から目をそらし、己の目の前に現れた小さなお菓子に視線を移した。

(すごいわ、お菓子がまるで宝石みたい)

侍女の手によって青い薔薇に彩られた白磁の上に現れたのは、紅玉のような輝きを放つプティ・ガトーだ。下から焦げ茶、白、赤、と層になっていて、一番上の層はつやつやした赤、その上にはちょこんと木イチゴとハーブの葉が載せられている。

(白い層と赤い層が交互になって、下になっているこの茶色はチョコレート・ムース？　上に載っている濃い赤のソースはラズベリーかしら。ウェルバムに帰ったら、チョコレート色の生地に木イチゴの刺繍《ししゅう》をしてみようかな。ああどうしよう、綺麗《きれい》すぎて食べるのが惜しくなっちゃう)

崩してしまう事が何とも惜しく、アウローラはフォークを手にしばし逡巡《しゅんじゅん》する。しかし、期待に満ち満ちた表情を向けてくる侍女と、ちらりちらりとこちらを窺《うかが》ってくる美女の視線に負けて、角から一口、口にした。

(おっ……いしい……！)

アウローラの目がカッと見開かれた。

口の中でとろける質感、そこに加わる甘酸っぱさ。チョコレート・ムースはほんのりほろ苦く、白いクリームのムースが優しい甘さでそれらをふんわりと和《やわ》らげる。舌の上でえもいわれぬ調和が生まれ、いつまでも味わっていたいと思わせるのに、淡雪のようにとろけて消えてしまうのだ。

(さすが大海国、お菓子の味が洗練の極み……！　しかもこのケーキ、とびきりお茶に合う……！)

舌を洗うようにお茶に口づければ、そこに残った甘さとお茶の香り高さが相まって、口の中に楽園のような芳香が広がる。そうして舌を宥《なだ》めてから再びケーキに口をつければ、先ほどの感動にお茶のほのかな香りが重なって、一層においしいのだ。

（今気づいたけれど、このお茶、フェル様と王都のカフェで頂いたお茶と、同じ茶葉だわ。なるほど、こういうお菓子と一緒に楽しむためのお茶だったのね）

幸せの記憶とともにしみじみと、口の中の幸福を味わいながら、アウローラはほう、と息をついた。

（……なるほど、これは『完璧な赤』だわ）

二口、三口とフォークが進み、ケーキはあっという間にお皿の上から消えてしまう。お皿に残ったチョコレート・ソースの跡を恨めしく見つめながら、アウローラは満足の吐息を漏らした。

「とてもおいしかったです……。あまりにもおいしくて、何か魔術でも掛かっているのかしらと思ってしまいました。さすが美食のお国ですね」

あまりのおいしさに素直すぎる感想が漏れたが、侍女はにっこりとして頷《うなず》いただけだった。

アウローラが感激のあまりに感想を言い募《つの》ろうとしたその時、かちゃん、と令嬢らしからぬ音がして、茶器がソーサーに戻された。

「……貴女《あなた》、ウェルバムの人なのね？」

掛けられた声に顔を上げれば、青と緑の入り交じる、海の色の瞳《ひとみ》がアウローラを睨《ね》めつけていた。

「さては貴女も、あの女みたいに、魔女なんでしょう！」

「あの女、でございますか？」

「あの女よ。ナタニエル殿下にまとわりついている、あの真っ白い魔女！」

美女が小さく、しかし鋭く叫び、その勢いにおののいて、アウローラは口をつぐんだ。

　真っ白い魔女、と言われてアウローラの脳裏に思い浮かぶのは、ナタニエル皇子の隣でたおやかに微笑《ほほえ》んでいた、白い髪に白い肌、そして白いドレスの絶世の佳人の姿である。おそらくはその想像で間違ってはいないだろう。

　アウローラ自身は確かに魔女ではあるのだが、あの女のような、とはどういう事か。

「あの女、去年の秋の園遊会に現れて、またたく間に殿下を虜《とりこ》にしたのよ。確かにとびきりの美人ではあるけれど、美しい人たちに耐性があるはずの殿下が、一目で恋をするなんておかしいわ！　しかも、殿下だけじゃない、社交界でも名うての伊達《だて》男たちが、次から次へと彼女になびいていくのよ。絶対になにか怪しい術を使ったに違いないわ！」

「はあ……」

「貴女もそうよ。あの殿下がいきなり出てきた女性をエスコートするなんてあり得ないわ。一体どんな魔法を使ったの。魅了の魔法？　そんな事が許されると思っているの？　もしもそんな不敬を行ったというのなら、今すぐ海の藻屑《もくず》にしてくれるわ」

　アウローラの困惑を気にも留めず、美女は拳《こぶし》を卓上について、下唇を噛《か》みしめた。言葉は苛烈ながらその声色は震え、目尻《めじり》はわずかに潤んでいる。あらあらこれは？　とアウローラが目を丸くしていると、彼女は拳をどん、と卓上に小さく打ち付けた。

「どうなの!?」

「そのような魔術は使用しておりません。わたくしは大した魔力を持っていないのです」

「そういう魔術、存在はするのね!?」

「……ロザリンド、存在するの？」

ここは専門家に聞くべきだ。そう考えて振り返ったアウローラの元に、ロザリンドがするすると歩み寄ってくる。彼女は美女に向かって礼儀正しく膝《ひざ》を折ると、「わたくしは国の機関に登録されている魔女ですので、わたくしから説明させて頂きます」と口を開いた。

「魅了に類する魔術は、種々存在いたします。少しだけ相手の気を引くようなおまじない程度のものから、相手を洗脳して偽の恋情を植え付けるものまで、様々です。古い時代にはそうした力を駆使した魔女がいたと書かれている文献もございます。ただ、洗脳は本人の意思をねじ曲げる形の術となりますので、長く術を掛けられ続けた人間は、廃人になってしまうと言われております」

「廃人……!?」

「ちょうど昨年、我が国では洗脳の魔術が関わる事件がございました。犯人は捕まったのですが、長期にわたって洗脳を受けていた者は回復しておらず、今なお治療を受けているそうです」

カーヌスたちの事件の事だな、と思い出しながらアウローラも耳を傾ける。

アウローラの向かいの美女は、淡々と語るロザリンドに気圧《けお》されたのか、ごくりと喉《のど》を鳴らして、卓からわずかに身を引いた。

「こ、こわい術なのね……」

美女が震える声を小さくこぼす。

(身をもって知っているはずなのに、背筋が凍るわ……)

改めて話を聞いたアウローラもまた、昨年の自分がどれほど危険な目に遭っていたのかを改めて突きつけられ、恐ろしさに背を震わせた。

「故にウェルバム王国では、洗脳系の術は基本的に禁じられております。禁を破った者は魔術師としての資格を奪われ、悪質であれば魔力を封じる措置がとられます。……魔力は魔術師の生命力と紐付《ひもづ》いておりますから、魔力を封じられた魔術師は、寿命が縮むと言われております。なお、そうした系統の魔術は術そのものが封じられ、わたくしどものような一般の魔術師の目に触れるところには残されておりません」

「そうなのね……」

はっきりと言い切るロザリンドに、美女は青ざめながらカクリと頷く。

「ですので、お嬢様が魅了の魔術を使われたという事はあり得ません。——公《おおやけ》の場で口にされていたら、我が国の名誉に関わると殿下にご相談申し上げなければならないところでした」

わたくしたちは外交使節団なのですよ。言外にそう含めたロザリンドの言葉に、美女は唇を引き結び、目を伏せた。アウローラにプティ・ガトーをサーブしてくれた侍女が彼女の側《そば》に歩み寄り、きつく握られた手に手を重ね、小さく囁《ささや》く。

「……お嬢様」

咎《とが》めるような侍女の口調に、美女は深い息を吐いた。

「……分かっているわ」

呟《つぶや》きとともに、令嬢は険しくすがめていた目元を開き、椅子の上で姿勢を正す。

すっと伸びた背に赤い髪がこぼれ落ち、海色の瞳がまっすぐに、アウローラを映す。彼女が姿勢を正しただけで、その場に一輪の薔薇が咲いたかのような、凛《りん》とした空気が生まれた。

「わたくしはマリーア・イザベル・デ・リベラ。リベラ西海大公家の長女よ。……無理矢理連れてきて、悪かったわね」

（や、やっぱりこの方、『青い薔薇』の大公家のお姫様だった……！）

薄々感づいていた事がついに現実のものになり、アウローラの背筋を冷たいものが流れた。

西海大公家は青い薔薇を紋章に持つ、大海帝国屈指の大貴族なのである。

大海国は、古《いにしえ》の宗教戦争が相次いだ時代に同じ信仰――海神を主神に戴《いただ》く国が手を組む事で成立した、連邦帝国だ。現帝室の祖が治めていた蒼海《そうかい》国、大海洋に最も距離が近い西海国、蒼海と呼ばれる内海の最も奥にある東海国の三国が主な領土であり、それぞれの長は大公（蒼海国は皇帝だが）の地位を持ち、それぞれの領土を治めている。

目の前で不機嫌そうに、そして少々行儀悪く、青い薔薇の絵付けされた優美な茶器の縁を弾《はじ》いて侍女に怒られている貴婦人は、そんな大公家のお姫様なのだった。

「……ご挨拶頂きありがとうございます。わたくしはローラ・エル・ラ＝フロースと申します。このたび、ウェルバムからの使節団の一員として帝都に参りました」

慌《あわ》てて貴婦人の礼を取ったアウローラとロザリンドに、マリーアと名乗った大公女は「顔を上げて頂戴、ふたりともに直答も許すわ」と肩をすくめた。

「わたくしが無理を言ったのだもの、気楽にして頂戴。わたくしはただ、貴女が殿下に連れられて広場に戻ってくるところを見たものだから、どうしても気になっただけなの。……殿下は今、あの白い魔女に夢中だと言われているのに、一体どうやって、殿下にそんな振る舞いをさせたの？」

後半は、認めたくないと言いたげに掠《かす》れた声だった。

アウローラは隣のロザリンドと顔を見合わせる。それからふたり、言葉を選んで口を開いた。

「殿下にお連れ頂いたのは、我が国の文化をご説明するお役目を頂戴したためです。殿下がエスコートして下さったのは、それがお立場だからです」

「お嬢様は刺繍、特に魔術文様の技法に造詣《ぞうけい》が深く、魔術文様にご興味を持たれたナタニエル皇子殿下に解説を求められたのです。本日の装いに使われているリボンの刺繍も、お嬢様が手がけたものなのですよ。こちらのお役目は我が国の王太子殿下もお認めになったもので、ナタニエル殿下と特別なご関係はございません」

口々に重ねられた言葉に、マリーアは目をまたたかせ、どこか幼い仕草で首を傾《かし》げた。

「……本当？」

「ええ。この魔力に誓って」

「……変わった誓いね」

「我が国では一般的な誓いです。魔力は生命力に直結しておりますので」

アウローラがにこりと笑ってみせると、マリーアはふうん、と小さく呟いた。

「でも、殿下が貴女を気に入ったのは多分、間違いないの。だってわざわざ、会場まで伴われたでしょう？　殿下はご公務であっても、気に入らない方とは距離を取りがちなのよ。……貴女、今日の園遊会の裏の目的はご存じ？」

「皇后陛下のご意図はお伺いしております」

その目的がお見合いである事は、何しろナタニエル本人から聞いているのだ。

はっきりと頷いたアウローラに、マリーアは表情を曇らせる。そんな姫君を安心させるべく、アウローラは微笑んで、間髪《かんはつ》入れずにこう繋《つな》げた。

「ですがわたくし、婚約者がおりますの」

「……あら」

ぱちり、とマリーアの瞳がまたたく。目元に影を落としていた長い睫毛《まつげ》がぱちりと持ち上がって、美しい瞳の色が露《あら》わになった。アウローラは深く頷いて、明るい笑顔を浮かべてみせる。

「そしてその方を、心の底から愛しております」

「まあ！」

意識した表情ではあるけれども、そこに込めた想いは本物である。自然、多幸感のある笑みが頬《ほお》にのせられて、アウローラは内面から輝くような、幸福の気配を身にまとった。

マリーアが頬を染め、口元に手を当てる。

「……政略結婚ではない、のね？」

「家柄を見れば政略と言えない事もないのですけれど、幸いにも互いに心通わせる事ができまして」

「すてき……」

ほう、とマリーアが吐息を漏らす。

「……わたくしもできる事なら、恋した人と結ばれたいわ」

情熱的な人物が多い大海国、皇族であっても色恋やら駆け落ちやらの話題が尽きないというけれど、やはり国を背負うほどの家柄の人々にとっては、基本は政略結婚なのだろう。

恋愛に寛容な国柄ゆえ、政略結婚の後に夫婦それぞれが、『運命の人』――つまるところ愛人を見つけ、夫婦間以外で愛を育《はぐく》む事も珍しくないようだが、マリーアは大公女という身分にありながらも愛し愛される結婚を夢見ているらしい。

上気した頬に手を当てて、夢見る瞳で呟くマリーアに、アウローラはくすりと笑みをこぼした。

「大公女殿下は、ナタニエル殿下に恋をしていらっしゃるのですね」

「そっ……」

今まで誰にも指摘をされてこなかったのか。ずばりと核心を言い当てられたマリーアはその瞬間、沸騰したように頬を染めた。熟したトマトも驚きの赤さになった頬を手で覆い、その勢いのままに立ち上がりかけて侍女に窘《たしな》められる。

「――そ、そうよ！　悪いかしら!?」

浮かせた腰をそのままストンと座面に戻しながら、マリーアは小さく叫んだ。羞恥《しゅうち》が極まってしまったのか、目尻がじわりと潤んでいる。アウローラは笑みを深めた。

「悪くなどございません。お心というのは己ではいかんともし難《がた》いものですもの。恋心なんて、その最たるものですわ」

アウローラとて、フェリクスと偽装的に婚約を結んだ当初は、まさか恋に落ちるとは思っていなかった。だというのに、いつの間にやら思慕が生まれて想いは深い淵《ふち》となり、今ではすっかり、かけがえのない人となっている。

「でも、少し不思議にも思います。ナタニエル殿下は大変お美しい方ですが、いささか多情な方とお見受けいたします。そこは未婚の令嬢から見れば、好ましくない点かと思うのです。大公女殿下はナタニエル殿下の、どのようなところに惹《ひ》かれておられるのですか？」

恋は盲目、あばたもえくぼ。どれも古くから連綿と言い継がれている格言ではあるが、恋をこれほど的確に言い表す言葉もない。恋をしている間は、相手の欠点さえも魅力に見えてしまうものだ。

逆に言えば、その欠点に目をつぶる事ができなくなってきたら、恋は終わるのかもしれない。

しかし今のところ、目の前の高貴な姫君は深い恋の沼のど真ん中にいるようである。彼女はどこかふてくされたように口をつぐんだが、しばらく考え込んだ後、ぽつりぽつりと話し始めた。

「殿下に秋波《しゅうは》を送る女たちの誰に聞いても、まず彼《か》の方の美しさを褒めそやすわ。確かに、殿下はとびきりお美しいお顔立ちをされているわ。皇室の皇子殿下の中で、一番の美貌《びぼう》と言っても間違いではないと思う。でも、わたくしが殿下を……す、好きなのは、殿下がかつて、とてもお優しかったから。……あのね、殿下はわたくしの、『初恋の君』なの」

言葉を紡《つむ》ぎながら、マリーアはもじもじと、膝の上で指を絡める。

「ウェルバム王国の方だとご存じないかもしれないけれど、わたくしの二番目の兄がナタニエル殿下と同い年でね、いわゆる『学友』という立場だったの。殿下が寄宿舎に入られた時、隣室だったのですって。そのご縁で、寄宿舎の長期休暇の時に毎年、我が西海大公家の別荘に遊びにいらしたのよ」

幼い頃《ころ》を思い返しているのだろう、マリーアは目を伏せる。

「……わたくし、初めて殿下にお会いした時はまだ七つだったのだけれど、こんなに美しい殿方《とのがた》がいるのかしら、まるで物語から出てきたみたいって思ったの。しかも殿下は、小さなわたくしを邪険になさらないで、ちゃんと大公家の姫として扱って下さった。身内だけの夜会で、本当はまだ出席してはいけない年齢のわたくしをエスコートして、ベランダで踊って下さって。とっても嬉《うれ》しかった」

その後も、遊びに来てくださる度に素敵なお土産《みやげ》を持ってきて、帝都の面白《おもしろ》いお話をたくさんして下さった。その上、物足りなかっただろうに、歳《とし》の足りない少女の遊び相手になってくれたのだと、マリーアははにかんだ。

甘い思い出話を聞きながら、アウローラの脳裏に、太陽のような美少女と夜の化身のような少年が、星空の下でくるくると踊るイメージがよぎる。

　幼い頃の、夏の夜の美しい思い出。それはもう、深く心に刻まれてしまっただろう。

「そんな風に扱ってもらえて、好きにならないわけがないでしょう？　早く大人《おとな》になりたい、大人になったら殿下のお嫁さんになるんだって、ずっと思っていたわ」

　そこでふと、マリーアは言葉を切った。表情が曇り、瞳に影が落ちる。

「……だけど、寄宿舎を卒業された殿下がエコール・リュミエルに進学されて、ご公務にも積極的に出られるようになると、我が家の別荘にはお出でにならなくなったわ。そうしてそのうち、殿下の恋のお噂《うわさ》が、西海にまで届くようになったの。……最初は、信じられなかったわ。でも一昨年、社交界にデビューしたら、それらが本当だって分かったの」

　しゅんとして肩を落とし、マリーアはじんわりと目尻を潤ませた。侍女がハンカチーフを差し出せば、大公女はぐすりと鼻を鳴らす。

（……一昨年？）

　少女のほろ苦い初恋に聞き入っていたアウローラは、聞こえた言葉に耳を疑った。

　ウェルバム王国でも大海国でも、令嬢のデビュタントは十代後半だ。男女とも、デビュタントを済ませて初めて一人前として扱われるため、遅くとも十八までには済ませるものである。

「……あの、失礼ですが、大公女殿下はおいくつであらせられますか？」

　聞き間違いかと思いつつ、恐るおそる問いかけたアウローラに、マリーアはきょとんとして、あっけらかんと答えた。

「この夏で十八になるわ」

アウローラは思わず目を見開いた。背後に佇《たたず》むロザリンドも相当驚いたのだろう、こうした場では表情を崩さない彼女らしからぬ、小さく口を開いた驚きの表情で固まっている。

（こ、この雰囲気で、十代⁉　嘘《うそ》でしょう⁉）

なにしろマリーアの容姿は、『妖艶《ようえん》な美女』という表現がぴたりとくるのだ。

大きなエメラルドをぶら下げた胸元から、ふっくらと持ち上がる豊かな乳房。まるで砂時計のようにくびれた腰と、豊かに張り出した臀部《でんぶ》。結い上げた赤い髪の下に見える白いうなじも相まって、絵に描いたような『艶美《えんび》な女性』の姿をしているのである。

（わたしと同じくらいか、ひとつふたつ上かなって思っていたのに！　……ああ、でも、言われてみればお化粧が、濃い、かしら？）

丁寧《ていねい》に整えられた眉《まゆ》、色鮮やかに塗られた目元と、ぽってりと赤い唇。

見事な化粧が彼女を大人の女性のように見せているが、年齢を聞いてから改めて見ると、幼さの残る顔立ちを、職人芸とも言うべき卓越した化粧技術で大人びさせているのだと分かってしまう。

（……ああ、そうか。殿下に釣り合いたくて、大人びた装いをしていらっしゃるのだわ）

この武装とも言える装いは、乙女の健気《けなげ》な奮闘であったのだ。

その事に思い至ったアウローラは目を細めた。そんな表情が気に掛かったのか、マリーアは窺うようにアウローラの顔を覗《のぞ》き込む。

「いくつに見えたかしら」

「申し訳ございません。その、お召しになっているお衣装のデザインから、もう少しお歳を重ねていらっしゃるかと思っておりました」

「それは嬉しい反応だけれど、……もしかして、似合っていない？」

「……いいえ、大変お似合いですが」

アウローラは言葉を濁した。

マリーアの装いは、さすがは大公家の姫君といったところ。昼間に園遊会で着ていたものと同じ、海のニンフェの衣のような、晴れた日の海の色のドレスだ。たっぷりとしたドレープで曲線を造り、昼の陽《ひ》の下で下品にならないギリギリの線で、身体《からだ》つきを見せつけている。飾り付けられている照りの良い灰色の真珠とサテンの黒いフリルとレースがシックで、非常にエレガントだ。

おそらくは大海国でも屈指のデザイナーの作であるのだろう、素材も縫製も超一流、そのデザインは彼女の望む姿をしっかりと演出していて、よく似合っている。

とはいえやはり、年齢を思うと少々婀娜《あだ》っぽすぎるのもまた、事実だった。社交界の先輩方は皆、彼女の歳を知っているだろうし、いくら大公家の姫君だとはいっても、貴婦人たちに眉をひそめられてしまうのではないか。

言うべき言葉を探して口ごもるアウローラに、マリーアは唇を尖《とが》らせる。

「……分かっているのよ、このドレスの形は、既婚の女性が着るデザインだって。お母様は『貴女も恋に生きる西海の女なのねえ、好きになさい』と笑って下さったけれど、お父様やお兄様たちにはものすごく反対されたわ」

「ご家族は、大公女殿下を心配なさっておられるのですわ」

「それも分かっているわ。でも、だって、殿下の恋人というあの女を見たでしょう？　殿下のお好みは、ああいう大人っぽい美人なのよ。あの女、わたくしは気に食わないけれど、美人の未亡人というのは、大海国ではものすごく男受けがいいの。彼女、殿下と噂になる前から、殿方たちの間で話題になっていたのよ。殿下もたぶん、そういう女がお好みなんだわ……」

弾かれたバネのように勢いよく声を上げたマリーアは、しかし己で言葉を続けるうちに、どんどんと俯《うつむ》いてゆく。猫のごとくにしょんぼりと、その背が丸まった。

「……でも、わたくしはまだデビュタントから数年の、殿下からしたら『子ども』だわ。それに、殿下のお好みを、わたくしが変える事なんてできないもの。だったらわたくしが殿下のお好みに添うしかないじゃない……」

（な、なんて健気なの……！）

何ともいじらしい、恋する乙女の奮闘に、アウローラの胸がきゅんと高鳴る。

「だから、子どもっぽい格好をしたくはないの。大人の、女の中の女、というような姿になりたいの。……だって、わたくしは、友人の妹の小さな女の子としか、見てもらえていないのだもの」

（か、可愛《かわい》い！　このお姫様、可愛すぎるわ……！）

アウローラは思わず己の胸元を押さえ、浅くなった呼吸に小さくあえいだ。

むずむずするような甘酸っぱさともどかしさが、胸の奥から溢《あふ》れて止まらない。

（なんてまっすぐなの。こんなの、応援せずにいられる……!?）

周囲に目配せすれば、ロザリンドも大公女の侍女も、むずむずと口元を押さえている。

無表情を貫くフェリクス以外の貴婦人たちは皆揃《そろ》って、アウローラと同じように、甘酸っぱさに打ち震えているようだった。皆、思いは同じであるらしい。

しかし、女性陣を身悶《みもだ》えさせた当人は、周囲の沈黙を別の意味に解釈したらしい。周りから注がれる温かい目に気がつかず、「いやだ、ひとり語りしちゃった」などと呟いて、こほんと喉を鳴らすと令嬢らしい、取り澄ました姿勢になった。そのまま、今までの会話がまるでなかったかのように背筋を伸ばして侍女が差し出すカップを傾け、渇いた喉を潤す。

そのしれっとした振る舞いがかえって愛らしく、アウローラは笑みこぼれた。

（お慕いした人と釣り合いたいって気持ち、分かるわあ。でも、こんなにお可愛らしくていらっしゃるのだから、一生懸命大人ぶるよりも素のままのお姿の方が愛されそうな気がするけれど……。ナタニエル殿下にとってこの『愛らしさ』は、愛《め》でるべき『美しいもの』に入らないのかしら）

この健気な乙女心は、ナタニエル皇子には響かないのだろうか。

アウローラは皇子の姿と振る舞いを思い出し、口を引き結ぶ。

（……そもそも、美しい、って何だろう）

美しさとは、主観的な概念だ。

特に人の美醜などは、土地柄や文化、民族性などに大いに影響されるものである。

ほっそりとした折れそうな女性を美しいとする文化もあれば、ふっくらとふくよかな女性こそが美しいとする文化もあるし、筋骨隆々の男性を美しいと考える国もあれば、中性的で華奢《きゃしゃ》な男性が美しいのだとする国もある。

しかも、ほっそりとした人が美しいとされる地域に生まれ育った人の中にも、自分にとってはふっくらとした人の方が美しく見える、という人はいるのである。

ようするに、「美しいもの」とは、「その人が美しいと感じるもの」なのだ。

（わたしからしたら、大公女殿下の乙女心も『美しいもの』と言えるのだけれど、ナタニエル皇子に

とっての『美しいもの』は違うのだろうなあ。……それとも何か、政治的なご事情があるのかしら？）

もちろん、政治的な事情など何もなくても、単純に好みでないのかもしれない。

それこそ、美しさと同様に、人の好みは様々である。誰から見ても美しいと思えるような人であっても、その人の思いが必ず叶《かな》うとは限らないのだ。

（周りが『こんなにも美しいのに、愛らしいのに』と思っても、それが相手にとってもそうである、とは限らないのよね。……今更だけれど、お互いが想い合えるのって、奇跡的な事なんだわ）

帝都警察の軍服のまま、護衛に徹して部屋の隅に佇むフェリクスをちらりと横目に眺め、アウローラはしみじみとして息をついた。そんなアウローラの姿に、マリーアは少々行儀悪く頬杖《ほおづえ》をつき、ふん、と鼻を鳴らす。

「——わたくしの話は、もう良いわ。貴女に婚約者がいるって事と、貴女が殿下に色目を使ったのではないって事が分かったから、満足よ。ところで……今気づいたのだけど、ひょっとして貴女の婚約者って、後ろのとんでもなく顔の良い護衛の男じゃない？」

「えっ」

高貴な姫君から降ってきた突然の指摘に、アウローラは思い切り狼狽《うろた》えた。口の中の紅茶を噴き出しそうになって、慌てて口元を押さえる。

「どうしてそうお思いに……？」

「だって、その護衛がケーキを食べる貴女を見ていた目、優しすぎるっていうか、主従という雰囲気ではないわ。それに貴女たち、何かの魔法？　を使ってお互いの色を入れ替えているでしょう。そういうの、魔法のある国の恋人たちの間で流行《はや》っていると聞いた事があるのよ」

ふふん、とどこか自慢げに胸を張り、マリーアは目を細める。悪戯《いたずら》な少年のように口の端をもたげ、まるで歌でも歌うかのように愉《たの》しげに言葉を続ける。

「わたくしね、そういうの、不思議と分かるのよ。貴女、本当は金髪で、そっちの護衛は銀髪でしょう？　どう、当たりじゃない？」

アウローラはフェリクスと顔を見合わせた。

ここまで気づかれてしまっていれば、隠す方が怪しいだろう。ナタニエル皇子の捜査に協力している事は言えないが、それ以外の事は話しても大丈夫なのではないか。

そんな思いを込めた目配せに、浅い頷きが返ってくる。

「その通りです……。ナタニエル殿下へのご説明のため、国の命《めい》であの園遊会に出なければならなくなったのですが、何分、婚約者のいる身ですから。後から口さがない者に悪く言われないようにと、魔術で変装する事を許してもらったのです」

「まあ、そうなのね。ふふっ、当たって嬉しいわ」

無邪気に微笑むマリーア大公女の表情が、ぱっと明るく輝く。

その表情に、アウローラがほっと胸を撫で下ろしていると、不意にロザリンドが「発言をお許し頂けますでしょうか」と大公女に問うた。

「もちろんよ。直答を許すと言ったでしょう？」

「……僭越《せんえつ》ながら申し上げます。姫殿下の御目には、『偽を見抜く』ようなお力があるのかもしれません。姫殿下の視線からは、わたくしどもが言うところの、魔力に似た力を感じます」

「まりょく？」

どういう事、とマリーアが目を見開く。ロザリンドはナタニエルに対してしたのと同じような説明をして、己の指先に小さな魔力を灯《とも》し、そして吹き消した。

「こうした魔力が、身体の一部に常に宿っている方が時々おられます。古に『緑の指』と言われた方などはその典型例ですね」

「緑の指、って確か植物を育てるのが上手《じょうず》な庭師の事よね。ばあやに聞いた事があってよ」

「一般には知識や技術が豊富な庭師の事を言いますが、我が国では、手が植物に対して良い効果を与える魔力を帯びている人間を特にそう呼びます。それと同じように、非常に耳が良いであるとか、見えないはずの物が見えるとか、そうした人の中には魔力の影響を受けてそうなっているというケースがあるのです。大公女殿下の御目も、そのような魔力を帯びていらっしゃる可能性があります」

（……つまり、魔眼!?）

ロザリンドの話に耳を傾けていたアウローラは、無言ではっと息を呑む。つい先ほど思い出した『洗脳の魔術師』ルーベルは、魔眼の持ち主でもあった事を思い出したのだ。彼は視線を合わせる事で相手の思考に影響を与える事ができ、その魔眼を使って自身や師の信奉者を増やしていた。

驚くアウローラを他所《よそ》に、なるほどと頷いたのはマリーアの侍女だった。彼女は大公家の姫君の乳母の姪《めい》であるらしく、幼少のみぎりから彼女に仕えてきた懐刀《ふところがたな》であるらしい。

「――確かに、我が主《あるじ》には人の見た目に惑わされないところがございます。ご友人が仮面舞踏会などで扮装《ふんそう》していらしても、すぐに見破ってしまわれるのです」

「それがいつも不思議なのよね。仮面舞踏会だろうが祝祭の仮装だろうが、どう見てもその人だって分かるのに、皆どうして分からないのかしら？」

小首を傾げるマリーアに、侍女は呆《あき》れと賞賛の入り交じった複雑な表情で首を振る。

「化粧を施して鬘《かつら》を被り、仮面をつけたら、普通は見分けがつかないものでございますよ……」

「変ね。知っている人だったら、雰囲気で分からない？」

大仰《おおぎょう》な衣装を着たら、表に出ている部分がほとんどないのだから見分けがつかない方が当たり前でしょうと言う侍女に、マリーアは一層首を傾げた。

（……もしかして、大公女殿下にはその人の持つ魔力などが見えているのかも）

侍女に鏡を持ってこさせて己の瞳を眺め始めたマリーアを、アウローラも見つめてみる。

青と緑の入り交じった、宝玉のような瞳だ。アウローラは海を見た事がないけれど、このような明るい青緑色の湖水なら見た事がある。陽光を浴びる湖面のようにきらきらと輝く虹彩《こうさい》を見つめていると確かに、何もかもを見透かされてしまうような気持ちになった。

「ところでその魔力のある目？　って、身体に悪い事があるかしら」

ひとしきり瞳を眺め終えたマリーアは、「そう言われても、いつもの目よね」と呟いて鏡を卓上に置き、肩をすくめてロザリンドに問いかける。ロザリンドは改めて首を横に振り、丁寧に答えた。

「耳や目が良すぎる事で、日常生活に不都合を来《きた》す方もおられますが、今、大公女殿下がそのような不都合を感じておられないのであれば、御身には悪い影響はない力なのでしょう。もし今後、見えすぎてお困りの事がありましたら、魔術師や魔女にご相談下さい」

「魔力ねえ……」

ぽつりと落ちたその言葉は、少々苦い響きだった。

「――つまり、わたくしも魔女という事なのね」

ついひと時前に、アウローラやナタニエル皇子の恋人を魔女だと非難した己の発言を思い出したらしい。マリーアはため息をついて、そう絞り出した。

「わたくしが人の変装を見破れるのは、この目が魔女の目だから、と貴女は言いたいのでしょう？」

「……左様でございます。お気を悪くなさいましたら、申し訳ございません」

頭を垂れたロザリンドに、マリーアは小さく首を振る。

「気にはしていないわ。でもそうね、この国、とくに帝都辺りでは、魔法だとか魔女だとかを胡散臭《うさんくさ》いものだと思っている人はたくさんいるから、言いふらさないでもらえると嬉しいわ。本物の魔女が少ない地域ではね、偽者が蔓延《はびこ》るのよ。偽者の魔女は、効果のないまじないやら的外れな占いやら効かない薬やらで問題を起こす事が多いから、周りの目も厳しいというわけ」

（魔術師が少ない地域って、そういう問題があるのね……）

山を越えただけの隣国だというのに、これほどに違いがあるものなのか。大公女の話す事に驚きながら耳を傾けていたアウローラは、継いだ言葉に目をまたたかせた。

「――でも、心当たりがないでもないわ。西海大公家にはね、海の妖精《ようせい》の血を引いているという伝説があるのよ」

「まあ」

思わずこぼれた相槌《あいづち》に、アウローラは慌てて口元を押さえる。

「海神の末娘が人間の王子と恋に落ち、紆余曲折《うよきょくせつ》の末に人の身を得て嫁いだ、という伝説でね。彼女は海の色をした嘘を見抜く目を持っていて、それで王子の身を幾度も助け、国を大きくしたと言われているわ。西海では幼子でも知っている有名なおとぎ話なの。――わたくしのこの目の色がね、その血を引く証《あかし》なのだそうよ」

　マリーアはアウローラの方を向いてふふっと小さく笑うと、自分の目を指さした。その、またたく星をちりばめたような輝きを持つ、南の海色の瞳を見つめ、アウローラは微笑む。

「西海大公家は、旧《ふる》い血筋のお家柄なのですねえ」

　精霊や妖精との異類婚姻譚《たん》は、ウェルバム王国ではそう珍しい話でもない。どの地方にもひとつふたつは、村娘が森の精に見初《みそ》められただとか、青年のところに湖の精が嫁いできたというような伝説が残っている。

　実際、精霊と人が交わった結果として、アーラのような半精霊や、ウィリデのような旧き森の民の先祖返りも存在するのだ。そして、そうした旧い血を引いているというのは、ウェルバム王国ではステータスなのである。

　しかし、マリーアにとってはあくまでも、物語の域を出ないものであるらしい。

「まあ、信じるの？」

　彼女は目を丸くして、信じられないものを見たような顔をする。国が違うとこんなにも捉え方が変わるのかと本日幾度目かの驚きを抱きながら、アウローラは大きく頷いた。

「もちろんです。大公女殿下は信じておられないのですか？」

「お兄様とお父様は信じておいでのようだけれど……、子どもだましのおとぎ話だと思うわ」

　肩をすくめ、マリーアは「だって」と口を開く。

「海沿いに住んでいるわたくしでも、妖精なんて見た事がないわ。それに、もしもそんな血を引いているのなら、その伝説のように、意中の男を虜にする力があってもいいじゃない？　……だけど残念ながら、わたくしにはそんな力、これっぽっちもないのよ」

※

「本日もよろしくお願いいたします」

「こちらこそ、どうぞよろしくお願い申し上げます」

西海大公家の公女殿下と遭遇した、その翌日の昼下がり。

再び変装したアウローラはフェリクスたちを引き連れて、アンリ帝記念公園を訪れていた。

今日は表向き、ナタニエル皇子に自国文化を説明する大任を担ったアウローラが、その途中で目にした月砂帝国《サハラ・アルカマリ》の刺繍にいたく感嘆し、点検中で閉鎖されているパビリオンを見学させてもらう事になったという体《てい》を装っている。しかし、実際に向かうのはもちろん、ナタニエル皇子の勤務地である万国博覧会の警備本部である。

（ああ、建前である事が残念すぎる……）

裏口からこっそりと警備本部へと誘《いざな》われ、遠目に見える月砂帝国のパビリオンに後ろ髪を引かれながら、アウローラは内心そうぼやく。

盗まれてしまった被衣《かつぎ》以外の衣装に施されていた刺繍も、どれも素晴らしいものだった。盗難に気がつくのがもう少し遅ければ、もっとじっくりと他の展示を見られただろうか。

（この事件が解決したら、時間をもらえたら嬉しいなあ……）

アウローラがそんな風に、どこか現実逃避しているのにはわけがある。

ちらりと振り返ると、灰色の瞳と目が合った。人なつこい笑みを浮かべてにんまりと口の端をもたげてみせるその人物は、なめらかな濃い灰色の髪をした魔術師である。

（まさかこのお方を引き連れる側に回る日がこようとは……）

そう、彼女が引き連れている一行に、予定外の……そしてアウローラが引き連れるには少々身分の高すぎるメンバーが増えているのだ。

「……ところであの、そちらは？」

「エーリクと申します。フロース夫人の部下の魔術師です。どうぞお気になさらず！」

一行を待ち受けていたナタニエル皇子は爽《さわ》やかな笑みを浮かべていたが、一行がひとり増えている事に気がつくと怪訝《けげん》な面《おも》持《も》ちとなり、それから目を見開いた。二度、三度とその人物へと視線を投げる彼の動作に、一行の最後尾に佇むフェリクスの表情が、無を通り越して虚無となる。

初夏の爽やかな気候に似つかわしくない、黒を基調としたいかにもな魔術師のローブで気さくに片手を上げ、「追加人員として呼ばれました！　魔術師です！」などとうそぶいているこの人はもちろん、長年エーリクなる偽名で『おしのび』を満喫してきた彼の方……宮廷魔術師のエーリク改め、ウェルバム王国の王太子、テクスタタス王子である。

一体どのように日程を調整したものやら、今日は、『エーリク』に扮《ふん》した王太子が一行に加わっているのだった。しかも、まさかの『ご令嬢の護衛の魔術師』を装うというのだから、アウローラが立ちくらみを覚えたのも仕方のない事だろう。

「左様ですか……」

「こう見えて名うての魔術師なのですよ。それに身元は誰よりも確かです。どうぞよろしく！」

まるで王族らしからぬ気さくな振る舞いが板についているエーリクに、ナタニエル皇子も薄々察するものがあったようだ。しかし彼は、フェリクスの無表情と一行を見守る騎士たち——センテンスとユールが諦念《ていねん》の表情で左右に首を振っているのを見て、気づかないふりをする事に決めたらしい。

ナタニエルはこほんとひとつ咳払《せきばら》いをして、王太子扮するエーリクを含む一行へと向き直った。

「では、本題に入らせて頂きましょう。……こちらが、ご指示通りの手順で昨晩から今朝にかけて調査した、関係者の魔力鑑定結果となります。私や兄の結果も含んでおりますので、どうぞご内密に」

最後は小声で囁いて、ナタニエルは片目をつぶってみせる。しかしその内容はある種の国家機密ではないか。王太子を除く一同はさっと緊張し、無言でこくりと顎を引く。

ナタニエルが目配せをすると、同じ制服をまとった部下たちがさっと現れて、大きな卓上に整然と、検査結果を並べ始めた。ほとんど間を置かず、きっちりとフォーマットまで揃えられた書面と、魔石の入れられた均一なサイズのシャーレが並ぶ。その手慣れた動作に、彼らが日頃からこうして証拠や資料を取り扱っているのだろう事がうかがえた。

「我々には魔力が検出できているのか判断がつきませんので、確認結果をご確認いただけますか」

「私も拝見してよろしいですか？」

王太子の確認にナタニエルが頷く。それを合図に、魔術師四人は一斉に卓上へと向かった。

パビリオンの関係者は多岐にわたっており、人数も決して少なくない。想定より人数が多かったのだろう、四人は足早に歩み寄った勢いのまま資料に飛びついて、黙々と確認作業を始めた。

（……さて、わたしはどうしようかしら）

今日もカモフラージュ専門の年若い令嬢スタイルのアウローラは、彼らに交じることができない。完全に手持ち無沙汰である。

（針とハサミは持ち込ませてもらえなかったし……、せっかくだから、お仕事中のフェル様を眺めていようかな。ああ、出会った頃に近衛騎士団の訓練施設での模擬戦を見学させてもらった事があったっけ。あの時も素敵だったけれど、机仕事をしているお顔も素敵……）

思わずうっとりとため息をついたアウローラの横に、影が差した。

「お暇《ひま》ですか」

振り返れば、月砂帝国の血を引くエキゾチックな美丈夫が、優美な笑みをたたえて佇んでいる。アウローラは慌てて立ち上がり、膝を折った。

「帝国の若き星にご挨拶申し上げます」

「帝都警察の制服を着ている時は、皇子としてよりも長官として扱って頂けると嬉しいですね」

膝を折ったアウローラを立たせ、ナタニエル皇子は笑みをわずかに陰らせる。そのまま何かを言いかけるように口を開いて、しかし何も口にせず、形の良い唇をそっと閉じた。

「何かございましたか？」

アウローラが眉をひそめれば、ナタニエルは「いいえ」と慌てたように否定する。それから視線を泳がせて、最後に観念したように息を吐いた。

「……昨日、マリーア姫とお会いしたそうですね」

「はい、お声を掛けて頂く幸運に恵まれました」

聞きたかったのはその事か、とアウローラは背筋を伸ばした。相手は帝国屈指の大貴族の姫君である。彼女の動向はすぐに話題になってしまうのだろう。

「大公女殿下とのやりとりに、何か問題がございましたでしょうか。基本的にこちらの盗難事件に関わるようなお話はしておりませんが……」

彼の姫君の口にした内容に、何か帝国にとって不都合のある話でもあったのだろうか。

（まさか、聞いてはいけない事を聞いたとか？　……帝国から帰れなくなったりしないわよね!?）

浮かんだ想像に、冷たい汗が背を流れ、アウローラは緊張に干上がってきた喉を震わせる。しかしナタニエルはまた「いいえ」と否定の言葉を口にして、急に声を潜めた。

「……マリーア姫はいかがでしたか」

しかし、何か重大事が、と身構えていたというのに、聞こえてきたのはそんな問いである。

「愛らしい方でしたわ」

素直にそう返し、アウローラは口をつぐんだ。どう愛らしかったかを語ろうとすると、彼女の恋心に触れてしまう事に気がついたのだ。

（……いけない、乙女心を勝手に伝えるなんて、無粋《ぶすい》も良いところだわ。危ない危ない）

しかし、言いよどんだアウローラの姿を見たナタニエルは、全《まった》く違う事を考えたらしい。彼は小さく苦笑を浮かべ、両の手を掲げて肩をすくめる。

「ふふ、マリーア姫が私への苦言でも口にしていましたか」

「……ええと、その、殿下の恋人とお噂の方について、気にしておいででしたわ」

「でしょうね。マリーア姫は私の身持ちの悪さに、時々お小言をくれるのですよ」

声色に、少しばかり非難の色が混じってしまったが、ナタニエルはさらりとそう返してきた。

大公女に味方するような気持ちになってしまっていたアウローラは、わずかに眉根を寄せてしまう。

（……いやいや。恋心ばかりは思うようにならないものだって知っているでしょうに。そんな事より、恋人ってやっぱりあの人の事よね？）

気を取り直し、アウローラは昨日、園遊会で見かけた女性の姿を思い浮かべる。それこそ、マリーアが語った海のニンフェが持っていたという魅了の力さえ感じさせるような、透き通った美しさと妖艶さを兼ね備えた、人間離れした美女だった。

人垣の向こうからこちらまで、距離があるのに目が合って、その紅玉の瞳にどきりとしたものだ。

（ああした美しい人は、ウェルバムだったら大抵がアーラ様のような半精霊なのだけれど、あの方は違うのかしら。そういえば、彼女はどうしてこちらを見ていたのかしら……）

一体、彼女は何者なのか。

にわかに興味が湧いてきたアウローラは、どうせなら当人に聞いてみようと口を開いた。

「殿下の恋人とお噂の方は、昨日の園遊会でお隣にいらっしゃったご婦人でしょうか？　あの、雪の精霊のような白い装いのお美しい方です」

「マリーア姫が気にしていたというのならそうでしょう」

ナタニエルは苦笑を解き、こちらもまた彫刻めいた、作られたような美々《びび》しい笑みを浮かべた。

「クラヴィス夫人も彼女を見かけられたのですね。彼女はアグネス・ア・ヘッセン子爵夫人です。北の国の出身で、あの白い髪や紅い瞳は生まれつきのものだそうです。驚くほど美しい人だったでしょう？　人体の造形があんなにも美しい人がいるのかと、私は日々驚嘆しています」

まるで歌うように、けれどどこか美術品を愛でるような声色で、ナタニエルは恋人を語る。

「確かに、とても美しい女性でした。美しい人は見慣れていると思っていましたが、驚きましたわ」

「なるほど。クラヴィス卿も造作の美しさが際立っていますからね」

アウローラが同意すれば、ナタニエルの笑みは深くなった。

「彼女は、見た目が美しいだけではなく、非常に優れた審美眼を持つ人なのですよ。——出会ったのは帝都博物館なのですが、あそこは帝室の名品や古代の王の宝物を展示していましてね。私が美しいと思うものが数多《あまた》収蔵されているので、よく訪れるのです。古い時代のタペストリーや刺繍作品も収蔵されていますよ。是非帰国される前にご覧になって下さい」

「時間があれば是非とも拝見したいです。……ヘッセン子爵夫人とは、園遊会で恋に落ちられたとお噂に聞いていたのですけれど、違ったのですね」

「ええ、出会ったのは、園遊会に先立つことひと月ほど前のことでした。新聞はセンセーショナルに書き立てたがるものですからね。地味な出会いでは盛り上がらないと、そう書いたのでしょう」

輝いてしまった瞳を自覚しつつ、アウローラは慌てて話を戻す。アウローラをからかうような明るい瞳で眺めていたナタニエルは、問いを聞くと思い返すように目を伏せた。

「私が彼女を初めて見かけたのは、目玉の展示室からは少し離れた、帝室が蒼海王家だった時代の宝物の展示室でした。彼女は人気《ひとけ》のない部屋の中で従僕をひとりだけ連れ、連邦帝国の礎《いしずえ》を築いた王が王妃に贈ったといういわれのある翠玉《すいぎょく》の首飾りの展示をじっと見つめていたのです」

伏せられた長い睫毛がふるりと揺れる。

「その真剣な横顔に思わず声を掛け、振り返った彼女の血のような赤い瞳に射貫《いぬ》かれた時、私はこの世に、これほど美しいものがあったのかと息を呑みました。雪の女王がこの世に顕現すれば、このような姿を取るだろうかと、柄にもなく夢想したのです」

　ナタニエルは目を開き、うっとりとするように目を細めた。

「少し話をしてみれば、彼女が美しいと思う品への目線が私のそれとよく似ていて、話が弾みました。そこから、度々会う仲となったのです。いわば同好の徒ですね」

「趣味が合う方なのですね」

「ええ。あまりにも普通な出会いで、驚いたでしょう？」

　アウローラの相槌にどこか嬉しそうに微笑んで、ナタニエルは首肯《しゅこう》した。

　同じ趣味を持つ人との会話が弾み、いつまでも話していたい、この時が終わらなければ良いのにと考える気持ちは、アウローラにもよく分かる。刺繍の話で盛り上がれば、同じような気持ちになるからだ。愛する人との会話が楽しいのとはまた違った、心弾む時である。

　けれどその、『話していて楽しい』と思う気持ちが『また会いたい』『また話したい』に変化して、いつしか恋情に変わるというのは、いかにもありそうな事だった。己の趣味に理解を示さない人と話をするよりは、初手の好感度が高いのだ。相手が魅力的な人柄であったり、好ましい外見をしていれば、火がついてしまう事は珍しくないだろう。

「人と人の付き合いにおいて、感性が近いというのはとても嬉しい事です。これが離れている人と付き合っていくのは、なかなか骨が折れますからね」

「分かります。……でも、少し意外でした。お噂とは大分お話が違うようなので」

「周囲は私と彼女の関係を、我が国で最ももてはやされるタイプの貴婦人を恋人に持っているというステイタス――まるでアクセサリーのようであると噂していますからね。でも、恋人を『ステイタス』などというのはあまりにも無粋ではないですか。私はこれでも、過去の恋人の誰ひとりとして、『ステイタス』だなどと考えた事はありませんよ。……逆はまあ、分かりませんがね」

そう呟いたナタニエルの瞳は、まっすぐなものだった。多情な質《たち》である事を否定はしないようだが、ひとりひとりの恋人には真摯に向き合ってきたと主張したいらしい。

（意外と真面目《まじめ》なのねえ。……ひょっとすると、ルーミス卿の方が浮名を流しているかも）

アウローラの脳裏をよぎるのは、ウェルバム王国の社交界において最も華やかな噂を持つ美男子、ユール・イル・レ＝ルーミスの姿である。

フェリクスとともにいると、彼の少々情けないところばかり目にする事になってしまうが、社交界での彼は数多の女性たちとの浮名を流す、華やかな噂に事欠かない王国きってのカサノヴァなのだ。

「人にも、物にも。美しいものには、真摯《しんし》でありたいと思っているのですよ」

しかし、そう囁いたナタニエルがそっと手を取ろうとしてくるので、アウローラはゴホンと大きく咳払いをしてするりと一歩後ろに下がった。

「おや、残念。その素晴らしい手にご挨拶させて頂きたかったのですが。先日のクラヴィス卿を支えた刺繍作品は、卿の美しい魔術と相まって実に見事でしたよ。あの景色を生み出した手に敬意を表したいのですが、お許し頂けませんか？」

「先ほどご挨拶頂きましたので、これ以上は栄誉が過剰となってしまいます。手についてはご遠慮させて下さいませ」

己の背にそっと両腕を隠したアウローラに、ナタニエルは小さく笑声を上げた。

どうやらからかわれたらしい。そう悟ったアウローラが目をすがめれば、ナタニエルは「いや失礼」と笑いを噛み殺し、かすかに肩をふるわせた。

　じっとりとした目を向けながら、アウローラはこほんとひとつ咳払いして話題を変える。

「我が国では、誰もが目を奪われるような美しい方は、精霊の血を引いておられる方が多いのですが、もしや彼女もそうなのでしょうか」

「そういった話は聞いたことがありませんが……確かに彼女は目の離せない、不思議な女性です。あまりにも美しいせいか、近くにいるとどうしても、目が吸い寄せられてしまう。それがそうした古の血筋故であるというのは説得力のある説ですね。我が国にも、西海大公家はそうした一族であるという伝説がありますから。確かにあの一族は誰もが皆、輝くような美貌の持ち主ばかりです」

　そのご家族もまた、美男美女で知られているのですよとナタニエルは言う。

「……もっとも、マリーア姫は別の意味で、目を離せない女性ですけれどね。何しろ彼女は少々、お転婆《てんば》、でしたでしょう？」

　恋のライバルかもしれないと思った女性に突撃してくるのだ、その行動力は令嬢としてはかなり『お転婆』な部類に入るだろう。アウローラは苦笑して、ナタニエルに問いかけた。

「そうですね、活動的で愛らしい方でした。大公女殿下とは、長いお付き合いがあるとお伺いしましたけれど、ご幼少のみぎりから活発な姫でいらしたのですか？」

「おや、そんな話を聞きましたか。姫は貴女に懐《なつ》きましたね」

「大変愛らしい姫君でいらっしゃるものですから、つい楽しく話し込んでしまいましたの」

「私も姫を可愛く思っていますよ。親友の妹姫ですし、姫は覚えておられないでしょうが、それこそよちよちと歩いていた頃から知っていますからね」

ナタニエルの目がふわり、柔らかな光を湛《たた》える。その瞳の優しさには見覚えがあって、アウローラは複雑な気持ちで口をつぐんだ。それは、アウローラの兄・ルミノックスが、アウローラを見る時に時折見せるものとよく似ていたのだ。

妹扱いなのよと哀《かな》しげに呟いていた美しい横顔が脳裏をよぎり、アウローラはなんとも言えない気持ちになって、胸元をそっと押さえた。なるほどこれは、前途多難である。

「ナタニエル殿下！」

しかし、なんと言葉を続けたものかと黙り込んだアウローラの思考は、掛けられた声にかき消された。ナタニエルとふたり揃って顔を上げれば、氷のような表情をしたフェリクスを背後に背負った王太子が、ひらひらと手を振っている。ナタニエルの表情が一瞬で改まり、彼はアウローラに一礼するとさっと身体の向きを変え、卓へと歩み寄った。

「何かありましたか」

「結果の確認が済みました」

微笑んで答えたのは、この場の魔術師たちの『上司』という立ち位置であるエルメンヒルデである。それを聞いて顔を明るくしたナタニエルはアウローラも呼び寄せ、一同はそろって卓を覗き込む。

卓の上には書面とシャーレが、いくつかのグループに分けられて配置されていた。

「もうですか。さすが魔法の国の魔術師だ」

「それではご説明させて頂きますね。まずこちらのグループをご覧下さい」

エルメンヒルデのほっそりとした指先が、最もシャーレの数の少ないグループを指さした。シャーレの中では、子どもの小指の爪ほどの大きさをした魔石が、ほんのりと光っている。

（あら、綺麗）

シャーレの中で光る石は、青、薄青、淡い黄色など、様々な色を帯びている。

特にはっきりとした光を放っている石がふたつあり、それらはよく似た青い光を帯びて、呼応するように明滅していた。

（夏のドレスに、こうやってゆっくり点滅する小さな魔石ビーズを使ったら、綺麗かも。妖精のモチーフなんかにしたら、夏至《げし》のお祭りにも良さそうだわ）

まるで夏の森を飛ぶ妖精のようで、アウローラはひと時見とれた。

「石が光っていますが、これは……？」

うっとりするアウローラの隣で、ナタニエルは目を皿のようにしてシャーレの中をじっと見つめる。アウローラも我に返って、エルメンヒルデの説明に耳を傾けた。

「昨日、検査対象の方にこちらの魔石を一定時間、素手で握りしめて頂いたかと思うのですが、実はこれらの石には魔術が仕込まれておりまして、一定時間以上身につけていると持ち主の魔力を吸い出し、溜《た》め込むようになっています」

ひとつの魔石を取り上げて、エルメンヒルデが手の平で転がす。無色透明の小さな石は、幾度か転がすうちに淡い青の光を宿し、手の上でほんわりと光を放つようになった。

「溜め込まれた魔力は、こうして光って見えるような魔術が掛かっています。要するに、こちらの石が光っているグループの方は潜在的に、魔力を持っている人となります。ちなみに、このグループの中で比較的明るく輝いているものは魔道具の管理人と、殿下方のものです」

「私ですか……!?」

おお、とどよめいたのは、ナタニエルの率いている制服の男たちだった。

わずかな人数であっても己の周りに魔力持ちがいて、しかも自らの上官にもまた魔力があったという事実に、驚きを隠せなかったらしい。

彼らをチラリと横目にし、エルメンヒルデは言葉を続けた。

「こちらがナタニエル殿下の、こちらがサミュエル殿下のものです。おふたりとも、魔術を使えるほどではありませんが魔力をお持ちですね。皇后陛下が月砂帝国のご出身でいらっしゃるから、不思議な事ではありませんが」

己と兄の検査結果をじっと見つめながら、ナタニエルは「ああ」とひとり頷く。

「ひょっとすると、母后も魔力を持っているのでしょうか」

「魔力は親から子へ受け継がれる確率が高いですので、おそらくお持ちだろうと推測します。ただ、殿下方の魔力量がこのぐらいですと、皇后陛下がお持ちの魔力もそれほど多くはないかと」

砂漠の帝国である月砂帝国には、ウェルバム王国などとは全く系統の異なる魔術がある、というのは既知の事実である。つまり、魔力もしくはそれに類するような力を持っている人も、珍しくないという事だ。その国の姫だった皇后が、魔力を持っていても不思議ではない。

「やはり、大海国では魔力をお持ちの方は希有《けう》ですね」

王太子もしみじみと、検査の結果を眺めている。

「私と兄を除くと、ほとんど魔力持ちはいなかった、という結論になりますか」

ナタニエル皇子とサミュエル皇子のシャーレを取り除くと、その場に残されたのは、ほんのわずかに光っていると分かるだけの、弱々しい光を宿すものだけになった。これでは魔術どころか、己が魔力を持っていると意識する事さえ難しいだろう。

「この程度の魔力量ですと、あのケースに残されていたような、既存の魔術を壊すような魔術を使う事はほぼできません。魔道具があれば可能かもしれませんが、ごく一部だけを書き換えるには、魔術に関する知識が必要となります。さらに、ケースの痕跡とこちらの方々の魔力の質を突き合わせて調べましたが、ケースに残されていた魔力と同質の魔力を保持する者はいないようです」

「……つまり、外部の者の犯行であると？」

「この結果を見る限りは、その可能性が高いと考えます」

断言したエルメンヒルデに、ナタニエルは天を仰《あお》いだ。

（まあ、がっかりしちゃうわよね……）

振り出しに戻ったとまでは言わないが、この結果から分かるのは『内部には犯人がいない』という事だけである。ナタニエルを振り返れば、彼は天を仰いだまま、悄然《しょうぜん》として肩を落としていた。その肩を、歩み寄ってきた王太子がぽんと叩《たた》く。

「少なくとも、職員を疑わずに済むのですから、それだけでも大分違いますよ。少し休憩してから次の作戦を考えましょう」

†6　魔術師たちの活躍

馥郁《ふくいく》たる、と言うに相応《ふさわ》しい豊かな香りが鼻先をくすぐって、アウローラはほう、と息をついた。

彼女の目の前に置かれているのは、青い顔料で海竜《かいりゅう》が染付《そめつけ》された、透き通るように白い磁器のティーカップ。その中でわずかに揺れているのは、淡い琥珀《こはく》のような明るい水色《すいしょく》の紅茶である。

茶を淹《い》れてくれたナタニエル皇子の小姓によれば、これは大海帝国帝室御用達《ごようたし》の茶商が取り扱っている非常に稀少《きしょう》な茶葉であるらしく、香りのついた紅茶の多い大海国《グラン・マーレ》では珍しい、茶葉本来の香りを楽しむのが良いとされる種類なのだそうだ。

唇を添えれば、口の中に複雑でかぐわしい香りが広がる。その心地よさにアウローラは頬《ほお》を緩めた。

小姓はアウローラと目が合うと、宮殿で客人に仕える人々がするのと同じような礼をして、静かに窓際に控えた。海色のカーテンが揺れる大きなフランス窓の向こうには、美しい芝生が広がっている。

アウローラが視線を戻せば、目に映るのはいかにも宮殿らしい、華やかな調度だ。

（……そうだった、ここは本来、離宮なのだったわ）

場所を変えた一行が休憩にとやってきたのは、警備本部たる離宮の応接室だった。

この離宮は万国博覧会の期間中、一時的に警備本部として改装されている施設なのだが、皇族が長官を務めているが故に他の皇族が訪れる事も多いらしく、この部屋ばかりは離宮本来の華やかな設《しつら》えを残してあるのである。

（なんだか急に、現実に帰ってきたみたいな気分になるわね）

緊張感のある警備本部の執務室と、異国情緒に溢《あふ》れたパビリオン。慣れない変装に、苦手な社交。そうした非日常に身を置いている事を忘れそうになる。

遠くを見るような目で天井を仰《あお》ぐと、長椅子《ながいす》の隣にそっと座る人影があった。

「おいしいか？」

「ええ、とっても。フェル……フェリクス様も、是非どうぞ」

機敏な仕草で腰を下ろしたのは、アウローラの最愛の旦那《だんな》様、フェリクスである。彼は王太子からつかの間の休憩をもぎ取ったらしく、アウローラの差し出したカップを受け取ると黙って口をつけた。

「……ほう、これは」

「おいしいでしょう？　こちらの茶商のお茶を、お土産《みやげ》に買って帰りましょうね」

ふわり、どこか強《こわ》ばったままだったフェリクスの表情が和《やわ》らいで、アウローラもくすりと笑む。

「君たちはいつもどこでも仲がいいねえ」

「睦《むつ》まじいご夫……婚約者同士ですね」

王太子と皇子、ふたりのロイヤルが、夫婦に微笑《ほほえ》む。アウローラははたと我に返り、顔を赤くした。その赤く色づいた頬をするりと撫《な》で、フェリクスが薄く微笑む。

「仲良き事は美しきかなと申しますし」

「近頃《ちかごろ》、ウェルバム王国の社交界で『対妖精《ジェミニ・フェアリ》のような』と申しますと、こちらのおふたりを指す事が多いのですよ」

ほんわりとしたふたりの空気が室内を暖めたのか、隣の長椅子に腰を下ろしていたエルメンヒルデとロザリンドも、そんな事を言いながら、どこか気の抜けた雰囲気で出されたお茶請《ちゃう》けに口をつけている。こちらもバターがたっぷりと使われた、芳醇《ほうじゅん》な味わいの焼き菓子だ。

「……しかし、参りましたね。ついに奴《やつ》の尾を掴《つか》んだかと思ったのですが」

ウェルバムの一行同様に、香り高い紅茶を喉《のど》に運びながら、ナタニエルがそう口火を切った。

「魔法……魔術でしたか？　魔術というのは、我々が思うほど万能ではないのですね」

「他国の方には夢のような技術だと思われがちなのですが、魔術にも理《ことわり》がありますからね。できない事の方が多いものなのです」

　王太子が頷《うなず》いて、ナタニエルに向き直る。

「とはいえ、魔術でなければできない事もあります。フェリクスの占術などはそれこそ摩訶不思議《まかふしぎ》、科学的な捜査では不可能な事でしょう」

「そうですね。それに、実に美しかった。是非とももう一度見たいものです」

「そういえばフェリクスは、失《う》せ物探しだけでなく、色々な占術が使えるのですよ」

　王太子がフェリクスを振り返る。フェリクスは無表情で「はい」と端的に返した。

「ほう。たとえば、街で見かける占いと似たような手法もあるのですか？」

「カードや水晶など、小道具を使う術もあります」

「昨日の占術がペンデュラムだったのは、得意とされているからですか？」

「手法は目的に合わせて選択したにすぎません」

（……これはフェル様、ナタニエル皇子に苦手意識を感じつつあるわね？）

　やはりフェリクスの占術をふるう姿が気に入ったのだろう、ぐいぐいと距離を詰めてくるナタニエルに対し、フェリクスの台詞《せりふ》はどんどんと短くなり、顔も徐々に無表情を通り越していく。

「フェリクス様は、本当に色々な占術が使えますのよ。前にはティーカップに残る紅茶のあとから、わたくしの先行きを見て下さった事もあります」

夫を助けるべく、アウローラは声を上げた。フェリクスの強ばっていた肩の張りが抜ける。

しかし、どうやらかえって興味を惹《ひ》いてしまったらしい。ナタニエルは目を輝かせ、己が手にしていた茶器を中空に掲げてみせた。

「ではひょっとして、私がこの茶を飲み干せば、私の先行きを見る事もできますか？」

「……できなくはないかと」

また矛先が回ってきてしまった、とフェリクスが苦い顔をする。

「お願いしてもよろしいですか？」

「悪しき結果が出ても、この場だけの事として頂けるのでしたら」

「それはもちろん」

にっこりと笑ったナタニエルが、豪快に茶器を呷《あお》る。行儀を忘れたような仕草にアウローラは目を丸くしたが、ナタニエルは「さあ！」と好奇心を隠す事なく、飲み干したばかりの茶器をフェリクスに差し出した。

フェリクスはため息をつくと小さく言葉を口に乗せ、指から魔力をわずかに放つ。

そして、カップの底に現れたものを見て、かすかに目を見開いた。

「……これは」

「……なにか、良くない事が？」

フェリクスの真剣な表情に、ナタニエルが顔色を悪くする。

彼の周囲の帝都警察の面々も、息を呑《の》んで身構えた。

「…………女難あり、と」

次の瞬間、室内は破裂したような笑いに包まれた。「さもありなん！」と笑いの滲《にじ》んだ声が響き、男たちは腹を抱える。フェリクスはぽかんとしたが、どうやらナタニエルを始めとした大海国の面々にとっては、非常に納得のいく結果であるらしかった。

笑い声の合間に響く声に耳を傾けてみれば、大海国の男たちにとって『女難』は日常茶飯事で、占えばほとんどの男がそうなるだろうという事であるらしい。

「……なんと恐ろしい国だ」

フェリクスがしみじみと呟《つぶや》くものだから、笑いが一層に広がった。

その時。

和らいだ空気を切り裂くように、扉が鳴った。

ナタニエル皇子の副官だという男が応対に出ると、扉の向こうから現れたのは、紙の資料を抱えた帝都警察の男だった。彼は機敏で美しい敬礼を見せ、「おくつろぎのところ失礼致します」ときびきびとした声色で告げる。

「今度は何だ」

「は、急ぎのご報告であります」

髪を丁寧《ていねい》になでつけ、鋭い視線を眼鏡《めがね》で覆った、いかにも堅物といった雰囲気を漂わせる男は、一同に礼をするとまっすぐにナタニエルの元に向かった。

「捜査に関する事ですが、この場で申し上げても？」

「構わん。彼らは此度《こたび》の協力者だ」

それならと男は姿勢を正し、資料をぺらりとめくると声を張った。

「パビリオンの担当者に、当日の行動についての供述を変えた者が出ました」

聞き捨てならない報告に、ナタニエルの気配が変わる。男たちも一斉に押し黙った。一瞬で塗り変わった空気に、ウェルバム王国一行もにわかに緊張した面持《おもも》ちとなり、耳を傾ける。

急な静寂に怯《ひる》む事なく、眼鏡の男は報告を続けた。

「それまで黙っていた事をしゃべり始めた、というのが正確なのですが、事件当日の朝、寝坊で遅刻した事を隠していた者がいました。聴取の際には事態を理解していなかったようなのですが、今日になって事の重大性に気づき、黙っていたと知れたら罪になるのではないかと考え直したようです」

「ほう……？」

ナタニエルの眉《まゆ》が動く。男は浅く頷いて、資料に目を落とした。

「その者はパビリオンの清掃担当のひとりです。週の前半の朝と後半の夜を担当しています。供述によると当日は二日酔いで、起きたら出勤予定時間だったとの事。なんでも、前夜に食事をとったビストロで、店内にいた女と意気投合して深酒をしたらしいのですが」

「……リュミエル男子としては珍しくないな」

「まあ、そうですね」

（珍しくないのか……）

アウローラの心の呟きは、おそらくウェルバム王国一行全員の心の声と同一だった。一同が一斉にナタニエルに視線を投げたので、ナタニエルは口角を歪《ゆが》めて肩をすくめる。

「帝都は眠らない街ですからね。生粋《きっすい》のリュミエルっ子であればあるほど、朝に弱いのですよ。特に働き盛りの男たちは毎朝、容赦のない朝日の降り注ぐ苦海と戦っているのです」

　言葉を選ぼうとも、その実態はどうにも情けない。女性陣の視線が温度を下げるのを見て、ナタニエルは小さく咳払《せきばら》いをすると、続けるようにと部下を促した。

「慌《あわ》てて出勤したが上役から叱られなかったため、気づかれていないのだと思ったそうです。遅刻は減給になりますから、気づかれていないならと黙っていたと」

「……それもまた、リュミエル男子にありそうな話だな」

「ええまあ、そうなのですが」

　女性陣の視線が、より一層に冷え込む。吹雪《ふぶき》でも吹きつけそうな冷たさに、ナタニエルの部下はさすがに居心地が悪そうに口ごもったが、意を決したように言葉を続けた。

「と、ともかく、そのような利己的な事情で黙っていた者がおりました。なお、その者は先ほどの魔力検査で、魔力なしであるとの結果が出ています」

　眼鏡の男は書類を元に戻し、ナタニエルに差し出す。受け取ったナタニエルはぱらぱらと供述書をめくり、記述に目を走らせると男を見上げた。

「その供述が加わる事で、進展はあるか？」

「今、他の証言との突き合わせを行っていますが、不自然な証言がいくつか出てきました。……その男がいなかったはずの時間に、彼を目撃したという証言があるのです。それもあって、今回の件の発覚が遅れたのですが」

「どういう事だ」

ナタニエルの声が険しく尖《とが》る。眼鏡の男は懐《ふところ》から革張りの手帳を取り出し、視線を落とした。

「まだ調書にまとめ終わっておりませんので、ここから先は清書前の情報となります。男の証言によれば、男がその日パビリオンに出勤したのは、予定時刻を大幅に過ぎた昼の鐘の直前でした。本人はパビリオンに出勤してから大海神廟《びょう》の鐘が鳴るのを聞いたと証言しています。この職員の住居である下宿先にも確認しましたが、下宿の女将《おかみ》が、昼食の準備をしている時間帯に男が慌てて出勤していったのを目撃しています」

　眼鏡の男が手帳をめくる。

「しかし、朝の大海神廟の鐘の時刻――本来の出勤時間に、彼を見たという証言が他の清掃員から複数上がっています。清掃員たちが分担を確認した時と、掃除道具を片付ける時間の二度、間違いなくこの男がいた、というのです」

「……つまり、その時間に目撃されたこの男は、別人だった可能性があるという事だな」

　ナタニエルの言葉に、眼鏡の男は大きく頷いた。

「そしてそれが、犯人かもしれないと」

「その可能性が高いです。前夜この男が酔い潰《つぶ》された時点で、犯人に仕組まれていたのかもしれません。男が前夜に向かったというビストロには、すでに捜査員を向かわせています」

「まさか、堂々と乗り込んできていたとは……」

　苦々しげに吐き捨てて、ナタニエルは資料を睨《にら》みつけた。

「しかし、怪盗ベルは女性なのでは？　その清掃員がどのような面構《つらがま》えか分かりませんが、変装したところでその清掃員に化ける事などできるものでしょうか。……いえ、あの犯行声明文を書いているのが実は男である、という可能性もありますが」

「魔術を使えば可能です」

ナタニエルと部下のやりとりに、口を挟んだ者がいた。ロザリンドである。

彼女は長椅子からすっくと立ち上がると、ナタニエルと部下の前にゆっくりと歩み寄った。

「な……」

男たちが息を呑む。彼女が一歩進むごとに、たおやかな美女であるロザリンドの姿が気配を変え、ナタニエルの前に立った時にはすっかりと、別人の姿になっていたのである。

その姿は、彼女の目の前に立つ人物——ナタニエルの姿、そのものだった。

「これは、驚いた……。まるで、鏡を見ているようだ……」

ナタニエルも心の底から驚いたのだろう。絞り出された声は小さく掠《かす》れていた。

もうひとりのナタニエルは静かな表情で、呆然《ぼうぜん》とするナタニエルに向かって口を開く。

「これは、自分の気配を変える魔術です。実際に変身をしているわけではないのですが、気配を弱くしたり、他人に似せたりする事ができます」

聞こえた声は少し低めの穏やかな女声で、ロザリンドのものそのままだった。ロザリンドの声を発するナタニエルという奇妙な構図に、男たちが頬を引きつらせる。

「もちろん、顔も知らない人の姿を偽る事はできません。それに、このように声までは偽れませんので、口を開けば気づかれてしまうでしょう。ですが、魔術を使えばこのように、わざわざ男装をせずとも女が男を装う事はできます。逆もまた可能でしょう」

そう言いながら、ロザリンドはするりと魔術を解く。するとそこには麗《うるわ》しの魔女が現れるのである。

男たちは何かに化かされたように驚きの声を上げ、己の目をこすった。

「しかもこの手の魔術は己の周りに薄く魔力をまとう形の術であるため、消費魔力量が少ないのです。長時間でなければ、大海国内でもそれなりに使えるかと存じます」

「なんという事だ……」

額を押さえ、ナタニエルが呻《うめ》く。

「あなた方は一体どうやって、そんな事を見抜くのです？」

「魔力の微妙な濃淡を目視できる体質の魔術師であれば、全身を覆う薄膜を見て術を見抜けます。また――そちらにいるルーミス卿のように、魔術を無効化するような体質の人に対しては、そもそもこうした魔術は効果がありません。他には眼鏡型の魔道具なども存在しますが、掛ける人の魔力に合わせたチューニングが必要であるため、あまり一般的ではありません」

すらすらとロザリンドは答え、王太子の後ろに立つユールにちらりと目をくれる。突然話題に上がったユールだが、彼は臆する事なく堂々と、無言で皇子に礼を取った。

「貴方《あなた》の目には今のロザリンド嬢の姿はどう見えていたのですか」

「特に変わりなく、本人が立っているように見えていました」

「……魔術とは、とんでもないものですね」

放心してしまったかのように、ナタニエルはぼんやりとそんな言葉を漏らした。

「もしも怪盗ベルがこのような術の使い手であったとしたら、厄介《やっかい》どころの騒ぎではありません」

「魔術師の少ない大海国では、術者に迫るのはなかなか難しいでしょうね」

ため息をついたナタニエルに、王太子が頷く。

「まだ帝都内にいるはずだと占いが告げているとしても、帝都は帝国——いえ、大陸で一番の都です。住まう人の数も旅人の数も、尋常ではない。その中から魔術を使って逃げおおせる事のできる人物を捕まえるなど、砂浜に落とした芥子粒《けしつぶ》を探すようなものです」

それはつまり、ほぼ不可能という事だ。頭を抱えるナタニエルを中心に、まるで暗雲が湧き出してきたかのような、重苦しい沈黙が室内に垂れ込める。

それを切り裂いたのは、静かな声だった。

「——こちらから、罠《わな》を仕掛けるべきではないかと愚考いたします」

それは雨のひとしずくのようにささやかな音量だったのだが、場には雷鳴のように響いた。誰もが息を呑み、発言の主を振り返る。声を上げた男——フェリクスは集中した視線に一瞬その身を揺らがせたが、首をすっともたげると、緑に染められた瞳《ひとみ》でまっすぐに、ナタニエルを見やった。

「相手は神出鬼没と聞きました。そのような敵を待てば、ただ後手に回るだけでしょう。であればこちらから働きかけるしかありますまい」

「それは我々でも検討し、実行した事があります」

当時の事を思い出したのだろう。ナタニエルは広げた己の手の平を見つめ、ぐっと拳《こぶし》を握りしめる。

「奴の狙いそうな宝物の所有者を協力者に迎え、厳重に警備をした上で、新聞などを使って名品があると宣伝をしたのです。しかし奴は我々をあざ笑うかのように、他の宝物のところに現れました。そして、『残念、それは好みじゃないの』などという、ふざけたメッセージを送りつけてきたのです」

彼らは皆、よほど腹に据えかねていたのだろう。一層に険しい表情となったナタニエルに同調するように、周囲の男たちの気配も獰猛《どうもう》に変わる。

（ちょっと、怖い……）

まるで野生の獣の群れのような荒々しい雰囲気に寒気を覚えて、アウローラは己の腕をさすった。

しかし、その雰囲気を呼び込んだフェリクスは静かな表情で、激情を迸《ほとばし》らせている男たちを睥睨《へいげい》した。

「昨日、その作戦に関する記述を拝見しました。明らかな名品である巨大な青玉の指輪ではなく、古来の名品ではあるが青玉よりはよほど価値の低い、紫水晶の指輪が盗まれたと」

「……奴はそういう事をするのです。家宝のある宝物庫に忍び込んだにもかかわらず、家宝以外の装飾品を盗んでいく。そしてこう言うのです。『あなた方が守るそれより、こちらの方がよほど好みなの』とね。その度に我らは、ワガママな恋人への贈り物を失敗した男のような気分にさせられる」

まったく、猫のように気まぐれな貴婦人だ。

そううそぶいて、ナタニエルは獰猛に歯を見せて笑ったが、いくらもおかずに項垂《うなだ》れる。

「本当に、全《まった》く、度しがたい……」

地を這《は》うような低い声で呟いて、ナタニエルはどんよりとした暗雲を背負い込む。腰掛けていた長椅子に深く座り直し、頭痛をこらえるように額を押さえた。

「――帝都警察が考えるターゲットと、実際に怪盗がターゲットにしたものが異なった。その事について、僭越《せんえつ》ながら意見を述べてもよいでしょうか」

鈍色《にびいろ》の雲を吹き飛ばす、嵐の後の清涼な風のごとく涼やかな声が、場に響く。

静謐《せいひつ》が具現化したかのような佇《たたず》まいを見せるフェリクスに、ナタニエルは無言で頷いた。

「囮《おとり》捜査が失敗した際に発生した盗難事件の犯行声明文にあった『好みでない』という言葉、これをそのまま捉えると、怪盗は己の好みに従って盗む品を選んでいると考えられます。しかし、過去の盗難品のリストを確認させて頂いたところ、盗まれた品には統一感がありませんでした」

「その通りです。例えばプレゼントをねだる女性がいたとして、欲しがる物には共通点があるものです。大きな石のジュエリーが好きだとか、話題になっている物が欲しいとかね。しかし、怪盗ベルが今までに盗んだものには、『好み』と言うほどの共通点がないのです」

もうすっかり覚えているらしく、ナタニエルは指折りに、過去の盗難品を数え上げる。

古《いにしえ》の王が作らせた、拳ほどもある翠玉のブローチ。

中世の画家が海神の妻たる女神を描いた、小さな絵画。

海辺の遺跡から見つかったという、手の平サイズの美女の像。

黄金細工の薔薇《ばら》があしらわれた、ゴブレット。

とある彫刻家の作である、一角獣を模した装飾が見事な杖《つえ》。

象眼《ぞうがん》細工の美しい、遥《はる》か彼方の異国からやってきた文箱。

海神が彫り込まれた、真珠で縁取られた紫水晶の指輪。

とある貴族が名工に作らせた、精緻に時を刻む懐中時計。

鳩《はと》の血玉と呼ばれる目の醒《さ》めるような赤の紅玉で作られた、ネックレス。

そして、月砂帝国《サハラ・アルカマリ》の国宝たる、花嫁の被衣《かつぎ》——。

(……なるほど確かに、バラバラだわ)

宝物のリストに耳を傾けて、アウローラはそんな感想を抱いた。

どれもこれも良い品ではありそうなのだが、そのラインナップには統一性がなく、まるで博物趣味の貴族が手当たり次第に標本を集めているような、そんな印象を受けるのだ。

「……どれもこれも、美しい上に価値も高い、名品とされる品です。しかし、制作された時代にも、色にもデザインにも共通性がない。モチーフも材質もバラバラです。強《し》いて共通点を挙げるならば、どの品も、社交界で話題になったり、新聞や書籍などの文献に何らかの形で掲載された事がある、という事でしょうか。いくら怪盗とて、それがある事を知らなければ盗みようがありませんからね」

はあ、と大きく息を吐き出したナタニエルは、大きく足を投げ出して、どこか投げやりに両の手を伸ばした。ぐっと背を伸ばすと足を組み、黒い髪をぐしゃりとかき回す。

「宝石専門の泥棒や、宝物庫を襲って根こそぎ持っていくような泥棒ならば、今までにもいました。ですがそうした輩《やから》は基本的に、それらを売りさばいて金にする事を目的にしています。ほとぼりが冷める頃《ころ》に裏市場に出てきますから、そこから犯人にたどり着く事ができました。他には絵画などを盗んでコレクションするような輩もいましたが、そうした犯人はただ集めるに飽き足らず、どこかで人に見せようとするものです。そこから足がつき、逮捕に至っています。――しかし、この怪盗ベルのような愉快犯はいなかった。まったく、帝都警察始まって以来の厄介者です」

饒舌《じょうぜつ》なナタニエルに対し、言葉少なにフェリクスが口を開く。

「本当に、共通点はないのでしょうか」

フェリクスの問いに、ナタニエルは目をぱちぱちとまたたかせた。

「何か気がつきましたか？」

「仮説は立てました」

「……なんと」

（さすがフェル様……）

短くそう返したフェリクスに、ナタニエルの目が大きく見開かれる。一方、アウローラは頬を染めて、怜悧《れいり》な表情を崩さない夫を見つめた。

「それは、盗難品にはすべて『魔石』が使われている、という事です」

もったいぶる事なく、フェリクスはきっぱりそう言い切った。ナタニエルは「魔石？」と怪訝《けげん》な顔をしたが、王太子は力強く膝《ひざ》を打つ。

「なるほど！　怪盗が魔力持ちだった場合、カラット数の大きい宝石より、魔石の方が魅力的に映った可能性があるな!?」

「はい」

王太子は勢いよく立ち上がり、無言で頷いたフェリクスの背を叩《たた》いた。困惑の表情を隠せぬまま、ナタニエルも立ち上がり彼らの側に寄る。

「どういう事です？」

「盗難品のリストを拝見した際に、捜査官にスクラップ・ブックを見せられたのです。怪盗に関する新聞記事を集めてまとめたもので、拝見したページにはちょうど、怪盗が今まで何を盗んできたのかという特集記事が貼り付けてありました」

フェリクスの視線が、ちらりと部屋の隅に向けられる。そこに立っていた制服の男は一瞬視線を揺らしたが、フェリクスが静かに「今一度見せて頂けますか」と告げると、ナタニエルに伺いを立ててから、慌てて部屋を飛び出していく。

いくらも待たずに戻ってきた捜査官からスクラップ・ブックを受け取ったフェリクスは、詩集を朗読する俳優かのように佇んで、長い指先で丁寧にページをめくる。

「ここですね」

彼が指し示したのは、紙の質とくっきりと美しいインクの色からして、上流紙の紙面が切り貼りされている箇所だった。上品ながらもどこかセンセーショナルな見出しの並ぶその中に、『怪盗ベルと博物館の学芸員はどちらが目利きか』などという文字の下、それまでに盗難に遭った品々の来歴や材質、想定される価値などが、事細かに記載されている。

「……ああ、この記事か」

どうやらナタニエルには既知のものであるらしく、面白《おもしろ》くもないと顔をしかめる。しかし王太子は目を輝かせ、記事本文を読み上げた。

「どれどれ……この、子どもの拳よりも大きな翠玉には『竜の瞳』なる別名がある。古代の王が悪しき竜を倒して手に入れたという曰《いわ》くの品で、当時は『呪いの翠玉』と呼ばれていた——なるほど？」

口角を吊《つ》り上げて朗々と、王太子は次から次に、記事を読み上げていく。

「次は……中世の宗教画の巨匠、ゼヴィオの手によるとされるこの小さな名画は、彼が命尽きるその時まで肌身離さず持ち歩き、臨終の床《とこ》でその最期を看取《みと》った年若い神官に譲られたものだという。ゼヴィオと言えば、『ゼヴィオ・ブルー』と呼ばれる、特殊な顔料による目の醒めるような青い色で知られているが、この名画はその色がふんだんに使われている事から、真筆であると鑑定された——」

ナタニエルたち、帝都警察の面々は首を傾《かし》げ続けていたが、ウェルバム王国の魔術師陣は、読み上げが進むごとに息を呑み、理解の光を瞳に灯《とも》した。

「……この海神の彫られた紫水晶は、一見ただの古いブローチにしか見えなかったというが、その来歴はやはり曰く付きのものであった。帝国が連邦になる以前、西海大公家の公子が海難に遭った際に、彼を助けた漁民の長に授けたものであるという。この石を持っていると不思議と豊漁に恵まれたそうで——なるほど、なるほど！」

　最後の記事を読み上げて、王太子は明るく両の手を打つ。

「フェリクス、よく気づいたな！」

「偶然です」

「……どういう事なのです？　確かに、興味をそそる記事ではあると思いますが、それぞれの来歴は伝聞ばかりで、真実とはとても思えません」

　ナタニエルが不機嫌にそう言えば、王太子は口の端を歪めて、彼の肩をトントンと叩いた。

「ところが、我が国の常識に照らせばそうでもないのです。大きな魔石は宝石同様、大抵銘が付いていますし、その銘の多くが『瞳』や『呪いの』といった言葉で彩られています。それは、魔石、特に宝石質の魔石が魔力持ちにとって、非常に魅力的に見えるからなのです。宝石の美しさに魅了されて身を滅ぼす逸話が珍しくないように、魔石の魅力に取り付かれ、身を持ち崩した魔女や魔術師の逸話にも事欠かないのですよ」

　まるで教壇を左右に歩き回る大学教授のように、王太子は口を動かしながら、ナタニエルとフェリクスの間を足早にうろうろと歩き回る。

「最初に盗難された翠玉のブローチ、この翠玉は逸話からして、おそらくは魔石だったのでしょう。次のゼヴィオの絵画ですが、ゼヴィオ・ブルーは星空石と呼ばれる魔石を元にした高価な顔料が使われている事で知られています。涙を流したと逸話のある遺跡の美女の像も、魔石を彫ったものであれば不思議はありません。——そう言えば、クラヴィス家の食客には、描いた絵画が涙を流すという画家がいたね？」

「正確には、描いた時の想いが絵に表れる、というのが正しいです。……彼の描いた『涙する絵画』は、亡くした母を思って描いたものでした」

「そんな絵画がこの世にあるのですか……」

クラヴィス家で保護した小さな画家、レオが孤児院で描いていた絵を思い出し、アウローラは胸元でぎゅっと拳を握った。想いを込めた絵が涙する魔法使いがいるのであれば、想いを込めた彫刻が涙する魔法使いがいたとしてもおかしくないだろう。

「他の品もそれぞれ、どこかに石が使われていますね。それも、これらの説明を読む限り魔石の可能性の高いものです。盗まれた例のヴェールにも、石が数多《あまた》縫い付けられていたはずです」

「カタログには、『月砂の七つ星』という魔石が縫い付けられていると記載がありましたわ」

思わず口に出し、アウローラは慌てて口を押さえる。しかしその時にはすでに王太子の笑みはにっこりと、一段深まっていた。

「つまり、怪盗は魔力を持つが故に魔石に魅入《みい》られ、魔石が利用されている宝物を選んで盗みを働いている、という可能性が高いと推測します」

「納得しました」

ナタニエルははっきりと頷いた。その瞳にはいつの間にか、苛烈とも言える激しい炎が宿っている。

「さすがは魔術師、魔石とは盲点でした。――我々にとって魔石とは、ただ魔力が宿っているだけの石にすぎません。その石が魔石であるかそうでないかを気にするのは、他国の魔術師と宝飾品の業者くらいのものなのです。植民地から送られてくる金剛石の方が、よほど価値が高い」

「それに、そもそも魔石はほとんど流通していないようですね。昨日帝都見物に出かけた貴婦人たちが、宝飾品の店に魔石のジュエリーが全くないと驚いていましたので」

　王太子が首を傾げると、ナタニエルは「ああ」と軽い頷きを返した。

「植民地には魔石が産出する鉱山がいくつかあるのですが、そこから産出される魔石のほとんどは、北方の国々に輸出されます。魔石を利用できる人間がほとんどいない事もあり、帝国内ではほとんど流通していませんね。色艶《いろつや》、サイズが良いものは帝室や大公家に献上される事もありますが、それほどの大きさのものは滅多に産出しませんから」

　なるほどと言いたげに頷いたフェリクスは、幾度か軽く咳払いをすると、開いていたスクラップ・ブックを卓上に置き、ゆっくりと顔を上げた。

「――まとめると、怪盗をおびき出すには、魔石を使った宝飾品を用意し、それを狙わせるように仕向けるしかないと考えました」

「そういう結論になりますね」

　糸口が見つかったためか、すっかりと気力を回復したナタニエルは、明るい表情で頷いた。

「すぐに帝室御用達の宝飾職人を呼びましょう。いや、宝物庫を漁《あさ》れば魔石のひとつやふたつ――」

「ナタニエル皇子殿下」

　今にも駆け出しそうなナタニエルの背に向かい、王太子がその名を呼ばわる。くるりと振り返ったナタニエルに、王太子は首を横に振った。

「今から宝飾職人を呼んでいては、時間が掛かりすぎるでしょう。それに、本宮の宝物庫にあるようなものは、帝国の国宝と呼ばれるものなのでは？　囮としては存在感がありすぎますよ」

「確かに」

冷や水を浴びせられたかのように、ナタニエルの動きが冷静さを取り戻す。

「しかし、魔石の宝飾品を持つ貴族に協力を仰げば、被衣の盗難を隠す事は難しくなるでしょう。箝《かん》口令《こうれい》を敷いたとて噂《うわさ》好きが感づけば、あっという間に広がるものですからね。事件を秘めなければならない時、最も確実なのは、事件を知る者の人数を極力増やさない事です」

「よく分かりますよ。どれほど愚かな人物であっても、知らなければ口にしようがありませんからね。……さてそこで、提案なのですが」

王太子の目が細められ、両の口角がこれ以上ないほど吊り上がった。

「――その『協力者』に、我々がなりましょう」

ざわりと室内に動揺が走った。

「……見返りに何をご希望なのです？」

「今後とも、我が国と友好関係を続けて頂ければと」

大陸随一の大帝国に恩を売りつけようとしている王太子に、ナタニエルが目を見開いた。

一体何を言い出すのだとフェリクスが目を吊り上げ、壁際の護衛たちも「うちの王太子がまた厄介事を！」と言わんばかりに身構える。魔女たちも額に手を当てて困惑し、アウローラも身を震わせた。

「残念ですがね、私は皇子といえども四番目、帝都の安寧《あんねい》を守るために身を削ってはいますが、国政に関わる事はほとんどありません。貴方が望むような利益を貴国にもたらす事は難しいかと」

肩をすくめるナタニエルに、王太子は「いやいや」と、大げさに手の平を振った。

「そんな、こちらに優位な条件で条約を締結しろというような、無茶を言うつもりはありません。それこそ国際問題になってしまいますからね。ただ、殿下と私の間で友情のひとつでも結べれば、両国にとっていつか何か良い事があるかもしれないでしょう。その程度で構わないのですよ」

　王太子はにこやかにそう言って、手を差し出した。

　ナタニエルは王太子の目をじっと見つめていたが、しばらくすると苦笑を浮かべ、その手を取った。

「では、我らの友情に」

「ええ、仲良くいたしましょう」

　がしりと握られるふたりの手に、アウローラたちは内心で呻き声を上げた。

　――第四皇子とは言っても、彼は巨大な帝国の皇子、それも女性に大変人気のある男なのである。選んだワインの産地が、身につけた香水の銘柄が、装身具を作らせた店の名前が、ことごとく人々の話題に挙がる彼は、日々の些細《ささい》な選択が流行を左右しうる存在なのだ。

　そんな人間の脳裏に自国の事をはっきりと刻んだのだから、ウェルバム王国にとっては大金星のはずである。しかし、ウェルバム王国の一行は、それを手放しに喜べないのだった。

　なぜなら、王太子がこんな『無茶』を言い出す時は決まって、その『無茶』の余波が彼の周囲を取り巻く部下たちに降りかかってくるのである。

（……ああ、嫌な予感がする。何事も起こりませんように！）

　思わず両手の指を組んで天を仰いだアウローラの願いも虚《むな》しく、王太子はいっそ爽《さわ》やかなほどの笑みを浮かべたまま、くるりとこちらを振り返った。彼の視線が向かったのは、アウローラの胸元を飾るネックレスだ。

　蔓草《つるくさ》のような優美な曲線を描く白金の土台の上に、小粒の真珠でぐるりと囲まれた大粒のサファイアがひとつ。シンプルながら美しいそれは、王太子がアウローラたち夫妻のために用意した、変装のための魔道具である。つまりこの石もまた、魔石であるのだ。

　王太子は目を細め、アウローラに向かって手を伸べた。その指先を、ナタニエルの視線が追う。

「ちなみに我が国では、魔石を利用した宝飾品は珍しいものではありません。現に、クラヴィス夫人が今つけている宝飾品は、変装のための魔道具です。ご覧ください、その中央にある石は魔道具の動力を兼ねた魔石なのですよ」

「その、青い石がですか？　サファイアではなく？」

「ええ、魔石です。なかなか綺麗《きれい》なものでしょう？」

　人々の視線が一斉に、アウローラの鎖骨の間に向けられる。

　生地の下でふっくらと大きく膨らんだ胸元、それに押し上げられる位置で上品に輝く青い宝石は、魔力を持たぬ人々の目にはただのサファイアに見えるらしい。「見分けがつかない」「言われて見れば若干《じゃっかん》輝きが強いか？」などの会話が飛び交い、中にはどこを見たのかごくりと喉を鳴らした者まで現れて、フェリクスにきつい視線を向けられる。

「このように、我が国の貴婦人が魔石を使った宝飾品を身につけている事は珍しくありません。特に、今回の使節団に参加するような女性たちは、自国の産業としてすすんで身につけているはずです」

　エルメンヒルデが無言で頷き、己の胸元できらめいている淡い空色の貴石で作られたブローチにそっと手を添える。それも実は、魔石であるらしい。

「それらが話題になれば、怪盗の耳に届くかもしれない。我々が帰れば魔石も帰るのですから、怪盗がそれらを狙うのであれば、我々がこの帝都にいる間に動くはずです」

そこで、王太子が不意に、アウローラの目を見た。

「――ねえ、『フロース嬢』、今週末、先日の園遊会の第二弾として、皇后陛下の茶会が開かれるそうだよ。ご招待のお手紙が使節団宛に届いていた」

「恐れながら」

「……ダメだよフェリクス」

フェリクスが文句を言おうと口を開くのを、王太子が微笑みで制する。

そうして、誰かの発言を待つ空白の時間が生まれた。待たれているのは、もちろん。

アウローラは深く息を吸い、意識して背を伸ばした。心配そうに眉をひそめ、もの言いたげな口元を引き結んで憂《うれ》いを浮かべるフェリクスに微笑んで、まっすぐに前を向く。

そして、ルナ・マーレ仕込みの笑みを浮かべ、皇子たちに向かうと口を開いた。

「――ここまできましたら、お役目、完遂させて頂きます」

その言葉に大きく頷いて。

よく言った、とでも言いたげな深い笑みがふたつ、アウローラの前に並んだ。

†7　罠《わな》を仕掛ける

「これはまた、とんでもないわねえ……」

呟《つぶや》いて、アウローラは天井を見上げた。

首が痛くなるほどに高いそこは全面がガラス張りで、少々無骨な鉄骨で支えられている。どのガラスも透明度が高く、向こうに広がる青い空がよく見えた。その、柱のない広々とした空間で、天井から注ぐ陽《ひ》の光を浴びて生き生きと輝いているのは、この国では育たないはずの、色濃い緑だ。

(建物の中に、南国の森があるなんて……！)

アウローラはきょろきょろと落ち着きなく、周囲を彩る緑を見回した。

すぐ側《そば》ににょっきりと生えているのは、今にも天井に届いてしまいそうな大きな木。その葉はアウローラの顔どころか全身よりも大きくて、高いところに不思議な形をした黄金色の果実を実らせている。その隣では、目の醒《さ》めるような極彩色の花をつける蔓《つる》植物が、甘い香りを放っていた。

「これが、世界に名だたる帝立植物園の大温室、『温室宮』……」

アウローラは深く息をついた。

――ここは、アンリ帝記念公園の一角を占める帝立植物園、その最大の見所と言われるシャルル七世記念温室である。そのあまりの巨大さと見事さから、通称『温室宮』と呼ばれるそれは、今回の万博にあわせて建設された建築物のひとつで、早くも帝都の名所として市民や旅人の間で話題になっている。ガラスと鉄骨という最新技術が惜しみなくつぎ込まれて造られた、巨大な温室だった。

なぜ、アウローラが温室宮にいるのか、というと。

驚いた事に、ここが、今日の茶会の舞台なのだった。

色濃い緑の合間に、令嬢がふたり掛けられる程度の小さな椅子《いす》とテーブルが用意され、招待客はそこに座って、南国の雰囲気を味わいながら茶や菓子を楽しむ、という趣向である。それ故に令嬢たちのドレスコードも、南国をイメージしたものという指定があった。

そんなわけでアウローラも今日は、ウェルバムではあまり着た事のない、太陽の光や蜂蜜を思わせるような濃い黄色に、緑の気配を感じさせる青の糸で南国の海をイメージしたモチーフが刺繍《ししゅう》された、明るく華やかな色のドレスに身を包んでいる。髪と瞳《ひとみ》はもちろん、フェリクスの色だ。

（……それにしても、未婚の令嬢が身につけるには、この首飾りは気合いが入りすぎじゃない？）

己の胸元を見下ろして、アウローラは小さく苦笑する。

その目に映るのは、王太子の変装用の魔道具と、今日のためにとフェリクスが、ルナ・マーレの力を借りてまで用意した魔石のネックレスだ。本来、重ねてつけるような造りのものではないのだが、魔道具の鎖部分を外し、フェリクスが用意したオパール質の魔石が連なるネックレスに繋《つな》げる事で、まるで雨上がりの虹のような印象の華やかなデザインとなっている。

アウローラは指先で魔石を撫《な》でて微笑《ほほえ》み、ひとつ息を吸うと気持ちを切り替えた。貴族の『ご令嬢』らしく背筋を伸ばし、さりげなく周囲に目を走らせる。

（……この前の園遊会より、令嬢の数が減っているわね）

場所の広さも関係しているのだろうが、どうやら園遊会にて篩《ふるい》に掛けられたらしく、参加者が明らかに減っている。置かれているテーブルの数はそれなりに多いが、一席がふたり、多くても三人掛けとなっていて、すべての令嬢の数を合わせても、二十人いるかどうか、という人数だ。

（さすがに、大公女殿下はいらっしゃるわね）

最も上座の席に目をやれば、そこで優雅に茶器を傾けているのは西海大公家の姫君、マリーア大公女だった。その身分故か同席の令嬢もおらず、南国の花々にも負けない赤のドレスを身にまとって、女王のごとくに君臨している。もっとも、皇后が挨拶《あいさつ》後にさっと引き上げてしまったので（おそらくどこか別室で、令嬢たちを見極めるべく目と耳を駆使するのだろう）、この場で最も地位の高い貴婦人である事は間違いない。

今日もまた、実年齢より遥《はる》かに大人《おとな》びて見える衣装と化粧で武装した彼女を遠目に眺め、アウローラは小さく息をつくとそっと目をそらした。すると、下座のテーブルに座る白い姿が目に映って、アウローラは目を丸くした。

（まさかのヘッセン子爵夫人が出席しているわ。殿下がご招待したのかしら）

そこにいたのはナタニエルの恋人、ヘッセン子爵夫人アグネス。彼女は未亡人であり、ナタニエル皇子の婚約者を探す目的の茶会に参加するのは場違いなはずだ。

だが、トレードマークであるらしい真っ白なドレスというマリーアとは対極の装いで、集まる視線を気にせず堂々としているその姿は、いっそくつろいでいるようにさえ見える。

視線に気づかれてしまったらしく、彼女はくるりとこちらを向いた。珊瑚《さんご》のように赤く塗った唇が優美に弧を描く。アウローラは軽く会釈をしてすっと視線をはずした。

すると今度は視線の先に、離れたテーブルの令嬢たちと朗らかに談笑しているナタニエル皇子の姿を見つける。どうやら今日の茶会は、令嬢たちの座るテーブルに主催の側が順番に回ってくるという方式をとるらしい。

（……それなら、わたしはわたしで動かなくっちゃ）

さて、どうしようかしらと考えながらアウローラは正面を向いた。同じテーブルを囲んでいる令嬢をちらりと眺め、ふむ、と口を引き結ぶ。

今日、アウローラと相席となった令嬢は、美しいブルネットに薄青の瞳をした、品の良い少女だった。青緑色の、鮮やかながら慎ましい形のドレスを身につけていて、その胸元には瞳と同じ色をした宝石がティアラのようにいくつも連なった、なかなかに華やかな首飾りがぶら下がっている。

（ご挨拶した時に、こちらのお嬢さんは宝石公国《モンス・ジェンマ》の伯爵令嬢と仰《おっしゃ》っていたわね）

彼女の装いを観察しながら、アウローラは内心でなるほど、と深く頷《うなず》く。

宝石公国はウェルバム王国の西側の山間部に位置する、高い山脈に囲まれた公国である。面積こそ非常に小さいが、国の名の通りに様々な宝石を産出する鉱山を多く有しており、宝石に関する産業で非常に有名、裕福な国だった。

（……なるほど、これは間違いなく、ナタニエル皇子が席を配置したわね）

魔石のネックレスが自然と話題になるように、宝石に詳しい国の令嬢と相席にしてくれたのだろう。

しかし、アウローラは眉《まゆ》を垂れた。

（……この方、ものすごく緊張してらっしゃるわ。声を掛けた方が良いのだろうけど、少し落ち着いてからでないと、上手《うま》く話せないかしら）

場の空気に呑《の》まれてしまったのか、目の前の令嬢は先ほどから真っ白な顔をして、目の前に置かれた紅茶の水面をじっと見つめているのである。

令嬢に話しかける隙《すき》を窺《うかが》いつつ、アウローラは気を取り直して、己の前に配膳された美しいフルーツに目をやった。黄金色に輝く美しいフルーツは、甘酸っぱい芳香を漂わせてこちらを誘っている。

ごくり、とアウローラの喉《のど》が鳴った。

（こんな金色の果肉の実、初めて見るわ。南国のフルーツなのかしら、匂《にお》いがすごく甘い……）

アウローラはフォークを手に、フルーツに向き直った。ゆっくりと上からフォークを刺せば、ひとつの引っかかりもなく、するりと下まで入っていく。

（んんん……！　おっいしい……！）

口の中に入り込んだフルーツは、まるで溶けるように柔らかく、ジューシーな果汁を口いっぱいに残して、あっという間に消えていく。そのなめらかさと儚《はかな》さ、舌の上に残された未知の甘酸っぱさに驚いて、アウローラはフォークを持ったまま、静かに震えた。

（この国の食の虜《とりこ》になって、国に帰らなくなった人の気持ちが、ちょっと分かる……）

美食の国とも呼ばれる大海国《グラン・マーレ》。この国の味の虜になって祖国に帰らなかった偉人の逸話や、ほっそりとした姿を美しいとする国から来た留学生が半年も経《た》たないうちにどっしりとした姿になってしまったなどという話は、いくらでもあるのだ。

「……あの、そちらのフルーツ、お味、いかがですか？」

頬《ほお》を押さえてうっとりと、フルーツの余韻に浸《ひた》っていたアウローラに、おずおずとした声が掛かった。慌《あわ》てて目を開きまたたけば、向かいに座っていた令嬢が両の手をぎゅっと握り締めながら、こちらを覗《のぞ》いているではないか。

アウローラは急いで笑みを取り繕《つくろ》うと、「とてもおいしいですよ！」と微笑んだ。

「香りと同じ味が口の中で広がって、まだ見ぬ南国を見たような心地がいたしましたよ。楽園とはこの事かと思いましたわ。もちろん、お好みは分かれるとは思うのですけれど……」

アウローラの言葉に令嬢は目を見開くとほっとしたように息をつき、銀にきらめくカトラリーに手を伸ばした。しかし、緊張の残っていた令嬢の表情も、ひとくち食べた瞬間にふわりと解《ほど》ける。

「……すごくおいしいです！」

「でしょう？」

思わずそう相槌《あいづち》を入れれば、「はい！」と明るい声が返ってきた。

「それに、お茶にもフルーツが……」

「南国のフルーツをこんなにふんだんに使えるだなんて、さすがは大海国ですわねえ……」

胸のつかえが下りたかのように、綻《ほころ》んだ頬でお茶に口をつけた令嬢が、その味わいに目を見開く。どうやらフルーツが漬けてあったらしく、紅茶もまた南国の果実の味わいが染み出しているのだ。

令嬢とアウローラ、ふたりは揃《そろ》って茶を味わうとため息をつき、目が合うと小さく笑い合った。

「あの、改めて、わたくし宝石公国のセレスティーン・バーライトと申します。その、フロース様、わ、わたくし、子どもの頃《ころ》から人見知りで、初めての方とお話しするのが、とても苦手で」

「では先ほどは、勇気を振り絞って下さったのですね」

アウローラの言葉に、セレスティーンはどこかいとけなく、こくんと頷いた。

「……はい。……あの、実は、フロース様がお召しのネックレス、すごく気になっていて、お伺いしたくて堪《たま》らなかったのですが、緊張してしまって、どうしても声が出なくて……」

セレスティーンはあたふたと言い繕ったが、その目はアウローラの首元から離れない。しばらくそうして首元を凝視したあと、彼女は深く息を吸うと、覚悟を決めたかのような決意に満ちた表情になって、囁《ささや》くような小声で口を開いた。

「あの、そのネックレスはどちらのものですか？　それ、魔石……ですよね？」

「はい、先ほどご挨拶いたしましたように、わたくしはウェルバム王国から参りましたの。これにお気づきになるなんて、さすがは宝石公国の方ですね」

一目で見抜いたセレスティーンに驚きながら、アウローラは頷いた。

魔石かそうでないかを見分けるのは正直なところ、魔術師以外にはなかなか難しい事なのだ。あっさりと見抜いたセレスティーンは、魔石を日頃から見慣れているという事なのだろう。

「ああ、やっぱり！　……国柄、石を見る目は養ってきたつもりでいるのですが、すべての鉱石に愛された国と呼ばれる我が国でも、それほど鮮やかな魔石は滅多に見るものではなくて……」

「あら、でも、バーライト様のネックレスも魔石ではありませんか？」

普通の石よりもどことなく、渦《うず》のような輝きを感じる。アウローラは彼女の首元を見て、首を傾《かし》げた。アウローラの台詞《せりふ》に、セレスティーンは眉をハの字に垂れさせると、口をもごもごと動かす。

「ううん、なんと言えばよいのでしょうか。石は魔石ではなくて、石を加工するのに魔力を使っているのです。……その、この石は宝飾品にするには軟らかすぎて。それを補う技術が我が国にはありますのよ。そこに魔術を使うのですけれど、あくまで石の保持のための魔力なので……」

あくまで強度を上げるための魔術の掛かった石であり、石に宿った魔力で何かができるという事はないのだと、セレスティーンは言葉を続けた。

「そんな素敵な技術があるのですね」

「はい！　机にぶつけただけで割れてしまうような、脆《もろ》くて装飾品には向かない、けれどとても美しい石がこの世にはたくさんございます。それを身につける事が可能になったのですから、これは本当に画期的な、素晴らしい術なのです！　……あの、フロース様のネックレスを、近くで拝見してもよろしいですか？」

　しばらく会話を交わして、口がなめらかになったからだろう。少し前の緊張はどこへやら、セレスティーンは頬をぱっと紅潮させて、アウローラにそう頼み込んだ。こちらにとっても都合が良いので、アウローラはにこやかに快諾する。

「ええ、どうぞ。ただ、わたくし自分では外せないから、つけたままでよろしい？」

「もちろんです！　ありがとうございます……！」

　勢いよく答えたセレスティーンは席から立ち上がり、アウローラの隣にやってくると屈《かが》んで首元を覗き込む。そしてひゅっと息を呑み、頬を染めたままわなわなと震えた。

「な、んて素晴らしい石と魔力なんでしょう……！　このサファイア質の魔石の色、艶《つや》、カット、ともに最上級のものではないですか……！　しかもこのオパールも魔石、あっ、このオパール、全部魔石!?　えっ、すごいです、小ぶりですけど、渦巻く魔力とオパールの遊色が相まって、石がより一層美しく見えます……。ううっ、ルーペが、ルーペが欲しい……！」

（この前のめりの姿勢、ものすごく覚えがあるわ……）

　ひどくうっとりして石を見つめたまま目を離せなくなっているセレスティーンの姿に、アウローラは共感と同時にむずがゆさを覚え、口の端をむずむずと動かした。

（わたしもきっと、こんな風に見えているのね……）

目が離せなくて一心に見つめてしまうところも、つい早口になってしまうところも、細かく見たいと切望してしまうところも、身に覚えがありすぎる。

しかし、その仕草は端《はた》から見れば、距離が近すぎたのだろう。

「――おや、そちらのお嬢さんはどうなさったのですか？」

「ひゃっ」

苦笑しつつも大人しくしていたアウローラは、背後から掛けられた声に不意をつかれ、驚いて振り返った。そこにいたのはもちろんの事、艶やかな浅黒い肌に黒い髪の美しい、夜の化身のごとき美青年、ナタニエル第四皇子である。そして――

（ナタニエル殿下、まさかの未亡人をくっつけていらっしゃったわ……）

彼のすぐ後ろには、紅玉めいた紅い瞳を輝かせている真っ白な姿の美女が佇《たたず》んでいたのだ。

「……お邪魔して申し訳ございません」

彼女はこの上なく可憐《かれん》に微笑んで会釈をくれたが、アウローラの内心としてはそれどころではない。セレスティーンと揃って慌てて立ち上がり、ナタニエルに向かって膝《ひざ》を折りながら、アウローラは心の中で憤《いきどお》った。

（妃《きさき》がねとなる娘を探すという裏の事情が知れ渡っている茶会に、恋人と噂《うわさ》の女性を招くだけならまだしも、それをつれてテーブルに回ってくるというのはさすがに常識的に考えてどうなの……？　ああ、大公女殿下に、すっごく見られている……）

背中の方から飛んでくる鋭い視線を背中に感じつつ、アウローラは膝を折ったまま、伯爵家の令嬢がするに相応《ふさわ》しい礼をとる。ナタニエルに許されて顔を上げると、彼はにやりと少々質《たち》の良くない笑みを浮かべていた。どうやらすべて、分かってやっているらしい。

――しかし、確かに。良くも悪くも社交界で話題の貴婦人が気に留めたとなれば、魔石の話題はあっという間に広がる事だろう。それは作戦を成功させるためにも、ウェルバム王国からの使節団の一員として、王太子妃に託された本来の仕事にとっても、悪い話ではない。

アウローラは少しばかり呆《あき》れつつ、己の本分を果たそうと口を開いた。

「帝国の若き星にご挨拶申し上げます。こちらのご令嬢が鉱物とジュエリーに造詣《ぞうけい》の深い方で、わたくしのネックレスについての話が弾んでいたところでした」

「ほう、ネックレスについてですか」

いささかわざとらしさはあるものの、ナタニエルは今気がついたと言うように、アウローラの首元に目を向ける。しかし、そこに燦然《さんぜん》と輝く魔石のネックレスに彼は実際驚いた様子で、その黄金色の瞳を大きく見開いた。

「……これはまた。意匠も素晴らしいが、どの石も、見事な色艶ですね」

本心からの呟きが漏れ、ナタニエルは顎《あご》に手を当て深く息をつく。

「これは確かに、向かいに座れば話題にせずにはいられないでしょう。そちらは宝石公国の方でしたね。そちらのお国の方から見ても、そのネックレスは素晴らしいものですか？」

「は、はい！　宝石公国のバーライト伯爵家が三女、セレスティーンと申します。宝石を扱う家の者でございまして、幼少のみぎりから様々な石に触れて参りましたが、こちらは今まで見た事もない、大変素晴らしいものと存じます。我が国でもそうそう御目に掛かれない逸品です」

大国の皇子を前にセレスティーンの声は震えていたが、その言葉の内容からははっきりと、伝えたいという気持ちが伝わってくる。

「フロース嬢はウェルバム王国の方ですからね、さすがは魔術、魔石の国、といったところでしょうか。——何、実は貴国の王太子殿下から、魔石を利用した宝飾品が大変素晴らしいと伺っていましてね。美しいものを愛する者としては、見せて頂かぬわけにはいかないでしょう？」

「左様で、ございますか……」

（お、思っていたよりもずっと注目されている……）

彼らの声に皆、耳を傾けていたのだろう。気がつけば、会場中の視線がアウローラに集まっていた。ざわざわと交わされる会話に耳を傾けてみると、話題になっているネックレスは一体どのようなものなのかと、皆、気になって仕方がないようだ。

期待通りの効果ではあるが、こうも見られていては落ち着かない。想定以上に視線が集まってしまい、アウローラは狼狽《うろた》えた。夫の横に立つ事で人からの視線にも慣れ、社交界にも随分と馴染《なじ》んだと思っていたが、やはりこうした場面では気後れしてしまう。

（これだけ目を向けられたら、早晩、話題になる事は間違いないわ。あとは今日を綺麗《きれい》に終えられれば、任務完了よ。……もうこれで、今日の仕事は終わったと言ってもいいのでは？）

徐々に顔が引きつり始め、そんな風に逃避的な事を考え始めたところで、不意に、たおやかな声がナタニエルを呼ばわった。

「——殿下」

それは、大人の女性らしいなめらかな女声に、拗《す》ねて唇を尖《とが》らせる少女のような甘さを滲《にじ》ませた、蠱惑《こわく》的な声だった。声の主はそのまま続けて、どこかコケットな口調で言葉を紡《つむ》ぐ。

「いつ、ご紹介して下さいますの？」

これ以上焦《じ》らされたら、もう限界よ。

言外にそんなニュアンスを含ませた甘い非難の声に、ナタニエルは彼女を振り返り、クスリと笑う。

「……ご令嬢方、申し訳ないが彼女を紹介させてほしい。彼女はアグネス・ア・ヘッセン子爵夫人。美しいものを愛する、私の友人です。アグネス、こちらはウェルバム王国のフロース伯爵令嬢と、宝石公国のバーライト伯爵令嬢」

「ご紹介にあずかりました、アグネス・ア・ヘッセンでございます。どうぞよしなに」

「こちらこそ、どうぞよしなに」

アウローラは何事もなかったかのように会釈をして微笑んでみせたが、その内心は穏やかでない。

何しろ最近話題の人物とついに対面を果たしてしまったのである。その上、その人外のような美貌《びぼう》がこちらをまっすぐに見ているのだから、たまったものではない。

（この方、本当に精霊の血を引いたりはしてないのかしら……）

その瞳に見つめられると、同性だというのに心臓がドキドキと高鳴って、まるで恋をした時のような目眩《めまい》が訪れるのだ。彼女にちょっとでも好意を持っている男性だったら、彼女と目が合っただけで、ころりと恋に落ちてしまうに違いない。

ドギマギしながら口をつぐんで大人しくしているアウローラに、アグネスは嫣然《えんぜん》と微笑む。

「うふふ。なんてお可愛《かわい》らしい方。先日の園遊会の時に、少しだけ目が合いましたね」

「まあ、覚えておいででしたか」

「ええ、とても可愛らしい方がいらっしゃるなと思って印象に残っていました」

艶《つや》っぽく見つめられると、なんだか恐ろしいものに魅入《みい》られたような気分になって、アウローラは思わず視線をそらした。アグネスは蠱惑的に笑うと、アウローラの胸元へと目を向ける。

「殿下から、ウェルバム王国には素晴らしい魔石を使った装飾品で身を飾る文化があるとお伺いしたのです。それを聞いたらどうしても見たくなって、今日は無理を言ってしまいました。お噂に違わぬ、見事なネックレスですね。これを見られただけで、殿下にわがままを言った甲斐《かい》がありました」

アグネスは熱い吐息をひとつこぼした。その眼差《まなざ》しはうっとりととろけ、それこそまるで恋する人に向けるような、情熱的な色を帯びている。

「ありがとうございます。お言葉を伝えれば、国の職人も魔術師も喜ぶでしょう」

向けられた、恋しいものを見るような視線になんとなくいたたまれない気持ちになりながら、アウローラは小さく会釈をした。アグネスの雰囲気に当てられて、振る舞いがどこかぎこちないアウローラに、ナタニエルが苦笑を浮かべて口をはさむ。

「全《まった》く急にわがままを言うのだから。ねじ込むにもなかなか苦労しましたよ」

「だって、殿下があまりにも魅力的に語られるのですもの。わたくしでなくたって、あれでは皆、気になってしまいますわ」

「それはほら、あまりにも見事でしょう。あれを見ておいて、同好の徒に話さないだなんて、そんな不義理はできません。ほらご覧なさい、皆、青い石に目を取られているようですが、その左右に連なる乳白色オパールも、実は魔石なのだそうですよ」

「まあ！」

セレスティーンの好奇心にも負けず劣らず、子爵夫人も赤い瞳を大きく見開いて、アウローラの側ににじり寄る。その瞳はまるで無垢《むく》な少女のよう。雨上がりの薔薇《ばら》の花びらに太陽の光が差した時のように、キラキラと輝いている。

「本当だわ……！　なんて見事な石でしょう！」

「あ、ありがとうございます……」

気圧《けお》されて後ずさるアウローラの前で、感に堪《た》えないと言わんばかりの歓声を上げ、アグネスは頬を薔薇色に染めた。お分かりになりますかと、セレスティーンが首をブンブンと縦に振る。

「素晴らしいですよね」

「ええ、本当に見事です。こんなにキラキラしている魔石は珍しいですね」

（キラキラ？　ヘッセン子爵夫人には魔石の魔力がキラキラして見えているのかしら）

アグネスの言葉にアウローラは首を傾げた。

もしかすると子爵夫人は、魔術の素養のある人なのだろうか。アウローラは目を見開いたが、彼女はそれには特に触れずに、ネックレスの魔石の輝きにうっとりと息をつく。

「ほんとうに、綺麗。なんてきらきらしているのでしょう……。まるで、オーロラのよう」

しかし、周りに魔術に対する知識のない人ばかりがいる大海国の公的な場で、貴女《あなた》は魔女ですかなどと聞けるはずもない。

「ヘッセン夫人のお国では、オーロラが見られるのですか？」

「ええ。緑から紫、わずかに青みがかったり、黄みがかったり、赤くなったり……。あれは、ほんとうに美しいものです。……見るには寒さに耐える必要がございますけれどね」

当たり障《さわ》りのない会話の中で何とか機会を探ろうとしたが、時間制限の方が先に来てしまった。

主賓とも言える立場の自分をよそに長々と盛り上がるテーブル、そこに己の恋い慕う人だけでなく、天敵とも言うべき女が加わっているという現実に、ついに我慢が限界を迎えたのか。

マリーアがこのテーブルに向かって、突撃してきたのである。

「……ナタニエル殿下！」

その声が耳に届いた瞬間、アウローラは『ついにこの時が』と感じて思わず身を震わせた。急いで周りに視線を走らせれば、同じように身を震わせている貴婦人たちは、どことなく青ざめた、けれど興奮を隠せない表情をこちらに向けている。

どうやら、社交界の人々が待ちに待った瞬間が今、訪れたようであるらしかった。

「おや、マリーア大公女殿下。園遊会ぶりですね」

しかし、さすがは百戦錬磨のナタニエル皇子というべきか。彼は周囲の張り詰めた空気などものともせず、にこやかに大公家の姫君を出迎えた。

「……はい。お会いできて嬉《うれ》しいです」

皇子の穏やかな振る舞いに、マリーアは勢いを削がれ、ぐっと口を引き結んで雅《みやび》やかで上品きわまりない、姫君らしい典雅な礼をしてみせた。その、女性貴族のお手本とも言うべき美しい所作に、周囲からほうと感嘆のため息がこぼれる。

「今日も素晴らしい装いでいらっしゃる。さすがは西海大公家だ」

「……ありがとう存じます」

南国の大輪の花のごとき、緋《ひ》色のあでやかなドレスがマリーアの動きに合わせて、まるで人魚の尾びれのようにひらひらと揺れる。その美しさに、アウローラも周囲と同じようにため息をこぼしたが、ナタニエルはそれ以上ドレスについて触れる事はなかった。それどころか、物足りなさげなマリーアを宥《なだ》めるように薄く笑うと、己の連れを平然と紹介する。

ざわめきが大きくなるが、ヘッセン子爵夫人はむしろ挑戦的に微笑みを浮かべると、こちらもまた大変優雅な仕草でマリーアに向かってお辞儀をしてみせた。

「海の姫君に、ご挨拶申し上げます」

「……貴女」

マリーア大公女の瞳が、鋭く険しい光を帯びる。一方のヘッセン子爵夫人は余裕の表情で、まるで幼子を見守る慈母のように、今にも噛《か》みつきそうな大公女を見つめている。

その振る舞いが余計にマリーアの癇《かん》に障るらしく、彼女は歯を食いしばり次に口にする言葉を必死に噛み殺しているようだった。

(ひええ……、こんなにヒリヒリする無言、ある?)

アウローラはごくりと喉を鳴らし、目の前の女の戦いに息を呑んだ。

色鮮やかな花々が色あせて見えるほど場はしんと冷え込んで、ここが南国を模した温室である事を忘れてしまいそうな冷たい沈黙が漂っている。誰もが口を閉ざし、場の行く末を見守っていた。

この場を収められる者がいるとすればそれはナタニエル皇子だけであろうというのに、彼は優美に微笑んだまま。自分をめぐる女たちの戦いがどこへゆくのか、彼女たちがいかように振る舞うのか、それをまるで演劇のように楽しんで見ているようですらあった。

(これ、どうにかしようがあるのかしら……)

膠着《こうちゃく》する場面にアウローラが途方に暮れ始めた時、いつの間にかすぐ後ろに迫ってきていたナタニエルの侍従が、彼の傍《かたわら》にすっと近寄った。

「……殿下、お時間がなくなります。次のテーブルへお進み下さい」

囁かれたその声は小声ながら、決して有無を言わさぬ強い口調である。ひどい静けさが場を支配していたせいで、大きな椰子《やし》の陰に座る少女たちにまでその声は届いたようだった。南国の葉の木陰から、安堵《あんど》の吐息と無念がる呻《うめ》きの混じったような、複雑な囁きがいくつも聞こえてくる。

「ああ、もうそんな時間か」

どうやら侍従に叱られ慣れているらしいナタニエルは、彼の口調に腹を立てるどころか、反省する雰囲気すらもなく、差し出された懐中時計をひょいと覗くと納得したように頷いた。

ぽかんとしているアウローラとセレスティーンに場違いなほど明るい笑みを見せ、ナタニエルは朗らかに辞去の挨拶を口にする。

「――では、おふたりともどうぞ帝国屈指の大温室をお楽しみ下さい。マリーア姫も、この南国の空気の中で羽を伸ばすと良いよ。それではね」

「……わたくしも失礼いたします。姫君たちにお目もじできて光栄にございました」

ヘッセン子爵夫人も当たり前のようにナタニエルの後に続く。マリーアは歯を食いしばり、去りゆく皇子とその恋人の背を見つめた。

しかし、マリーアはそれ以上はなにもせず、くるりと一同に背を向けると静かにその場を立ち去った。ナタニエルはテーブル巡りを再開し、場の空気はようやく元の温度を取り戻す。

とはいえ、アウローラとセレスティーンはそれどころではない。

そもそもが、社交が得意とは言えないふたりである。高貴な人たちの恋のさや当て、それも一触即発なものを、舞台の最前列で見たような気分になって、すっかり疲れてしまったのだ。ぐったりとなったふたりは、すっかり冷めてしまった紅茶をひとくち口に含むと、互いに立ち上がった。

「お話しさせて頂いて、大変楽しゅうございました。殿下へのご挨拶はさせて頂きましたし、本日はこれで失礼させて頂こうと存じます」

「わたくしも、バーライト嬢とお話できて、大変楽しかったです。石に掛ける魔術の話も、大変興味深かったですわ。機会がございましたら、また是非ご一緒いたしましょうね」

「はい。ありがとう存じます。まさかの現場に立ち会ってしまいましたけれど、フロース様とお話できた事は本当に嬉しかったです。素晴らしいネックレスを見せて頂き、ありがとうございました」

本来の彼女らしいおっとりとした柔らかいお辞儀をひとつして、セレスティーンは己の侍女を呼び寄せると、静かに温室を去っていった。

その後ろ姿を見送って、アウローラもまた自分の付き人たちを呼び寄せる。そして、足早に近寄ってきた護衛騎士を振り返ると、これ以上なく深いため息がこぼれたのだった。

「……ご苦労様」

辞去のエスコートのためにそっとアウローラの腕を取った騎士は、顔色の良くない彼女の耳にそっと囁く。高いところでさらりと揺れる、いつもと違う色の髪に目を細めながら、アウローラは少しだけ身体《からだ》の力を抜いて、その腕に身を委《ゆだ》ねた。

無言の甘えに、騎士――フェリクスはかすかに目を細める。

「……疲れただろう」

「フェル様もお疲れでしょう」

立ち上がり、歩き出しながら、夫婦は秘やかな小声で互いを労《いたわ》り合う。

目論見《もくろみ》は間違いなく果たしたはずだが、まさかこんな事になるとは思わなかった。

（……あの三人が話題になりすぎて、霞まないかが心配だわ）

軽い頭痛を覚え、疲れたような息をつくアウローラの背を優しくさすり、フェリクスが囁く。

「そういえば、殿下が回ってこられた後は、この温室内を自由に行き来してよいそうだ。見て回るか？」

「もちろん！」

突然のデートのお誘いに、アウローラはパッと表情を輝かせ、間髪《かんはつ》入れずに快諾する。

フェリクスは嬉しげにアウローラの腰を抱き、今が花の見頃と言われる一角へと愛妻を誘《いざな》った。

※

「うわあ……」

「これは見事な……」

茶会の開かれていた大温室から少し離れて。

南翼の端に建てられている別の温室にて、夫婦は揃って感嘆の声を上げた。

中央に造られた池では睡蓮の花が咲き乱れ、それをぐるりと囲うように、肉厚で色鮮やかな南国の花が、この世の春と言わんばかりに咲き誇っていたのである。そしてその合間には、色や形が珍しくも美しい、葉の形が見所だという植物がところ狭しと植えられていた。

「見て下さいまし、あの葉っぱ！　レースみたいに穴が開いているわ。まあこっちは葉っぱに水玉模様が……！　フェル様、知っている植物、ありますか？」

「睡蓮は見た事があるが、他はほとんどない。珍しいものばかりだ」

はしゃぐアウローラを優しく見つめながら、フェリクスも驚きを隠さぬ声で、周囲を見渡す。

「南国にも魔女はいるのかしら」

「魔女は分からないが、これだけ種類の豊富な植物があるのであれば、薬師はいるだろうな」

「魔女がいても、こちらとは全然違う存在かもしれないですね。本当に、世界は広いのねえ……」

他の護衛や魔女たちは少し距離を置いて、久しぶりのふたりきり。それも嬉しく、夫にもたれてその体温に癒《い》やされながら、アウローラは微笑んだ。

心の底にたまった澱《おり》が、ゆるゆると溶けていく。

初めての外国、初めての仕事、そして、巻き込まれた大事件。無意識のうちに、ずいぶんと気を張って疲れていたのだと気づく。

（……こんな時間があるから、頑張れるんだわ）

極彩色の花園から夫へと視線を移せば、目が合う。

彼もまた、同じような喜びを噛み締めていたのだろう。視線が交われば、どこかはにかむように薄《うっす》らと笑みをはいた。その、どこかいとけなさすらを感じさせる表情に、アウローラは胸の奥がキュッと狭まるのを感じ、頬を染めた。

「ローラ……」

「フェル様……」

重なった視線の距離が、ごく自然にゆっくりと縮まる。

唇と唇が重なりかけたその時、ダン！　と高い靴音が温室に響いた。

「フロース嬢！」

「きゃあっ⁉」

呼ばれて、アウローラはぴょん！　と飛び上がった。重なり損ねた唇が、寂しく離れていく。

しかし、跳ね上がったアウローラを他所《よそ》に、フェリクスにはどうやら襲来者が見えていたらしい。

彼は短いため息を小さく漏らすと、凜々《りり》しく騎士の礼を取った。

アウローラも慌てて振り返る。声の主を視界に捉えると、急ぎ膝を折り頭を垂れた。

こちらに向かって一心に進んでくるその姿は、濃い緑の美しい温室に、艶《あで》やかな大輪の花が咲いているようだった。炎のように苛烈でまばゆい、真紅の花が。

「大公女殿下におかれましては……」

「……挨拶なんていらないわ！」

恋人たちの逢瀬《おうせ》にもめげずにずんずんと歩いてきたマリーアは、挨拶の言葉を口にしたアウローラをそう一言で切って捨て、その目の前に仁王立ちに立ち塞《ふさ》がった。

「どういう事なの？　どうしてあんなに、殿下と距離が近くなったの！」

きつく吊り上がった南海色の目尻《めじり》には薄らと、薔薇に宿る朝露のようなしずくが宿っている。

彼女の心配するような事は全くないのだけれど、作戦に差し支える事は口にできない。一体どうしたものかしらとアウローラは夫を見上げ、眉根を垂れた。

その視線を受けたフェリクスは小さく頷くと、極めて事務的に口を開いた。

「ナタニエル殿下は魔石に興味がおありとの事。先日ご説明に上がった際に我が婚約者の装身具に目を留められ、話題作りにもよいと本日、ご招待頂きました。我が国としても、魔石を利用した道具類を他国に紹介する事は急務のため、ご招待に応《こた》えた形です」

白い手袋に包まれたフェリクスの指が、アウローラのデコルテをそっと示す。

「……今日、殿下がお声がけ下さったのは、わたくしが先日とは違う装身具を身につけていたためですわ。こちらも話題作りのために、より良い物を選択して身につけておりましたから、前より良い物だと御目に留められて、お話下さいましたの」

アウローラが言葉を添えれば、マリーアはフェリクスの指先、アウローラの胸元で揺れる青玉質とオパール質の魔石の揺れる首飾りを、まるで親の敵《かたき》でもあるかのように睨《にら》みつけた。

しかし、その険しい表情も長くは続かない。引き結ばれた口元は次第に波打ち、眉間《みけん》のしわもどんどんと深くなって、ついにくしゃりと幼子のように歪《ゆが》められた。

「……確かに、見事なネックレスだわ。だけど、だけど……」

ぼろり、マリーアの瞳から、大粒の涙が落ちた。

一粒堰《せき》を切ったら、もう止まらない。真珠のような涙は後から後から溢《あふ》れ滴《したた》り、大公女の白い頬を濡《ぬ》らしていく。

「——わたくしは、ごあいさつしか、させて、頂けなかった！」

恋する乙女の慟哭《どうこく》が、静かな温室に響き渡った。

「ドレスを、ほめては、下さった、けど……！　それだけ、だった……！」

（ああー……）

恋心が、慕う人のすげない仕草に、ひどく傷ついてしまったのだろう。顔をくしゃくしゃにしてわんわんと、幼子のように泣きじゃくる大公女の背を、静かに歩み寄ってきた侍女がそっとさする。

胸の奥を引き絞られるような気持ちになって、アウローラは浅く息をついた。

幸か不幸か、アウローラは失恋を経験した事がない。けれど、愛するフェリクスにあんな態度を取られたらどう感じるだろうか、そう想像してみると、想像なのに胸が潰《つぶ》れるような思いがする。

（でも、応えるつもりもないのに気を持たせる方がひどい、とも言うし……）

つれない方がまだいいのかしら。アウローラは心の中で小さく唸《うな》る。

恋というのはままならず、端から見ても難しいものだ。その気もないのに気を持たせるくらいなら、素気なく振った方が誠実だとも言うし、気がないにしても冷たくするのはひどい、とも言う。……もっとも、こんな姿を見せられては、こちらに肩入れしたくもなるけれど。

アウローラはフェリクスの元を離れると、スカートの隠しからハンカチーフを取り出して、マリーアの前に静かにしゃがみ込んだ。彼女の頬を拭《ぬぐ》っていた侍女が、すっと会釈をして脇にずれる。縋《すが》っていた侍女の腕が動いた事に気がついて、マリーアは顔を上げる。視界にアウローラの顔を見つけると、眉をハの字にして鼻をすすった。

「な、なによう……」

「どうぞお使いください」

アウローラの差し出したそれは、繊細なレースの縁取りで飾られたハンカチーフである。そのレースに沿うようにぐるりと刺繍されているのは、少女めいた可憐な雰囲気の白と薄紅色の薔薇とリボンの模様だ。もちろんの事、アウローラの手によるものである。

「は、ハンカチーフ、くらい、もっているわっ」

ふるふると首を横に振り、ハンカチーフを押し退《の》けようとするマリーアの細い指先に、アウローラはそれを握らせる。

「……実はこれ、魔法のハンカチーフなのですよ。緊張しすぎてしまった時などに、ぎゅっと握りしめると少し気持ちが楽になる、そういう魔術なのですけれど」

握らせたハンカチーフを頬に当て、アウローラはそっと微笑んだ。

「哀《かな》しくて、悔しくて、涙が止まらないような時にも、少しだけ気持ちを和《やわ》らげてくれます。さしあげますから、どうぞお使い下さい」

「そ、そんな、珍しいもの……」

やはりこの国では、大公女という身分であっても、魔術のこもった品は珍しく感じるものらしい。濡れた瞳を丸く見開き、押し付けられたハンカチーフをまじまじと見つめるマリーアに、アウローラはもう一押しと畳みかけた。

「実はこれ、わたくしの手製ですのよ。お知り合いになれた記念にどうぞお持ち下さい」

「……貴女、すごいのね」

渡されたハンカチーフをぼんやりと見つめ、マリーアはポツリと呟く。アウローラは苦笑して、首を横に振った。

「わたくしはただの刺繍愛好家です。ただ、その夢中になりようは家族にも呆れられるほどですのよ」

「夢中に、なれるなら、いいじゃない……」

くすんと鼻をすすり、マリーアはうつむいた。ハンカチーフを顔に当ててヒクヒクとしゃくりあげると、背を丸くして小さくなる。そのまましばらくの事、そうしていた。

「……また見苦しいところを見せたわ。涙っていやね、一度出ると止まらなくなるんだもの」

十分も過ぎただろうか。

ようやくに涙を止めたマリーアは決まり悪げに頬を赤くして、唇を尖らせた。ハンカチーフを返そうとする手を押しとどめながら、アウローラは微笑みをたたえる。

「涙は心を浄化してくれると申しますよ。辛《つら》すぎて涙も出なくなってしまうと、心が病気になってしまう事もあるのだとか。涙が出る時は泣けるだけ泣いてしまった方が、心が軽くなるそうです」

「……貴女、なんだか、お母様みたいな事、言うのね」

（うっ……）

四つの年の差を突きつけられた気になって、アウローラは胸を押さえる。けれどマリーアはそれに気づかず、涙の残る目元を細め、さっぱりと笑った。

「……ありがとう。確かにちょっと、すっきりしたわ」

どこか清々《すがすが》しいその表情に、アウローラもほっとして胸を撫で下ろす。

「お心が和らいだなら良かったです」

「知り合ったばかりで友達でも何でもないのに、みっともないところばかり見せているわね」

目元を拭うと苦笑を浮かべ、マリーアが立ち上がった。アウローラもそれに倣《なら》うと数歩下がり、夫の元に戻る。侍女にドレスを直されながら、マリーアはふと、呟いた。

「……それ、いいわね」

何かひらめいたらしい。アウローラが首を傾げて見守っていると、彼女はぱっと顔を上げ、立ちすくむアウローラとフェリクスの前にひらりと躍り出た。ドレスの裾《すそ》が軽やかに広がり、侍女が非難の声を上げるが、マリーア大公女は止まらない。目の前に立たれたアウローラが呆然《ぼうぜん》として目をしばたたかせると、マリーア大公女はさっとアウローラの手を取って、瞳を輝かせた。

「な、なにか……？」

「ね、貴女、わたくしの友達になりなさいな！　そうね、お礼もしたいし、そっちの騎士と一緒に、我が家のサロンに招待してあげる！」

「ええっ!?」

満面の笑みを向けられて、アウローラは思わずのけぞる。

未婚の大公女のサロンという事はつまり、彼女の実家——大公夫人がホストを務めているだろう、大公家のサロンだ。皇女のいない大海国では、皇后のサロンに次ぐ格式である。

公爵夫人の義妹にして侯爵家の嫁である「アウローラ」ならまだしも、異国の伯爵令嬢を装う「ローラ」にとっては、雲の上のサロンと言ってもいい。

「我が家のサロンの主催はお母様だけれど、わたくしが人を招いてもいい事になっているのよ」

即答できずに口ごもり、目を白黒させるアウローラが物怖じしていると思ったのだろう。マリーアは懇願するような視線を向けて、捕まえていたアウローラの手をぎゅっと握った。

「ね、せっかくだもの、貴女が国に帰る前にどうぞ遊びにきて頂戴。——そうよ、お母様のところに集まっている人たちは皆、それなりに名の通った人だから、貴女の国の魔石とやらのアクセサリーを宣伝するのに使ったら良いんだわ！」

※

「おい」

使節団の一員なのでと即答だけは避けたものの、伯爵家のご令嬢が大公家のお姫様の招待を断れるわけもなく。西海大公家の大公女からその場で簡易の招待状をもらってしまったアウローラは、王太子へと話を持っていく事にした。面談希望は速やかに叶《かな》い、温室茶会の日の夕方には、アウローラは王太子の滞在する離宮の一角の、応接室を訪ねる事になったのだが。

――その、応接室の片隅にて。妻と王太子の対談を見守りつつ、本来の任務に戻って警護にいそしんでいたフェリクスに、少々ぶっきらぼうな声が掛けられた。

「なんだ」

こちらもほとんど抑揚なく、短く返して振り返れば、そこにいたのは黄金の美貌だ。

すらりと伸びた手足を備えた均整の取れた体躯《たいく》の上に、宮廷画家が腕を振るったかのような端整で華やかな顔立ち、豊かな金の巻き毛はひとつに結ばれて背に流れ、海の名を持つ宝玉のような薄青の瞳が長い睫毛《まつげ》の陰でまたたく、絵に描いたような美青年。

その名はユール・イル・レ＝ルーミス。学生時代から長い事フェリクスをライバル視してきたが、今ではその部下として近衛《このえ》で働く羽目になっている、ウェルバム王国きっての伊達《だて》男だ。

振り返ったフェリクスに、ユールは不機嫌な表情を隠しもしない。しかし、私情をぐっと呑み込むと、ユールは顔をしかめて小さく口を開いた。

「あの、白い装いの女の話だが」

「ヘッセン子爵夫人の話か？」

フェリクスの確認に短く頷き、ユールは声を一段潜めた。

「……あいつ、どこかおかしいぞ」

「……どういう事だ？　どこで見かけた」

ユールの言葉に、フェリクスの眉間にしわが寄る。ユールもまた顔をしかめ、小さく続けた。

「温室の外で貴様らが戻ってくるのを待っている間に見かけた。誰もが絶賛する美女だというからお目に掛かるのを楽しみにしていたんだが、彼女、そこまで言うほどじゃないと思わんか」

「ローラに比べれば誰もがそんなものだが」

「女神の事は今はいいんだよ！　そうじゃなくてだな」

心からの本心でとぼけた事を言うフェリクスに、ユールの声が一瞬尖る。思わず飛び出した声は思いがけず響き、ユールとフェリクスははっと顔を上げたが、アウローラと王太子は真剣な顔で今後の対応を話し合っていて、声は届いていないようだった。

安堵したふたりは壁際に寄り、主君たちを視界に収めながら会話を再開する。

「……あの女が温室宮殿から出てきた時、すれ違う奴《やつ》らが女も男もみんな、一瞬見とれていた。確かにまあ美しい女ではあるが、騎士も兵士も警備兵もとなれば、それはちょっとおかしいだろう」

「皆？」

「そうだ。ほぼ例外なく、全員だ。……警備兵というのは誰にちょっかい出されようが場を動くなと訓練されているはずの奴らだろう？　すこぶる付きの美女を見つめたい気持ちは分かるが、いくら情熱の国大海国だと言ったって、貴様みたいな朴念仁《ぼくねんじん》がひとりやふたりはいるはずだ」

さらりと入れ込まれた悪態を聞き流し、フェリクスの目が鋭く細められる。

「つまり、何らかの魔術が使われていると？」

「それは僕の目では分からない。お前はあの女を見かけて、なんともないのか」

「——言われてみれば、あの女、妙に目につくな」

目をすがめたまま、フェリクスはぽつりと呟いた。

「見とれるという事はないが、あの女が場に現れると一瞬、目がそちらに向かう」

「鉄面皮のお前が、一瞬でも女に気を取られるなんて異常だろう。女神が現れたんならともかく」

「確かに」

絶世のと呼ばれるような美女の母親と姉を持ち、自身、王都屈指のと呼ばれる美貌の持ち主のフェリクスである。その上、女性を少々苦手としていて、愛妻以外に視線を向ける事はほとんどない。その彼が一瞬であろうとも、繰り返し同じ女に目がいくというのは、一種の異常事態なのだった。

深刻な顔で話し込んでいる主君と妻を横目にし、フェリクスは浅く頷く。

「殿下に進言しておく」

「証言が必要になったら呼べよ」

ユールも頷き、横目でちらりとアウローラを見た。

「ついでに警備についてもご相談しておけよ。あれだけ話題になったら、危険は怪盗だけじゃない。……多分あの女も、女神に目を付けていたぞ」

†8　海の姫君

「これが……！　海……！」

大温室での茶会から三日。

怪盗らしき存在からの接触は未《いま》だなく、アウローラたちウェルバム王国一行の帰国が五日後に迫るその日。アウローラは西海大公家に招待され、フェリクスとともに西海大公家の館を訪れていた。

帝都の外れにある館は海が望める高台に位置し、もはや離宮とも言うべき規模の大邸宅である。実際、西海大公家から帝室に嫁いだ皇后が隠居後に住まうための離宮として建てられたものであるらしく、それに相応《ふさわ》しい格式を備えていた。

中庭も、海の眺めも、どちらも楽しめる開放的な一室に通されたアウローラは、その設《しつら》えの異国情緒と、何よりも目の前に広がる果ての見えない海に、落ち着かない思いで見入っていた。

「湖とは、全然違いますね……」

ウェルバム王国は内陸の国だ。国内で最大の面積を誇る湖は、王都近郊にある『ヴィタエ湖《ラクス・ヴィタエ》』という湖である。広大な湖で、対岸がかすむ地点はあるのだが、周囲をぐるりと山に囲まれている国内では、どれほどかすんでいようとも遠くに山が見えるのである。

「そうだな」

言葉少なに頷《うなず》いて、フェリクスははしゃいで海を眺めるアウローラを見つめる。

その柔らかく優しい視線に気がつかず、アウローラは心地よい風の吹き抜ける窓辺に駆け寄って、縁にもたれて海を見つめた。

どこまでも続く、紺碧《こんぺき》の海。遠くにぽつりぽつりと島影が見え、キュウキュウと鳴く海鳥が、青い空を飛び交っている。風に乗って吹き込んでくるのは、初日にも驚いた潮の香りだ。

「水面がキラキラして……白い波がさざめいて……」

アウローラはほう、と息をついた。あまりの雄大さ、美しさに言葉が出ない。

「絵画や、刺繍《ししゅう》の図案集で見る海は、ほんの一部だったのですね……。ああ、なんて美しいんでしょう。……久しぶりに、大作にチャレンジしたくなりました」

「そういえば、婚前に湖水と山並みのタペストリーに挑戦していたな」

「ええ、フェル様と見たあの景色ですね。……でも海は、一体どれだけ色を使ったら、こんな風になるのか見当もつきません。ビーズもレースもリボンも、ありったけ使って、それでもこの雄大な景色が伝わるものかしら……」

頭の中で様々な色を並べてみるけれど、目の前の景色には到底足りないように思えて、アウローラは胸を押さえた。うずうずと湧き上がる針と糸への熱い想いに、押さえた胸のうちは心地よく弾む。

「……帰国前に少しだけ時間がもらえれば、ラ・コロール・ドゥ・メールの資材店に行くか」

「資材店!?」

フェリクスの提案に、アウローラは勢いよく振り返る。フェリクスは目を細め、浅く頷いた。

「姉上がバラデュールのデザイナーに勧められた店だそうだ。刺繍に関する道具や材料を集めた専門店で、基本的には職人向けだそうだが、伝手《つて》があれば入れてくれるという。姉上は一昨日の休養日に行ってきたそうだ。ローラへの土産《みやげ》もあると言っていたが、『あそこは絶対に、アウローラさんは自分の目で見てくるべきよ』と楽しそうだった」

「なんて事……つまりそこには楽園が……」

想像を巡らせるだけで、すでに楽園にいるかのような表情になったアウローラに、フェリクスはくつくつと笑う。しかし、いつまでもうっとりしているので、彼は座っていた椅子《いす》から立ち上がり、アウローラの隣にやってくると、大きな窓から海を眺めた。

「まったく、海に妬《や》けばいいのか、刺繍に妬けばいいのか」

「そこはやっぱり刺繍かしら？　わたくしの中でどうしたって別格ですもの。……そういえばフェル様は、海は初めてではないのでしたっけ」

「幼い頃《ころ》に両親に連れられて、大海国《グラン・マーレ》に来た事がある。その時に見たのが初めてだな。当時は汽車もなかったから、大河をゆっくりと移動する旅だった」

「まあ、素敵！　家族旅行ですね」

アウローラは今回が初の国外旅行だが、フェリクスは両親に連れられて、幾度か異国を旅した事があるらしい。彼はアウローラの問いに頷いて、海に浮かぶ小島へと目を投げた。

「父と母は意外と旅好きでな。引っ込み思案な子どもには大変な旅だったが、良いものを見せてもらった。そういえば、姉の名前は、両親がこの国を旅している時に身ごもった事に由来するらしい」

「あら、初めて聞きました」

「その縁で、姉は海が好きだという。……初めて海を見た時にはあまりの広大さに言葉が出ず、はしゃいで飛び回っていた姉に、お前は感動しないのかと詰《なじ》られたな」

「ふふ。お義姉《ねえ》様ったら。想像するとなんとも可愛《かわい》い姉弟ですね」

夫婦はくすくすと笑いあい、そっと寄り添う。アウローラが肩に頭をもたせかければ、大きな手に柔らかく引き寄せられ、ふたりはまるでひとつの彫刻のようになって、きらめく海を見下ろした。

まるで小さな鏡をちりばめたかのように、ちらちらきらきら輝く海に、アウローラは目を閉じる。

耳を澄ませば館のどこかから、晴れた日の海辺に戯《たわむ》れるニンフェのような、明るく幻想的な鍵盤《けんばん》と弦の音が、ぽろりぽろりと聞こえてきた。

（遠い場所に誘《いざな》われるような、不思議な気持ちになる音楽だわ。それにしてもさすがは大公妃のサロンね、うっとりするような素晴らしい腕前だわ。奏者はどなたかしら……）

「……おい」

今日のフェリクスの装いが招待客、つまり制服でない事も相まって、なんだかふたりきりでデートにでも来たような気分になる。夫にもたれてうっとりと、幸せ心地を味わっていたアウローラは、飛んできた声にはたと我に返った。

「……おい、そこの浮かれ隊長。大公女殿下がいらっしゃったぞ」

（……そ、そうだった、ルーミス様がいらしたんだった！）

アウローラは一瞬で真っ赤になり、おずおずと部屋の隅を見る。目が合ったのは、フェリクスと双《そう》壁《へき》を成すと言われる、金の髪の美青年だ。彼はアウローラに華麗に微笑《ほほえ》みかけたが、視線の合間にフェリクスがすっと入ってきたので、むっと口を引き結んだ。

――そう、今日のアウローラとフェリクスは、ふたりきりではなかった。招待客兼護衛のフェリクスの他にもうひとり、ユールがふたりの護衛としてついてきていたのだ。

（いけない、海にはしゃいで本題を忘れてしまうところだった……）

アウローラはこほんと咳払《せきばら》いをひとつして、澄ました顔を作ると窓の近くの長椅子《ながいす》に腰を下ろした。

そしてちらりと己の胸元を見下ろして、小さく嘆息する。

（……まさか、このネックレスがあんなに話題になるなんて）

アウローラの首元を彩るのは今日も、王太子の魔道具を改造したネックレスとフェリクスの魔力がこれでもかと込められたオパール質のネックレスをドッキングさせた、例の逸品である。ぜひ身につけてきてほしいと、西海大公家のサロンの主――大公妃直々《じきじき》に依頼があったのだ。

このネックレスを見せびらかすように話題にしたのは、怪盗を引きつけ、隙《すき》を見せて盗みに入ったところを捕まえようという計画の一環だった。しかし、茶会であんな風に話題となり、翌朝の新聞に取り上げられた事で、思いがけず、いま最も熱い話題のひとつになってしまったのだ。

どこにいても集まる視線に、これでは怪盗どころか、いつどこでどんな危険があるか分からないと、警戒を厚くする事になってしまったのである。

（こんなに目立ったらかえって、怪盗も寄ってこないのでは……）

アウローラがそんな事を考えているうちに、応接室の入り口が賑《にぎ》やかになる。

ユールが取り次ぎに向かい、ほどなくして軽やかな足音とともに飛び込んできたのは、燃えるような赤の豊かな髪を揺らした大公女マリーアだった。

（……あら、今日の装いは可愛らしくていらっしゃるわ）

アウローラはぱちくりと目をまたたく。

たっぷりとした薄い生地が幾重にも重なってふわりと柔らかに広がる、晴れた日の空色のドレス。

その首元は慎ましく詰まり、豊かな胸元も清楚《せいそ》な白百合《しらゆり》を模したコサージュで飾られている。緋《ひ》色の髪も柔らかく結われ、ドレスと同じ色のリボンが飾り付けられていた。装身具は見事な大粒の真珠だが、その色味は照りのある柔らかな乳白色だ。

ドレスだけではなく、目元の化粧や唇の色も、今日は淡く可憐《かれん》な色合いである。

マリーアはアウローラを視界に捉えると表情を輝かせ、踊るような足取りで駆け寄った。

「いらっしゃい！　待っていたわ！」

「……姫様、お待たせしたのはこちらですよ」

「んもう、堅い事言わないで頂戴」

侍女に即座に窘《たしな》められたマリーアは唇を尖《とが》らせ、頬《ほお》を膨らませる。

そうしていると年相応、むしろ少し幼く感じられるほどだ。

「大公女殿下におかれましては……」

慌《あわ》てて膝《ひざ》を折ったアウローラとフェリクスに、マリーアは苦虫を噛《か》み潰《つぶ》したような顔をして、尖らせた唇を一層に突き出した。

「だからそれはもういいわ。お友達でしょ、どうぞマリーアと呼んで頂戴」

「……では、マリーア殿下と」

「ま、敬称は必要よね。許しましょう。わたくしも貴女《あなた》をローラと呼んでよい？」

「もちろんです」

どうやら本来のこのお姫様は、孤高のというよりは人懐《ひとなつ》こい性格であるらしい。突然名で呼ぶ事を許され、アウローラは内心で冷や汗をかいたが、浮かべた微笑みをなんとか維持し切った。

「先日のお茶会の時にお召しだったドレスもお似合いでしたけれど、今日のドレスはずいぶん雰囲気が違っていらっしゃいますね。とてもお似合いですよ」

「……お母様の趣味なのよ。まあ、わたくしも嫌いじゃあないのだけれど」

不本意なのよと言いたげに、マリーアは口にしたが、その表情はまんざらでもなさそうである。やはりこちらの姿が本来の彼女に近いものなのだろう。

「貴女も今日のドレス、なかなかいいじゃない。その薄い紫色はリラの花の色ね」

促され、アウローラは彼女の前でくるりと一度回ってみせる。

腰の後ろが豊かに膨らんだ、流行の形のドレスはマリーアが言う通り、紫色のリラ、ライラックの花の色をしている。リラは初夏を彩る香り高く美しい花として、人々に愛されるモチーフだ。

「綺麗《きれい》ね。よく見たら裾《すそ》の模様、リラの花じゃないの」

広がる裾に目を留めて、マリーアが目を丸くする。

アウローラのドレスの裾には、白と紫のライラックの花が、無数に刺繍されていた。細いリボンと刺繍糸で形作られた四枚花弁の小さな花、その中心にはきらりと輝く小粒のガラスビーズが縫い止められていて、天を流れる星の河のような美しいグラデーションを作り出している。

刺繍に目を留められた事が嬉《うれ》しくて、アウローラは頬を緩ませた。

「ご存じですか？　リラの花びらは通常四枚に分かれているのですが、花びらが五枚に分かれたリラの花を見つけたら、誰にも内緒で黙ってその花を飲み込むと幸運が訪れるという恋のおまじないがあるのですよ。それでほら、ここのひとつだけ、お花の形を変えて刺繍してみました」

「素敵なおまじない……って、えっ⁉　これ、貴女が刺したの⁉」

「全部ではないですけれど、職人と一緒に考えました。この五枚花びらのはわたくしですね」

マリーアはぽかんと口を開けて、「貴女とんでもないわね」と呟《つぶや》いた。

「でも素敵な恋のおまじないね。次にリラの花を見かけたら、五枚花びらを探してしまいそうよ」

「ちなみに、男が紫のリラを婚約者に贈るのは『別れの言葉の代わり』、とする地域もあるそうですよ」

そう口を挟んだのは、ユールである。見知らぬ男の登場にマリーアは一瞬顔をしかめたものの、その騎士の装いとアウローラとフェリクスが平然としている様を見て、事情を察したらしい。

ユールの頭の天辺《てっぺん》から足の先までしげしげと眺めると、彼女は軽く腕を組んで首を傾《かし》げた。

「今日はいつもの婚約者以外にも護衛がいるのね。しかもやたらと顔の良いのが」

その言い方にアウローラは苦笑して、マリーアの口ぶりに怯《ひる》む事なくきらきらしい笑みを浮かべたままのユールを振り返った。

「こちらの方は、彼の同僚です。先日のネックレスがずいぶん話題になってしまったようで、護衛を増やした方がよいと、我が国の殿下にご指摘頂きましたの」

「こんにちは、麗《うるわ》しき姫君。私はユール・イル・レ＝ルーミスと申します。此度《このたび》、こちらのご令嬢の護衛を仰《おお》せつかりました。これほど可憐な姫君とお会いできるとは役得ですね」

胸に手を当て古い時代の礼をして、片目をつぶってみせるユールに、マリーアは「ま、調子の良い事」と笑いながら片手を差し出した。

「さっき貴女も言っていたけれど、その首飾り、貴女をここに呼ぶまでもなく広まっていたわ。お母様もご存じだったし、昨日来たメゾンのオーナーも話題にしていたそうよ」

マリーアがユールの挨拶《あいさつ》を受けた後、アウローラたちは彼女の侍女に先導され、大公家の人々の私的な応接室へと移動する事となった。

爽《さわ》やかな風の吹き抜けてゆく開放的な廊下を歩きながら、マリーアはそう口にする。

「やっぱり、殿下がお気に召した事が大きかったんでしょうね。翌日には新聞記事になっていたでしょう？　あの場には報道関係者はいなかったはずだけど、たぶん、給仕の誰かが、殿下が潜り込ませた高級紙の記者だったんでしょうね」

「なかなかに抜け目のない方でいらっしゃいますね」

「……頭の良い方なのよ」

呟く声色には少しばかりの寂寥《せきりょう》が滲《にじ》んでいた。アウローラとフェリクスは顔を見合わせ、口ごもる。

そんなふたりにマリーアは小さく笑うと、空気を変えるように明るく笑った。

「ところで、魔石に魔法を入れてもらうと、色が変わるって聞いたわ。それって本当？」

「それは、ええと」

魔術の事には詳しくない。言い淀《よど》むアウローラを庇《かば》うように、フェリクスが口を開く。

「……魔石に魔力を込めると色が変わるのは事実です」

「どうして？」

「魔力の色は人によって違うからです。元の石の色は変わりませんが、魔力を込める人によって石の色の見え方が変わってくるのです」

フェリクスはアウローラの首元に視線を送る。

「あの青玉質の魔石は、本来もう少し淡く明るい青をしています。そこに我が国の王太子殿下が魔術を込めたので、紫の色が濃くなっています。なお、私が魔術を込めると濃い青になります」

「それ、素敵じゃない。どうしてもっとその事を広めないの？」

端的に言葉を紡《つむ》ぐフェリクスに、マリーアは好奇心旺盛に質問を投げかける。

「……必ず同じ色に変わるのであれば、価値を付ける事は簡単です。しかし、入れる者によって色が変わるとなると価値を付けづらい。魔術を込めない状態では、宝石より価値の低い石に見える事もあります。我が国では魔石の色よりも、魔石の質によって起動できる魔術の規模が変わる事の方が重要で、色はそこまで重視されません」

「ああ、なるほどね。矢車菊の青だと言われて買ったサファイアが魔術で空色に変わったら、詐欺だって思うでしょうしね。……さ、そこの角を曲がったらすぐよ」

しかし、マリーアは角を曲がったところで、急に立ち止まった。

「ひ、姫様！」

甲高《かんだか》い女性の声がマリーアを呼ぶ。その声色は大公家の使用人にあるまじき慌てふためきようで、マリーアはそれに驚いて足を止めたらしかった。

「なんです、お客様の前ですよ！」

マリーアの侍女が声を尖らせる。声を上げた使用人はアウローラたちの姿を目にして慌ててペコリと頭を下げたが、やはりそれどころではないらしい。落ち着きなくきょろきょろと視線をさまよわせ、ハクハクと口を動かしている。

「アンヌったら、一体どうしたの？」

マリーアも少々呆《あき》れたように慌てる使用人に声をかける。アンヌと呼ばれた使用人ははっと息を呑《の》んで、声を落としてマリーア大公女に告げた。

「ひ、姫様に、お久しぶりのお客人がいらしています……」

「お母様ではなくわたくしに？　今日のわたくしのお客様はローラたちだけのはずなんだけど……」

首を傾げながら私的な応接室に足を踏み入れたマリーアは、次の瞬間息を止めた。

「やあ、お邪魔しているよ」

目の前の人物が誰であるか、はっきりと認識した彼女は喉《のど》の奥で悲鳴のような声を上げ、わなわなと震える。

「で、ででで、殿下!?」

（来たわね……）

アウローラたちはさっと礼を取る。実のところ、今日ナタニエルが訪問することをアウローラたちは知っていた。彼のこの訪問も、魔石を取り巻く警備強化の一環なのである。

「ここでは久しぶりだ。おや、今日は愛らしい格好をしているね」

しかし、当然の事マリーアは知らない。

部屋の入り口で立ち尽くすマリーア大公女を迎えるように、部屋に据え付けられた絹張りの長椅子から優雅に立ち上がり、ナタニエルはこちらにやってくる。口をパクパクと動かしていたマリーアは、ナタニエルが真正面に立つとようやく我に返り、可憐に膝を折った。

「お久しぶりでございます。わたくしに何かご用でしたでしょうか」

「我が親友たる姫の兄君に、姫がウェルバムの貴婦人をお招きしたと聞いてね。あのネックレスは本当に素晴らしかったから、もう一度見せてもらえればと思って訪ねてきたのだよ」

「そうですの……」

わずかな期待の宿った瞳が、にわかに曇る。

けれどもそれは、ほんの一瞬。礼を解き顔を上げた時にはその曇りは影もなく、彼女は客人たちを招き入れると、凛《りん》として女主人としての采配を始めた。

(……ううん、つれない)

マリーアに招かれて長椅子へと腰を下ろしながら、アウローラは内心そう独《ひと》りごちた。

ナタニエルの「幼い頃から知っている少女」に対する振る舞いは、ごく自然なものだ。けれどマリーアの心のうちを知ってしまっている身としては、何とも歯がゆく、冷たいようにも思えてしまう。

結局そのまま、主賓をナタニエル皇子に切り替えた、マリーア大公女の茶会が始まった。

ウェルバム王国の魔石を使ったジュエリーに興味を持った、日頃からサロンに出入りしているという高名な人々もぽつりぽつりとやってきて(聞けば皆、大公夫人のデザイナーであったり、魔術に興味を持つ文筆家であったり、今最も売れていると言われるピアニストだったりした)、茶会はいつしか、少人数ながら華やかで、帝都の最先端を走るような場となった。

そんな中でも大公女は如才なく人々をもてなし、アウローラを紹介する。

「さあさ皆様、ご覧になって。こちらがわたくしの新しいお友達、フロース伯爵令嬢です。近頃話題のジュエリーの持ち主で、ウェルバム王国からのお客様なの。寂しいけれどもうすぐお帰りになってしまうのよ。その前にぜひと今日はお呼びしました。どうぞ仲良くなさってね」

「ご紹介にあずかりました、ローラと申します。どうぞよしなに」

名だたる人々に紹介されたアウローラは緊張に頬を引きつらせたが、それもまた初々《ういうい》しいと捉えられたらしい。彼らはアウローラが首から下げた魔石のネックレスの美しさを称え、それを見いだしたという事になっているナタニエルを褒めそやす。

「魔石を利用したジュエリーには、可能性があると感じたのです。近年、我が国の植民地にも魔石の鉱山がいくつか見つかっていますからね」

ナタニエルはいかにも皇子らしく、朗々とした声でそう言うと、アウローラの胸元を指し示す。

「それに何より、美しい。ご覧なさい、石そのものも大変美しいが、そこに魔術という神秘が合わさる事で、複雑なきらめきを帯びるといいます。これは一見の価値があるものですよ」

おお、と小さなどよめきが上がる。皇子に促され、アウローラはメゾンのモデルのように立ち上がると、方々の前に首飾りを見せて回った。

「おおこれは、艶《なま》めかしい……」

「なんとも神秘的な……」

かちこちに強《こわ》ばっているアウローラの手を引いて歩くナタニエル、下にも置かぬ扱いで連れ回すその様は、ロマンティックな演目に臨む、舞台上の歌劇俳優のようですらある。

しかし、演出とはいえ、まるでアウローラ自身に興味があるかのように振る舞うナタニエルに、アウローラは気が気でない。空気が凍りつきそうなほどのフェリクスの冷気もさる事ながら、笑顔が曇りがちなマリーアに、アウローラはちらちらと目配せする。

彼女は大公家の姫君らしく凛として、微笑みを湛《たた》えて周囲の話を聞いているが、その視線が時折、ナタニエルに向かうのだ。

(……なんだかわたしの方が切なくなってしまうわ)

アウローラは小さく嘆息し、ふたりを交互に眺めやったが、その視線が絡む事はついぞなかった。そうしてぐるりと人々の前を一周し、アウローラがフェリクスのところに戻ってきた時には、マリーア大公女は人々の輪から姿を消していたのだった。

※

母に確認したい事がある、そう周囲に告げて中座したマリーア大公女は、大公家の人々の私的な生活スペースの方に向かって長い廊下をとぼとぼと歩いていた。その肩は落ち、背は丸くなり、水不足の薔薇《ばら》のような萎《しお》れようである。

(……ナタニエル兄様のばかばかばか……)

原因はもちろん、恋い慕う人のつれない態度と、別の女性を恋人のごとく(マリーアの目にはそう見えていた)扱う振る舞いである。

(でも、お客様の前で動揺してしまうなんて、『淑女』失格だわ……)

マリーアはそう考えて、ひとり嘆息した。

(それにしても、なんて間が悪いんだろう。ナタニエル兄様がいらっしゃる時に限って、こんな子どもっぽいドレスを着ていて……、しかも女性を招いてるなんて……)

ローラの年齢は分からないが、あの落ち着きようからして自分よりは上だろう。婚約者がいる女性なので、ナタニエルが手を出すとは思えなかったが、気に入っている事は間違いなさそうだった。

ヘッセン子爵夫人のような絶世の美女ではないが、表情にも会話にも嘘《うそ》のない、人を癒《い》やすような雰囲気のある女性である。そうしたところが、ナタニエルの琴線に触れたのかもしれない。

ああ、どうして自分はもっと早く生まれなかったのだろう。せめて兄の二年後くらいに生まれていたならば、恋人候補として見てもらえる事もあっただろうか。

目尻《めじり》に浮かぶ涙を拭《ぬぐ》い、マリーアは曲がる角を変えて、お気に入りのテラスを目指す事にした。

（……ローラはなんにも悪くないんだから、気持ちを入れ替えなくちゃ。ああ、あの仲の良い婚約者同士の間に、これでヒビとか入らないとよいのだけど）

お気に入りのテラスで海を見ながら、何度か深呼吸をして陽《ひ》の光を浴びたら、元気が出るはず。

気持ちが沈んだ時には、いつもそうする事にしている。本当はそこに、甘い物が欲しいところだけれど、恋しい人のいる時に子どもっぽい振る舞いはしたくなかった。

――でも今は、少しだけ。ほんの少しだけひとりになって、気持ちを切り替えたい。

その一心で廊下を進んでいたマリーアはしかし、不意に歩みを止めた。

人気《ひとけ》の少ない、長い廊下の途中にぽつり、使用人ではない人の姿が見えたのである。使用人のお仕着せでないその身なりに一度は侍女かと思ったものの、その顔を見た瞬間、マリーアの顔が歪《ゆが》む。

風の抜ける廊下にひっそりと佇《たたず》んでいたのは、雪のように白い髪と石榴《ざくろ》石のように紅い瞳、豊かな肢体を見せつけるほっそりとした白いドレスに身を包んだ、絶世の美女。

アグネス・ア・ヘッセン子爵夫人である。

「……貴女、いったいどうやってここに」

「……それはもちろん、殿下のお力でございます。今日のわたくしは殿下の侍女にすぎません」

口の端を高く吊《つ》り上げ、蠱惑《こわく》的に笑う子爵夫人に、マリーアは目をすがめる。

「……どこまで本当なのかしら」

マリーアの呟きに、愛玩動物でも見るような顔をして、子爵夫人はころころと笑う。マリーアがむっとして口を開きかけたところで、子爵夫人はふと真顔になって、囁《ささや》くように口を開いた。

「実は今日はわたくし、お暇《いとま》を申し上げに参りましたの」

「……暇？」

「ナタニエル殿下がお妃様探しを始められたでしょう？　わたくしでは、先がありませんもの」

子爵夫人は憂《うれ》いの気配をまとい、目を伏せた。

「それを何故《なぜ》、わたくしに？」

「激励でしょうか。わたくしから見て、ナタニエル殿下を一番お慕いなさっているように見えたのは、大公女殿下でしたから。不遜な物言いをさせて頂けば、同志のような気持ちがあるのかもしれません」

薄く微笑んだ子爵夫人は、色気の滴《したた》るような艶やかな流し目でマリーアを見る。

「それに、殿下には最近、気に掛けていらっしゃるご令嬢がいるでしょう？　楽しそうにおしゃべりしていらっしゃる殿下を見て、身の引き時だわと思ったのです」

「そう……」

ローラの事ねとマリーアは呟く。子爵夫人は浅く頷いて、マリーアが歩いてきた方――大公家の私的な応接室の方角を見やった。場が盛り上がっているのだろうか、誰かが奏でているらしい弦楽器の、朗らかで軽やか、そして甘美な音色が、風に乗って流れてくる。

「ところで大公女殿下はどうしてこちらに？　噂《うわさ》のご令嬢とナタニエル殿下がご一緒だと聞いており

ますのに、よろしいのですか？　ご令嬢に婚約者がおられるとはいえ、国益が絡めば王命で婚約解消という事はあり得ます。殿下があちらのご令嬢をお気に召しておいでなら、そちらが優先されるかもしれないのですよ」

「――貴女がそれを言うの？」

「わたくしは所詮《しょせん》、異国の子爵夫人。死別とはいえ結婚歴もありますし、お妃様など、夢のまた夢です。殿下とひと時心を通わせて頂きましたが、永久を願うほど図々しくはなれません」

　再びどこか寂しげな目をした子爵夫人に、マリーアは口を閉ざす。

「それに……殿下ですが、魔石の装身具を職人に発注したとか。それはどうやら指輪だそうで、婚姻の申し込みをするための小道具ではないかと、もっぱらのお噂です」

「そんなまさか……」

「昨日の夜、お邪魔したお宅の小夜会でも、殿下は妃探しの園遊会であちらのご令嬢を見初《みそ》めて、今は国同士の話し合いをしている最中なのだと、噂が流れていました。昨日は外交筋の方も複数いらっしゃいましたから、本当にそういう話が出ているのかもしれません」

　信じられないわと呟くマリーアの顔を覗《のぞ》き込み、子爵夫人は言い連ねる。その紅い目がぎらりと光り、口の端がほのかに上がったが、動揺していたマリーアは気づかなかった。

「もしかしたら、まだ箝口令《かんこうれい》が出ているのかもしれませんね。……大公女殿下がお聞きになりづらいのでしたら、ご令嬢にわたくしから、お伺いしてみましょうか」

「……それには及ばないわ」

　気遣う風に問われた言葉に、マリーアは首を振る。

「それしきの事に怖じ気づくわたくしではなくてよ。それに、伝聞で聞いた事を軽々しく信じるほど、わたくし単純ではないわ。……貴女の言う事が本当かどうか、本人に直接問いただしてみます」

「さすが海の姫君、勇敢でいらっしゃる」

きゅっと眉根《まゆね》をきつく寄せ、語気を強めて言葉を発したマリーアに、子爵夫人は頭を垂れる。マリーアはふんと鼻を鳴らして、「お話はそれだけ？」と声を尖らせた。

「左様でございます」

「そう。ご忠告ありがとう」

それだけ言うときびすを返し、薄青のドレスの裾をひらめかせて来た方向へと戻っていくマリーアの背が角を曲がって消えたのを見て、子爵夫人はくすりと笑う。

その表情には、ひと時前に浮かんでいた憂いや寂寥は、もはや欠片《かけら》も見られない。彼女は真っ赤に塗られた唇をにんまりと歪めると、「んふふふ」と愉《たの》しげな笑声をこぼした。

「さあて、仕込みはこんなところかしら。――お姫様ったら、まっすぐすぎて単純ねえ」

「誠に」

誰もいないはずの廊下で、子爵夫人の呟きに応《こた》える声があった。子爵夫人が微笑んだまま振り返れば、側《そば》の部屋の入り口からひょっこりと、黒いお仕着せを着込んだ従僕が姿を現す。彼の姿を目に留めた子爵夫人は、社交界では決して見せない開けっぴろげではすっぱな笑みを浮かべ、隣に歩み寄って来た表情のない従僕の肩を叩《たた》いた。

「恋する乙女って、なぁんであんなに可愛らしいのかしらねえ？　しかも見た？　あのお姫様のお目々！　まるで魔石の輝きだったわあ！」

「あれは、魔眼でございますね」

「……魔眼？」

淡々とした従僕の言葉に、子爵夫人が首を傾げる。どうやら魔術に造詣《ぞうけい》があるらしい彼は浅く頷いて、小首を傾げたまま視線で先を促す子爵夫人に向かい、言葉を連ねた。

「魔力を宿す瞳の事です。魔力を持つ人間には時折、生まれついて身体《からだ》の部位に常に魔力を宿している者がおります。彼の姫君の目はお嬢様にはきらきらして見えませんでしたか」

「見えたわ。晴れた日の南の海のような、目映《まばゆ》いくらいのきらきらが……」

「ではやはり、魔眼でございましょう。なんらか、効果があるはずです」

「ふうん……。じゃあ、あのお姫様があたくしの変身を見破ったのは、そのお目々のせいかしらね？」

「お嬢様の術を見破ったのですか」

無表情な従僕の声が、わずかに驚きの色を帯びる。そうなのよお、と子爵夫人は不満げに、鮮やかに塗られた唇を尖らせた。

「いつも通りに、屋敷内のメイドに気配を似せていたはずなのに、あたくしだって気づかれちゃったのよ。お陰でちょっぴり方針を変えなくちゃいけなくなったわ。――でも、そうなの。あれ、魔眼、と言うのね」

「魔術を見抜く目なのか、真実を見抜く目なのかは分かりませんが、そうでしょう」

子爵夫人の紅い瞳が、爬《は》虫《ちゅう》類のようにつうと細められる。

「……いいわねえ。いいわ。素敵よ！　あの素晴らしいネックレスは是非とも手に入れないといけないけれど、あのお姫様のお目々も欲しいわ。大海国の思い出に両方頂いても良いと思わない？」

子爵夫人のわがままに、従僕は表情を変えぬまま、けれど口調に呆れを混ぜる。

「人を盗むのは、一手間でございますよ」

「あら、ひと手間でできるの？　さすがはあたくしの下僕ねえ」

挑戦的な言葉とともに気軽に口にされた褒め言葉に、従僕は膝をついて子爵夫人を見上げた。

「お褒め頂き恐悦至極。――私めの生はお嬢様のご要望を満たすためにあるのです。如何様《いかよう》な難問でも叶《かな》えてご覧に入れます」

「相変わらず大げさねえ……」

やれやれと肩をすくめる子爵夫人にも従僕は表情を変えず、つま先に額《ぬか》ずく勢いで頭を垂れた。

「この命はお嬢様にお救い頂いた時から、お嬢様のものですから」

「はいはい。それじゃ、今日も働いて頂戴な」

従僕の大げさな忠誠を軽くあしらい、子爵夫人はマリーアが去っていった廊下の向こうに視線を投げる。そして、獲物を前にした肉食の獣のようにぺろりと舌なめずりをして、未だ跪《ひざまず》いたままの従僕の肩をとんと叩いた。

「……さあて、それじゃ、お姫様とお嬢様の逢瀬《おうせ》にお邪魔しましょうか」

※

〈マリーア殿下、どちらへ行かれたのかしら。大公妃殿下にお話があると仰《おっしゃ》っていたそうだけれど、

絶対口実よね。……きっとナタニエル皇子のデリカシーのなさに、いたたまれなくなったんだわ）

お迎えに行かなくては。

部屋を出て行ったまま戻ってこないマリーアを心配したアウローラはそんな使命に駆られ、応接室を出て彼女の姿を探していた。もちろん、フェリクスとユールを引き連れてである。

「さっきのメイドは、マリーア殿下がそこを右に曲がるのを見たと言っていたわよね」

「右に何か、大公女殿下の気に入りの場所があるのでは？」

「突き当たりのテラスが大公女気に入りの場所だと言っていたな」

すれ違う使用人たちの証言を集め、マリーア大公女の『お気に入りの場所』を割り出そうとしていたアウローラたちは、そのテラスへ向かう角を曲がろうとしたところでついに、向こうから小走りにやってくるマリーアの姿を見つけた。

「マリーア殿下！」

「ローラ……」

アウローラが少々淑女らしからぬ大きな声で呼びかければ、マリーアははっと顔を上げた。その表情は青白く、応接室にいた時と比べて、明らかに精彩を欠いている。

「どうなさいました？」

「……ローラ、貴女ちょっと、こっちに来なさい」

廊下の途中の部屋を指し、ちょいちょいと手招くマリーア。しかしそのどこか思い詰めたような表情と声色に、アウローラは一瞬怯む。それでも意を決して一歩前に出れば、それを妨げるようにフェリクスがアウローラの前に立ち塞《ふさ》がった。

忠実な護衛としての振る舞いに、マリーアは苛立《いらだ》ったように顔をしかめて、唇を尖らせる。

「貴方《あなた》はダメよ。そっちの貴方もダメ。ちょっと、女同士の話をしたいの！」

「私は彼女の護衛です」

相手が大公女であろうとも関係ない。そう言いたげにきっぱりと言い切ったフェリクスに、マリーアは頬を膨らませ、眉間《みけん》にしわを刻む。

「でも、貴方に、いえ男性に聞かれたい話じゃないの。貴方も貴族なら、女にだって男に聞かれたくない話があるという事くらい分かるでしょ？　そのために、男子禁制の茶会があるくらいなんだから。この部屋からは絶対に出ないから、ちょっとだけふたりきりにして」

口調こそ、偉ぶってはいるものの、その表情は必死である。言葉の内容に反して縋《すが》るような表情に、アウローラとフェリクスは顔を見合わせた。次いでフェリクスはユールにも目配せし、やや口ごもった後に譲歩をみせる。

「……先に一度、部屋を検《あらた》めさせて頂いてもよろしいのでしたら」

「構わないわ」

即断即決である。それを聞いたユールとフェリクスは、さっと視線を交わし頷いた。

「ルーミス」

「ああ」

マリーアの気が変わらぬうちにと、フェリクスとユールは室内に入り、その場を検める。

ひとしきり確認したフェリクスとユールは頷いて、マリーアに向き直った。

「窓に鍵《かぎ》を掛けました。決して開けられませんよう。私たちは扉の前に控えます」

「分かったわ。……でもねえローラ、貴女の護衛、ちょっと過保護が過ぎない？」

こそりと耳元で囁かれ、アウローラは苦笑する。しかし今までに巻き込まれてきた様々の事件を思えば、フェリクスの心配も分かろうというもの。現に今も心配そうに眉間にしわを刻んでいて、近寄りがたい雰囲気を醸し出している。

「ローラ、部屋に魔術の痕跡などは特にないようだが、そのネックレスは少々話題になりすぎた。今、どこで誰が狙っているか分からない。気をつけられる限り気をつけてくれ」

「はい」

おそらくはほんの数分の事だろうけれど。そう思いながらも素直に頷いたアウローラは、マリーアに促されて部屋の中に入った。扉がぱたんと閉まると、マリーアはくるりとアウローラに向き直り、その両腕をがっしりと掴《つか》んでじっとりとした目を向ける。

「で、殿下？」

「……ねえ貴女、ちょっと厄介《やっかい》な噂になっているわよ。どこまで本当なの？」

湿度の高い、恨みがましい視線と口調で問われたアウローラは、何の事を聞かれているのかと首を傾げる。するとマリーアはもどかしげに唇を噛みしめて、声を小さく潜めて耳元で叫ぶという、器用な事をやってのけた。

「殿下が貴女にご執心《しゅうしん》で、婚約者と別れさせて妃にしようって話が外交筋で進んでいるという噂なのよ。殿下が貴女にプロポーズする準備をしているという噂まであるし！　どうなってるの？」

「ええっ？」

あまりにも聞き覚えのない内容に、アウローラは目を白黒とさせ、思わず声を上げた。慌てて両手で口を押さえ、マリーアにならって声を潜める。

「そんな話は聞いた事がありません……」

「貴女が知らないところで話が進んでいるという事はない？」

「ないと思いますが……」

言葉を返しながら、アウローラは言葉を探して口ごもる。

何しろ、アウローラとフェリクスは本当のところ、婚約者ではなく夫婦である。それも、次期侯爵とその妻なのだ。婚姻を解消する事はそう簡単な事ではないし、何より本人たちの意思を無視して侯爵家の夫婦を引き裂くなど、国際問題になってしまう。

（王様や皇帝が強権を持っていた時代であればあり得たのかもしれないけれど、今はそんな時代ではないし、もし打診があっても絶対にお断りだし！　ああでも、どこまでお伝えしていいものかしら）

言葉を詰まらせているアウローラの姿が、心当たりがあるように見えたのだろう。マリーアは奥歯をぐっと噛みしめ、潤んできた瞳を必死に耐えているようだ。その姿のいじらしさにアウローラは意を決し、声をさらなる小声に変えてマリーアの耳元に小さく囁いた。

「……あの、マリーア殿下。ここだけのお話にしてくださいます？」

「言ってみなさいよ」

「口外なさらないとお約束頂けないと、お話できません」

「……分かったわ。海神に誓う」

お姫様はなかなかに涙もろい質《たち》であるらしく、マリーアの声はすでに鼻声だった。アウローラは小さく苦笑すると彼女の耳に向かって、決定的な言葉を口にする。

「じつはわたくし……既婚者でして」

「——は？」

マリーアの口が、ぽかんと大きく開く。アウローラは苦笑を深くして、言葉を続けた。

「あの婚約者……実は、夫なのです」

「は、はいい⁉」

素《す》っ頓狂《とんきょう》な声を上げ、愕然《がくぜん》、という表情で、マリーアがアウローラの顔を覗き込む。

「えっ、えっ、嘘、貴女いくつなの⁉」

「二十一ですわ。……夫は侯爵家の人間です。国で重要な地位に就いておりますから、わたくしたちが別れさせられるという事は、ほぼあり得ません。国際問題になってしまいますもの」

「……もしかして、新婚？」

「昨年結婚いたしました。……婚礼の指輪を、ご覧になります？」

アウローラはするりとグローブをはずし、マリーアの眼前に左手を差し出した。かつてアウローラとフェリクスを結びつけた婚姻の指輪の、対《つい》となる指輪である。古くから伝わる指輪に倣《なら》い、花嫁を象徴する銀星花の彫りがぐるりと一周、流れるように施されていて、その花に当たる部分にごくごく小さく、金剛石質の魔石が埋め込まれている。繊細で優しい、美しい指輪だ。

「……綺麗な指輪ね」

「実は最初は石はなかったのですけれど、結婚してから色々あって。少しだけ魔術を足したいと、石を入れたのです。……これ、夫の魔術が込められているのですよ」

アウローラはくすりと笑い、指の内側に当たる部分の魔石を指さした。

今回の旅に出るにあたって、婚姻の指輪にごく小さな石を足したのは、元の金の指輪では込められる魔力と魔術の量に限界があるとフェリクスが判断したからだ。花を模した小さな石は金剛石質といえどもさりげなく、元の指輪からそれほど変化はないように見えるのだが、小粒でも魔石は魔石、込められる魔力の量が跳ね上がるのだという。

「やっぱり貴女の護衛――夫だったわね、ちょっと過保護じゃない？」

「そうでしょうか……」

アウローラの左手をとって指輪をしばらく検分していたマリーアは、ようやく納得したらしい。その手を離すと、はあ、と天まで届きそうなほどの深いため息を吐き出した。

「じゃあ、本当に、噂は噂なのね」

「はい、噂は噂です。真実ではございません」

絶対にあり得ない。そう力強く頷いて、アウローラも言葉を返す。その目に嘘がない事にも気がついたのだろう。マリーアは再び大きなため息をつくと、ずるりとソファに座り込んだ。

「ああよかった……。できたばかりの友達を失ったかと思ったわ！」

アウローラはくすりと笑い、マリーアの隣に置かれたソファに腰を下ろす。

「本当に良かった。……ああ、ほっとしたら喉が渇いちゃったわ」

誰か、お茶を！　扉の向こうにマリーアが声を張った。

するとどこに控えていたのか、男性の使用人が、あっという間に茶器を運んできた。その手際の良さと速やかさに、さすがは大公家の使用人だと、アウローラは目を丸くする。

「ありがとう。冷ましてもらえる？」

「少し温度を下げてございます」

茶を淹《い》れた使用人が頭を下げて部屋を出ていくと、マリーアは「ううん！」と呻《うめ》いて、行儀悪く腕を伸ばした。それから片肘《ひじ》をソファの肘掛けに乗せ、崩した姿勢のまま茶器に手を伸ばした。

「……本当は今日、こんな風にお話をしたかったのよ。もちろん、思いがけず殿下がご訪問下さったのは嬉しかったのだけれど」

「こういう砕けたお話は、お友達、という感じがいたしますものね」

皇子がどれほど気さくでも、それを迎える側には相応の格式が必要とされる。女性がふたり、歯に衣《きぬ》着せぬおしゃべりを楽しむなどという事は、間違ってもできないのだ。

「わたくし、この身分でしょう。歳《とし》の近い、同じぐらいの身分の女性って国内ではあまりいなくて。仲の良い知り合いはいるのだけれど、お友達と呼べるような人は少ないのよね」

マリーアはそうぼやき、「ああ喉が渇いた」と呟くと、カップの中の茶を一気に呷《あお》った。

冷めているからこそできる振る舞いに、アウローラは目を丸くしたが、満足げなマリーアを見て、自分も茶器に手をつける。

（喉が渇いている時に、冷ましたお茶ってすっごくおいしいのよね）

ごくりと一杯口にしてアウローラは目を丸くする。しかし、喉を抜けたお茶の香り、口の中に残った後味に、アウローラは顔をしかめた。

（……このお茶、なんだかすーっとする。それに、喉から鼻にちょっと、変わった匂《にお》いが残るわね）

ガチャン。

首を傾げたその瞬間、茶器の倒れる音がして、アウローラははっと顔を上げ、目に映った光景に息を呑む。ソファの肘掛けに頬杖《ほおづえ》をついていたマリーアが、だらりと肘掛けにもたれるように倒れていたのだ。手から落ちたティーカップは床に落ち、床に茶色い染みを作っている。

「マリーア殿……」

慌てて悲鳴をあげようとしたアウローラは、自分自身にもまた、予期せぬ変化が起こった事を知る。

（なにこれ、なんだか、急に、すごく眠……）

刺繍に耽溺《たんでき》して徹夜をした明け方、耐えきれない眠気で時々意識が飛ぶような、あの感覚が突然襲ってきたのである。

「フェル、さ……」

助けて。そう夫の名前を呟くも、音にはならず。

アウローラの身体はぐらりと傾ぎ、目の前が真っ暗になった。

急に静寂が満ちた室内に、ごとりと小さな音が響いた。

壁際の大きな書架、その中央の下段がカタリと開き、扉がごそりとスライドすると、そこから人が這《は》い出てくる。現れたのは、白い髪を黒い布で覆い、ほっそりとした男性の衣装を身につけた子爵夫人だ。彼女は室内をさっと見渡すと、目の前の光景に満足げな微笑みを浮かべた。

「……うふふ、大・成・功！」

「さすがでございますね」

後ろから這い出てきた従僕は、マリーアとアウローラに茶を淹れた使用人、その人である。彼は魔術を使う事なく使用人に「変装」して、潜り込んでいたのだった。

「やっぱり変身を使わなくて正解ね。あたくしったら変装も得意なんだもの、さすがと思わない？　能力ってのは適材適所、使い分けなくちゃねえ」

自慢げに胸をそびやかせた子爵夫人は、従僕に向かって指示を出す。

「でもここからは、アンタの力、使うわよ？　使ったら多分、ドアの前の騎士にすぐに気づかれるから、いそがなくっちゃねえ」

「心得てございます。しかし、おふたりともですか？」

従僕の問いに、子爵夫人はソファに伏せるふたりの貴婦人をざっと眺め、顎《あご》を叩いて思案した。

「んー、お姫様は欲しいけれど。こっちの子は首飾りだけ外せば……ああ、でもこの子、よく見たら耳飾りも髪飾りも腕輪も指輪もぜーんぶ魔石だわ！」

さっすが、ウェルバム、魔石の国。力なくソファにもたれるアウローラの全身を舐《な》めるように見やった子爵夫人は、そう呟いて口の端をぺろりと舐める。

「……これを全部剥《は》いでいるのは時間が足りないわねえ、一旦《いったん》連れていきましょ」

「では取り急ぎ、おふたりともお連れしましょう」

「お願いね」

主《あるじ》の決定に、従僕は浅く頷くと、口の中で何かを小さく唱える。

淡い鳶《とび》色の魔力が一瞬ほとばしり、次の瞬間従僕は、まるで小さな人形でも抱えるかのように、嵩《かさ》張《ば》るドレスをまとったふたりの令嬢を片腕ずつに抱え上げた。

「いつ見ても惚《ほ》れぼれしちゃう力ねえ」

その異様な光景に、子爵夫人は満足げに笑う。入ってきたところに無言でするりと戻っていく従僕の背を追うと書架の中に潜り込み、その戸をガタンと閉めた。

※

（……室内に魔力反応？）

アウローラとマリーアの入った部屋の扉の前に立っていたフェリクスは、ふと届いた不審な気配に弾《はじ》かれたように顔を上げた。アウローラのものともマリーアのものとも違う魔力の気配が、一瞬室内に生まれた気配を察知したのだ。

（室内に魔道具はなかったはず。大公女が身につけていたか？）

アウローラが身につけている魔道具が作動したのであれば、そこで現れる魔力は彼女自身か、フェリクスと王太子のものであるはずだ。怪訝《けげん》な面持《おもも》ちでドアを振り返ったフェリクスは、室内でかすかにガタン、と何かが動く音を聞き取った。

にわかに湧き上がる悪い予感に、フェリクスは恐れる野の獣のような勢いで、一気に扉を開く。

「ローラ！」

「お、おいクラヴィス!?」

女性ふたりの部屋を開け放ったフェリクスに、ユールが狼狽《うろた》える。しかしフェリクスは室内に目を走らせると、立ちすくんだ。

そこに広がっていたのは、がらんと静かな、誰もいない部屋だった。床に転がる二客のティーカップだけが、つい先ほどまでここに人がいた事を示している。

「どこに……」

フェリクスは部屋を見回し、窓や隣室に繋《つな》がる扉の取っ手を回す。ガチャンと鳴ったその音は、どちらにもしっかりと鍵が掛かっている事の証《あかし》だ。しかし天井板も床板も、ずれや穴は見当たらない。大公女とアウローラの姿だけが消え去っているのだ。

「おい、クラヴィス！」

床に這いつくばって異変を探していたユールが、鋭く呼ばわる。フェリクスが駆け寄ると、ユールは書架の下、床の端に刻まれた、ほんのわずかな擦り傷を指し示す。

今できた傷ではない。しかし明らかに何かが引きずられてできた痕跡に、フェリクスは顔をしかめ、書架の下段を拳《こぶし》で叩いた。

コーン、という、本の詰まった書架では有り得ぬ、深く響く音がして、フェリクスとユールははっと顔を見合わせる。

「……隠し通路か！」

「ルーミス、場を保持！」

「了解した！」

ユールを部屋に残し、フェリクスは皇子たちの過ごす応接室へと走り出した。

この屋敷は、当初離宮として建設された建物だ。それはすなわち、帝室の人間——皇帝が過ごす事を前提とした造りになっているという事を意味している。

——そして、歴史ある古い宮殿というものには必ず、有事の際に皇帝を逃がすための設備が備わっているのである。

※

「ナタニエル殿下！　ナタニエル殿下はおられるか!!」

彼らしからぬ大音声を上げながら、暴れ馬のごとき勢いで応接室に飛び込んできたフェリクスの姿に、ナタニエルは目を剥《む》いて長椅子から腰を浮かせた。

ナタニエルから見てこのクラヴィスという男は、常に冷静で無表情、不服に思う事があっても声を荒げたりする事のない、もの静かな人物だという印象である。大声を上げながら走ってくるなど、想像もつかない雰囲気の持ち主だと、そう思っていたのだ。

「ど、どうしたんだい、クラヴィス卿」

「人払いを」

それがこの焦《あせ》りようである。しかも、何事かと問いかければ、返ってきたのはそんな端的な言葉だ。

しかし、その言葉を放ったフェリクスのただならぬ雰囲気に、何かが起きたのだと察したナタニエルの目が鋭い光を帯びた。彼が応接室の隅に控えていた部下に目配せすると、頷いた彼らはあっという間に他の客を連れて部屋を出て、気配を消す。

「これでいいかい」

ナタニエルの確認に、フェリクスは言葉なく頷く。

そして努めて無表情をつくり、一度深く息を吸うと震える拳を握り締め、短く言葉を発した。

「我が妻とマリーア大公女が、姿を消しました」

「……は？」

†9　怪盗ベル

がたん、ごとん。ごととん、がたん。

小刻みに、何かに身体《からだ》が揺すられるような気配に、アウローラは目を覚ました。

（……んん？）

しかし、両目をしっかりと開けて目をこらして見るも、周囲は真っ暗。何も見えない。

（真夜中、かしら……？）

いつの間に夜になったのかしらと、アウローラは目をまたたかせた。

だがそれにしては、ここはなんとも居心地が悪い。柔らかな離宮の寝台や、馴染《なじ》みのあるクラヴィス家の寝台とは全《まった》く違う、硬い床に寝かされているようだ。

（ここはどこ……？）

ぼんやりとしたまま寝返りを打とうとしたアウローラは、己が身動きできないほどのずいぶんと狭い空間に押し込まれている事に気がついて、一瞬にして覚醒した。

その瞬間、ふたたびガタンと音がして、アウローラは後頭部を何かにしたたか打ち付ける。

「むぐぐ!?」

（痛……っ。な、なにこれ!?　どうなってるの!?）

叫んだ声はくぐもって、周囲に全く響かない。どうやら口が布で塞《ふさ》がれているようだ。

（落ち着くのよアウローラ、大事なのはまず落ち着き。どうしたのかまず冷静に考えなさい）

己にそう繰り返し言い聞かせ、アウローラはなんとか状況を整理しようと試みる。

（そうだわ、マリーア殿下とお話をしていたのだった。お戻りにならないマリーア殿下を探して廊下を歩いていたら、殿下がお声がけくださって……。それでそれから、マリーア殿下の誤解を解いて、お茶を飲んで……。そうだわ、お茶！　あのお茶に絶対何か入ってた！）

あの妙にすっきりとした不審な味わいのお茶に、眠くなる薬が入っていたのだろう。

（……つまり、誰かに眠らされて、誘拐された……って事？）

フェリクスとユールが検《あらた》めた時、部屋の中には誰もいなかった。そうなると、可能性が高いのは、ふたりに茶を淹《い》れた使用人である。

（しまった。きっとあの人、怪盗の仲間だったんだわ。うかつにお茶を飲んでしまった……）

アウローラは歯噛《はが》みして、周囲を探ろうと身体をひねってみたが、どうやら膝《ひざ》を曲げた状態で腕も足も何かで拘束されているらしい。芋虫か魚のように、ぐねぐねと腰を動かす事しかできない。どんな角度になってみても、肘《ひじ》や膝、腰が周囲にゴンゴンとぶつかって、ただ痛むだけである。

（……そうだ！　マリーア殿下！　マリーア殿下はご無事かしら⁉）

同じく薬を盛られたらしきマリーアの姿を思い出し、アウローラは思わず伸び上がった。今まで一番大きな音がして、火花の散るような痛みが頭部に宿る。

（いっ……）

その大きな音を聞きつけたのだろう。目尻《めじり》に滲《にじ》んだ涙を拭《ぬぐ》う事もできず、ひたすら身もだえていたアウローラの耳に、暗がりの向こうから誰かの声が聞こえてきた。

「あらあ？　もう起きたの？　はやーい」

そんな揶揄《からかい》の言葉を紡《つむ》ぐのは、蜜が溢《あふ》れて滴《したた》るような、甘ったるくて妙に艶《あで》やかな声である。しかし、その声に聞き覚えがあるような気がして、アウローラは息を呑《の》んだ。

「意外と貴女《あなた》、身体が丈夫なのねえ」

コンコンと、壁の向こうが叩《たた》かれる。アウローラはびくりと震えたが、それによってまた、頭をゴチンと打ち付けた。くすくすと笑う声がして、声の主が誰かを呼ぼう。

「ねーえ、起きちゃったみたいよ、箱を開けて頂戴」

（箱……!?　眩《まぶ》しいっ！）

ギョッとして身をすくませたアウローラは次の瞬間、差し込んできた光に目を射られ、その眩しさに負けてきつく目をつぶった。しかし、目が慣れてくれば、事態も見えてくる。頭を押さえつけていた天井がなくなり、肘を使って何とか身を起こしたアウローラは、まずは己の身を確認した。

（……ドレスが脱がされたりはしてないわ。怪我《けが》もなさそう。だけど、首飾りが……ううん、首飾りだけじゃなくて、魔石の耳飾りもブレスレットも盗《と》られてる。つまり、わたしを攫《さら》ったのはあの怪盗って事で、間違いなさそう）

婚姻の指輪以外の装身具はすべて取り外されているようだ。案の定の結果にアウローラは嘆息する。

（……でもよかった、指輪だけは残ってて）

「はあいレディ、おはよう」

指輪を指でなぞっていたアウローラは、掛けられた声に弾《はじ》かれたように顔を上げた。

すると、目の前に置かれたトランクに腰掛けた美貌《びぼう》の女性の姿が、目に飛び込んでくる。

繊細な編み込みの施された、まるで天使かのような優美な白髪。陶器のような白い肌と、流れ落ちたばかりの血のような、澄んだ赤の瞳《ひとみ》。人離れした美貌のこの人は、ナタニエルの恋人、アグネス・ア・ヘッセン。

花嫁を思わせる白いドレスに身を包み、はすっぱに足を組んで長い煙管《きせる》の先から紫煙をくゆらす白き麗人は、アウローラに向かってひらひらと繊手《せんしゅ》を振って微笑《ほほえ》んだ。

「よく眠れたかしら？」

「むぐぐぐぐ⁉」

怪盗は貴女だったの⁉　アウローラのそんな驚きは、残念ながら伝わらない。彼女は紅《あか》い目をにんまりと細め、あははと笑って手を叩いた。その胸元には、アウローラから剥《は》ぎ取ったであろう、王太子とフェリクスの魔術が込められた首飾りが揺れている。

「何を言ってるのかぜーんぜん分からないわねえ」

「むぐぐぐ！　むぐう！」

アウローラの抗議の声は、もちろん呻《うめ》き声のままである。ヘッセン子爵夫人はくつりと笑うと、煙管で手の平をポンポンと叩いて、もの問いたげな目を向けるアウローラに流し目をくれた。

「貴女からはねえ、首飾りさえもらえたら、それで良かったの。でもねえ、貴女よく見たら、他にも素敵なジュエリーを、たくさんつけているじゃない？」

「むぐぐ！」

「さすがウェルバム、どれもとっても素敵な魔石ね。でもどの魔石も貴女を飾るより、魔石を愛しているあたくしを飾る方が、ずーっと幸せだと思うの。だけどほら、汽車の時間までに全部外すのは無理だったから、貴女ごとお連れしちゃったというわけ。もう、外せるものは外したからお外にポイしてもよいんだけど、さすがに今は難しいのよねえ」

子爵夫人はカラカラと笑い、窓に下りていた厚手のカーテンをぺらりとめくる。

「汽車って便利よねえ。あっという間に移動できちゃうんだもの」

その向こうに広がっていたのは流れるような外の眺めで、アウローラはそれを見て、ホテルの一室のように整えられているこの場所が一等車のコンパートメント、つまり汽車の中であると知った。先ほどから感じていた揺れは、汽車が線路を走る振動だったのだ。

「そろそろ潮時かなって思ってはいたのよ、だから港町に着いたら、あとはさようなら、ってね」

(この人、帝都から逃げるつもりなのね！)

彼女たちは旅人を装って、帝都を脱出しようとしているのだ。確かに貴婦人の旅ならば、ドレス用の巨大なトランクを複数運んでいてもおかしくない。巨大なトランクならば、人も例の被衣《かつぎ》も今までに盗んだ品も、どれも入るだろう。

(きっとこの周りのトランクには、今までに盗まれたものとかが入っているんだわ……。ああ、こんな時のために、魔力が少ない人でも使える役に立ちそうな魔術を覚えておくべきだった……！)

アウローラが歯噛みしたその時、ガタン、と別のところで音がした。

音のした方を見れば、子爵夫人の腰掛けている、アウローラが入れられていたのと同じくらいの大きなトランクが、ガタンバタンと暴れているではないか。

(まさか……)

「あら、こっちのお姫様も起きちゃった？」

冷や汗を流すアウローラを他所《よそ》に、子爵夫人は笑いながら立ち上がって、従僕にトランクを開けさせた。果たして中から現れたのは、燃え盛る炎のごとき緋《ひ》色の髪をもつ美少女、マリーア大公女である。

　アウローラと同じように口を塞がれたまま、寝ぼけたような表情で呆然《ぼうぜん》とするマリーアに、子爵夫人は呆《あき》れたように肩をすくめて、煙管をくるりと振り回した。

「それにしても、おふたりとも意外と丈夫ねえ。あのお薬、普通のお嬢さんならもうちょっと長い事お休みしていてくれるはずなのに。ああん、貴族のお姫様のイメージ変わっちゃう」

　からかいを帯びたその声に、マリーアの目が見開かれる。

「むぐっ！　むぐむぐ⁉　むごがっ！」

　彼女もまた、「貴女が怪盗だったの⁉　わたくしを騙《だま》したのね！」とでも言いたかったのだろう。マリーアは口をスカーフで塞がれたままもがもがもごもご呻いたが、子爵夫人は微笑むばかり。ドタンバタンとうごめくマリーアに歩み寄ると、煙管を彼女の顎《あご》下に添え、目を細めた。

「どうして自分が攫われたのか気になる？」

「むぐぐ、むぐっ！」

　煙管がつうと、顎をなぞる。マリーアは顔をしかめたが、子爵夫人の目は愉悦に歪《ゆが》んでいた。

「貴女の装飾品には特に興味がないのだけど、そのお目々……きらきらして、最高ね。まるで生きた魔石のようじゃない？」

　南洋の海のごとき青緑色の瞳を覗《のぞ》き込み、子爵夫人の口の端が弧を描く。

「そのお目々、なんでも魔眼というのですってね。あたくしそんなの、初めて見たわ。なんて綺麗なのかしら！　誇りなさいな、貴女のそれ、あたくしのコレクションに相応《ふさわ》しいわ」

「むぐぐぐ⁉」

「むぐぐぐぐぐ……⁉」

くぐもった悲鳴を上げるマリーアに、アウローラもぎょっとして呻き声を上げる。子爵夫人はふたりの反応をにんまりと見守ったが、不意につまらなそうな目になって、唇を尖《とが》らせた。

「うーん、全然お話にならなくって、つまんないわねえ……。ねーえ、ちょっとこのお姫様たちのお口だけ、解放してくれない？」

「御意に」

いつの間にやら出現した見慣れぬ男の姿に、ふたりは揃《そろ》って飛び上がる。しかし男は我関せず、ふたりの背後にまわると口元のスカーフを外し、子爵夫人の前に恭《うやうや》しく膝をついた。

口元が解放されたアウローラは言葉を放とうとしてゴホゴホと咳《せ》き込んだが、マリーアは即座にきりりと顔を上げ、背筋を伸ばして短く叫ぶ。

「目ですって⁉　どうするつもりなのよ‼」

「あらま、すごい元気」

「こちらの姫君は、己のお立場がお分かりでないようですね」

噛みつく勢いで声を上げたマリーアに、子爵夫人が目を丸くする。彼女の後ろに静かに立った従僕は、侮蔑の表情でマリーアを睨《にら》んだ。

「あらあ、だめよ。お目々が陰ったらもったいないもの」

「あ、貴方《あなた》誰よ⁉」

マリーアが声を上げれば、子爵夫人は自慢げに胸をそびやかせて、己の従僕を振り返った。

「彼はあたくしの下僕よ。こう見えて、豪腕と俊足の魔法の持ち主なの。逆らわない方がいいわ？」

「貴女が大人《おとな》しくなさらないなら、代わりにこちらの方をなぶりましょうか」

「きゃっ!?」

一歩進み出た従僕が、鋭く足を振り抜く。箱を勢いよく蹴飛ばされたアウローラは、指輪が発動した守護の魔力に守られながらも、箱ごと勢いよくひっくり返った。

「ローラ！」

暴力に晒《さら》されたと見えたのだろう、マリーアが悲痛な悲鳴を上げて、アウローラの名を呼ぶ。しかし子爵夫人は従僕の暴挙ではなく、一瞬発動した指輪の魔術に目を留めた。

「その指輪、やっぱり魔道具なのね？　何をしても全然外せなかったから諦《あきら》めていたのだけど、なかなか素敵に光るじゃない。……指ごと切り落とさなくちゃだめかしら」

「……どうしてそんなに、魔石が欲しいのです？」

ひっくり返ったトランクから這《は》いだしながら、アウローラは思わずそう問いかけた。子爵夫人はきょとんと首を傾《かし》げたが、床に這いつくばるアウローラを見下ろして、「だって」と口を開いた。

「美しいじゃない？　――あたくしはね、とにかく美しいものがだーい好きなの」

己の胸元で揺れる魔石を指でなぞり、彼女はその白い頬《ほお》に、恍惚《こうこつ》とした表情を浮かべる。悩ましげな吐息を漏らし、うっとりと囁《ささや》いた。

「中でも魔石は、特別好きでね。……あたくしはね、生まれながらに、魔石がきらきら光って見えるのよ。ただでさえ美しい魔石が、魔力を帯びると内側できらきらちかちかまたたくの。そしてあたくしに言うのよ。『僕たちを身につけて！』『貴女こそがそれに相応しい！』って」

（……なるほど、この人、天性の『魔女』なのだわ）

　アウローラはひとり得心し、床の上から子爵夫人を見上げた。

　ウェルバム王国における『魔女』は、大別して二種類に分けられる。ひとつは伝統的に、女性の魔術師を指す言葉としての『魔女』で、世間一般で魔女と言えば、基本的にこちらである。そしてもうひとつは去年出会ったカーヌスのような、『種族としての魔女』だ。

　種族としての『魔女』は、学ばねば使えない魔術とは違う、固有の『魔法』を持つ一族の事を指している。魔術のように様々な事ができるわけではないのだが、母から子へと受け継がれてゆく様々な『魔法』を持つ、精霊や妖精《ようせい》の血を引く人々だ。

　本人の自覚は定かでないが、子爵夫人はおそらくはこの、『先天的な魔女』なのだろう。

　納得して眺めるアウローラを他所に、子爵夫人は朗々と言葉を重ねる。

「そういう魔石たちをあたくしが身につけるとね、ほんとうに美しく輝くのよ。彼ら本来の美が、あたくしを彩るの。本来の美しさであたくしを飾る彼らの姿を見るとね、あたくしはとっても幸せな気持ちになるのよ」

　ほら、あたくしは美しいでしょう？

　そう微笑む子爵夫人の佇《たたず》まいは、汽車の一室を帝立劇場の舞台上かのように見せていた。

　胸元の魔石に手を置いて優美に微笑む姿は、異国の聖母なる聖人を描いた絵画のような、神々《こうごう》しい慈愛さえ感じさせる。

「あたくしと魔石のマリアージュ。それはこの世で最も至福で至高の時よ。だからあたくしは、あたくしに助けを求める魔石たちを救っているの。本来の形で使われず、本当の輝きを求めて苦しんでいる魔石を助け出しているだけなのよ」

「……貴女、なかなか狂っているわね」

マリーアが、呆れたように呟《つぶや》く。

「あらあ、古《いにしえ》の魔女のように、処女の生き血の風呂に浸《つ》かって美を保った、みたいな話に比べたら、ぜーんぜん健全じゃない？　……あたくし、人間にはあんまり興味がないのよね。血なんて汚いものに浸かるなんて、そっちの方が正気じゃないわ」

おかしな方向に憤慨し、子爵夫人は顔をしかめる。

「ではなぜ、帝国を出るのです？　ここは確かに美の街で、素晴らしいものがたくさん集まってくる都市だと思うのですが」

アウローラの問いかけに子爵夫人は肩をすくめた。

「確かにそれはそう。でもこの国では、魔石じゃないジュエリーの方が価値が高くて、素晴らしいと言われる品のほとんどは、ただの宝石が使われていたのよね。がっかりだわ」

思っていたより収穫がなかったの。子爵夫人はそうぼやき、足を組み直して頬杖《ほおづえ》をついた。ため息代わりに彼女の吐き出した紫煙がゆるりと風に流れて、室内は朝霧の中のようにかすむ。アウローラはそのにおいに顔をしかめた。

「だから、世界中から品が集まる万国博覧会にはもっと期待していたのだけれど、正直あんまり……だったのよねえ。ウェルバム王国の出品はすばらしかったけれど、あたくしに助けを求めるほどの美しいものは来ていなかったわ。結局、一番美しかったのは、月砂帝国《サハラ・アルカマリ》のヴェールね」

あれは、あたくしを彩るに相応しい良い物だったわと、子爵夫人はうそぶいてみせる。

「この国でのあたくしの記念すべき十回目の勝利の証《あかし》として、あれは良いものだったわ」

「……ヴェールもここにあるのですか？」

「あら、お嬢さんはヴェールが気になる？　せっかくだから見せてあげましょうか」

揺れる汽車の中でご機嫌に、子爵夫人はそんな事を言う。そして、無造作に近くのトランクに手を伸ばすと、ぱかりとその蓋を開けた。

そして、いっそ無造作なほどの仕草で、子爵夫人はトランクから被衣を取り出す。

（こ……れが、本物……！）

広げられたそれの美しさにアウローラは息を呑み、場も忘れてそれに魅入《みい》った。

（なるほど職人さんが頭を抱えるわけだわ。これはほんとうに、雰囲気が全然ちがう……）

彼女がふわりと広げたのは、ケースの中に飾られていたレプリカとよく似ていたが、その雰囲気は全く異なった。水を表す薄青に染められた反対側が透けて見えるほど薄い紗に、いっそ恐怖を感じるほど緻密な水の文様が刺繍《ししゅう》されている。水の泡か波を表すらしきモチーフは、小さな真珠がちりばめられ、そこに銀糸と魔水晶の小粒なビーズが月光となって降り注いでいる。

そして、銀糸が紡《つむ》ぐ麗《うるわ》しの月の上に、大粒の七つの魔石が星の配置で輝いていた。

砂漠をゆく旅人の道しるべとなる七つの星は、どれも最高品質の、金剛石質の魔石である。そのきらめきは陽光にも似て、あまりにもまばゆく美しい。

これを知っていてあのレプリカを見れば、アウローラほど考え込まずとも、一瞬でレプリカだと知られてしまったことだろう。

子爵夫人は被衣をふんわり頭から被ると、風と戯《たわむ》れるニンフェのようにひらひらと舞い踊り、その被衣の裾《すそ》をはためかせた。

「あたくしのために作られたようでしょう？　それにこの連なる魔石、ほんとに素敵よねえ。『月砂の七つ星』という銘があるそうよ。流れ星がそのまま石になったような、美しい石だわ……」

「……魔石も綺麗《きれい》ですけれど、わたくしは刺繍の素晴らしさの方に心が躍ります」

「あら、意見が合わないわね」

アウローラの熱視線に、子爵夫人はふんと鼻の先で笑うと、ファッションプレートのモデルのように、まとった被衣をふわりと揺らし、くるりくるりと回ってみせた。その様は、さながら地上に降りた天の使いのようで、アウローラはこんな時だというのに、ひと時陶酔してしまう。

（悔しいけれど美しい……。水の文様が水面のようにゆらゆら揺れるところを見せられると、これはケースの中で飾るためではなくて、身にまとうために作られたものなんだって思ってしまう……）

ひょっとすると、魔石の声が聞こえるというのも、あながち嘘《うそ》ではないのかもしれない。

（……よく見たらこのヴェールの端の模様、これも魔術文様では？　もしかしてこれ、刺繍が回路になって、何かの魔道具として機能するのかしら）

床に這いつくばったまま、目の前を通り過ぎる被衣の裾に目を留めて、アウローラは思考に沈む。

（花嫁衣装に施す魔術って、なんだろう。祝福、守護、魅力的に見せる、みたいなのは定番として、緊張の緩和とか、暖かい地方なら冷涼とか？　身につける時に便利な魔術がよさそうだけれど……）

何しろこれは花嫁衣装。花嫁が一世一代の大舞台で身につける衣装だ。

花嫁の未来の幸せと当日の無事を願い、祈って施す装飾であれば、そうした魔術が掛かっていても不思議な事ではない。

（あとはなんだろう。これほどの品だったら、それこそ破損防止とか、盗難防止とか——盗難防止？）

ふと思い浮かんだ単語に、アウローラは改めて、己の指先を確かめた。

そこにあるのはもちろんの事、外れなかったが故に残された、婚礼の指輪だ。

フェリクスの持つ、クラヴィス家に代々伝わるステラの守護を受けた指輪の対《つい》となる、花嫁の指輪。

旅に際して小さな魔石が花の形に追加されたこの指輪には、フェリクスの魔力と魔術がこれでもかと込められていて——

（そう、そうだわ。この指輪、フェル様が盗難防止の魔術を込めてくれたんだった！　無理に外そうとするとビリッと刺激が走って、フェル様に通報されるっていう魔術を……！）

指の先で指輪の側面に触れ、花の模様に埋め込まれた魔石に意識を向ける。

（……フェル様のところに、帰らなくちゃ）

ほんのりと温かい魔石からフェリクスの気配を感じる気がして、アウローラは小さく息をつく。

そして決意を胸に瞳に力を込め、ぐっと拳《こぶし》を握り込んだ。

※

「おい、もうやめろ！　ふらふらじゃないか！」

臨時の捜査本部となった、西海大公家の小さな読書室にて。

フェリクスは帝都の詳細地図を前にペンデュラムを振りかざし、ユールに羽交い締めにされていた。

占っても占っても座標が安定せず、もう何度目か分からないほどの試行を繰り返しているのだ。

「だが、いつ座標が定まるか分からない」

「その前に貴様が倒れるわ！　魔力が尽きるぞ！」

おそらくアウローラたちは移動しているのだろう。ただでさえ術が安定しない土地だというのに、対象の位置が定まらない事で、占術の結果が安定しないのである。

全力の魔力を何度も注ぎ込んだせいで、いつしかフェリクスの顔色は真っ青になり、珠《たま》のような汗がこめかみから顎先へ、幾筋も伝ってぽたりと落ちていく。

「いざという時に、倒れていていいのか⁉　一度休め！」

ぐらりと傾いだ身体を支え、ユールは舌打ちする。警察の面々の手を借りて、半ば強引に地図の前から引き離し、長椅子の上に放り込んだ。フェリクスはやはり限界だったのだろう、逆らう事なくそのままに、長椅子の座面に横たわる。

ぐったりと力なく座面に己を委《ゆだ》ねるフェリクスの姿は、奇妙に艶《なま》めかしい。周囲がかすかにざわめいたが、フェリクスは気にする事なくきつく目を閉じて、その目の上に己の腕を乗せた。

「魔力が尽きると、倒れるのですか？」

「……魔力は生命力と連携していますので」

ナタニエルの問いかけに、フェリクスは小さく答える。その声は絞り出したように掠《かす》れていて、ナタニエルはぎょっと目を剥《む》き、フェリクスをまじまじと見やった。

「大丈夫なのですか？　……魔力とはどのように回復を？」

「体力と同じです。睡眠、食事、休憩などで回復します」

「魔法……魔術というのは、思っていたよりも様々な制限があるものなのですね。此度《こたび》の貴国の訪問で、魔術へのイメージがだいぶ変わりましたよ」

間に山脈があるとはいえ、隣り合う国であるのにこれほど知らない事があるのかと、ナタニエルはしみじみと言う。

「失礼します……クラヴィス卿はどうなさったので？」

そこに入ってきたナタニエルの副官が、長椅子に横たわるフェリクスの姿に眉根《まゆね》を寄せる。

「魔力を使いすぎたそうだ」

「魔力というのは減るものなのですね……」

無尽蔵に使えるものではないのですね。副官はそう呟き、こほんと咳《せき》をしてナタニエルに向き直る。

「長官、犯行声明文の簡易筆跡鑑定が終わりました、怪盗ベルのもので間違いないようです」

「そうか」

副官は小さなカードを差し出した。受け取ったそれを、ナタニエルは苦々しく睨みつける。

「また馬鹿げたメッセージを残しおって……」

ナタニエルはダンと拳を打ち付けた。

最高のネックレスと
生きた宝石を見つけてしまったので頂きました。
さて、わたくしそろそろおいとまいたします。
またいつか、お会いいたしましょうね！

帝都警察のみなさまへ　愛を込めて　ベル

どうやら急ぎで書いたものらしく、まるで恋文のように凝ったいつものカードに比べると、今回は短文な上に走り書きである。カードもどうやらホテルの備品のようで、帝都でもよく知られた老舗《しにせ》の高級ホテルの名前が印刷されている、上質だがシンプルなものだ。

「これは……」

印字されたホテル名を目にし、ナタニエルは目をすがめる。

「何か気づかれた事が？」

「いや……」

長椅子の上に横たわりながら無言で圧を放っているフェリクスに代わり、ユールが問いかける。

しかし、ナタニエルは軽く左右に首を振り、口ごもると腕を組む。放たれる言葉を待って口を閉ざすユールだったが、ナタニエルの部下が声をかけてきた事で会話は途切れた。

「失礼いたします。事件当時屋敷にいた全員を広間に集めました」

「ご苦労。聴取は？」

ぴしりと音がしそうなほど、切れの良い敬礼をみせた部下は、フェリクスとユールの存在に言葉を切る。しかしナタニエルと副官に視線で促され、敬礼をそのままに続けた。

「すでに始めております。ただ、出入りの記録があるのにこの場にいない者がいるようです」

「事件発覚後、すぐに門は閉じたか？」

怪訝《けげん》な顔でナタニエルが問えば、隣に立つ副官もはっきりと首肯《しゅこう》した。

「はい。大公夫人にご協力頂き、屋敷の全ての門と城へ続く道を封鎖、帝都警察の兵が検問を実施しております。帝都の主要な街道、汽車にも検問を敷くよう早馬で通達しましたが、こちらは即時とはいかないかと。また、西海大公閣下並びに大公子殿下にお戻り頂くよう要請の早馬を出しました」

「ご苦労」

ナタニエルは重々しく頷《うなず》く。しかし副官は眉を曇らせた。

「ですが、クラヴィス卿とルーミス卿が発見したように、隠し通路を使われたのであれば……」

副官が言葉を濁す。ナタニエルも小さく呻いた。

当たり前の事ではあるが、隠し通路というのは文字通り、秘されている通路である。籠城や襲撃からの脱出を想定して作られる事が多いものであり、基本的には当主とその一族、場合によっては当主と後継にしか伝えられない。

ところがあいにく、今日の西海大公家には当主も嫡男も不在だった。故に、この館からの隠し通路がどうなっているのか把握している人間はこの場におらず、この部屋の隠し通路以外は封鎖できていないというのが現状なのである。

「帝都の屋敷であればほとんどは、地下水路に出る道だろうが……」

「地下水路の全容はまだ判明しておりませんからね」

ナタニエルはため息をついた。

帝都リュミエルの地下には、古い時代に築かれた、海へと繋《つな》がる地下水路があるという。

ところが、歴代の帝都住民や反社会的勢力などが勝手に地下室やら通り道などを掘り、隠し事を葬り去ってきた結果、地下水路は今や地下迷宮ともいうべき規模となっており、全容の知れない状態になっているらしい。

「帝都警察でも、地下水路の主要な経路は地図化を進めているのですが、宮殿の地下など防衛の都合上地図化するわけにはいかない場所もあり、捗《はかど》っていないのですよ」

「陛下の通路を世につまびらかにするわけにはいかないという主張は分かるのですが、帝都警察としてはこういう時に備え、記録に残しておきたいのですがね……」

副官も苦虫を噛《か》み潰《つぶ》したような顔をする。

「案内人なく踏み込めばまず間違いなくこちらが迷います。最悪の場合、遭難する可能性さえありましてね。地下水路には、迷い込んで出てこられずに餓死した人の亡霊が出ると言われているのですよ」

「それはまた、ぞっとしますね」

肩をすくめるユールにナタニエルも頷き返して、副官をちらりと見上げた。

「で、いないのは誰だ」

「メイドがひとりと、従僕がひとりです」

「当たり前だが、隠し通路を知るような身分ではないな」

「そういえば殿下、あの子爵夫人は放っておいてよろしいのですか？　恋人とのお噂《うわさ》でしたが」

「――何？」

何気ないユールの問いに、ナタニエルが振り返った。

ナタニエルの強い視線に促されて、ユールは瞠目《どうもく》する。

「子爵夫人とは、ヘッセン子爵夫人の事か？」

「はい。先ほど廊下で見かけました。なにやら使用人に扮《ふん》して、従僕らしき線の細い男をひとり連れていましたが……。クラヴィスも見ただろう？」

「私は見ていない」

ユールは横たわるフェリクスをちらりと見やったが、返ってきたのはあまりに端的な言葉だった。

「いや、廊下で見ただろう？　気づいていなかったのか？　大公女殿下がこちらに向かってきた時に、廊下の向こうの方を歩いていただろうが」

「――私は、今日は彼女を連れてきていない」

フェリクスに向かって畳みかけたユールの言葉を、ナタニエルが遮る。

目を剥いて振り返ったユールに、ナタニエルは困ったような顔をして、首を振った。

「……この屋敷は姫のお住まいだからね。私はそこまで無粋な男じゃないよ。それに、西海大公家が彼女を招くという事は、考えにくい」

おどけたように呟いて、ナタニエルは肩をすくめた。しかしその眼光は、あまりにも鋭い。

「他に彼女を見た者はいないか？」

ナタニエルの問いかけに、部下たちは困惑の表情を浮かべる。誰も名乗り出ないのを見て、ナタニエルも眉根を寄せた。

「見間違いではないのですか」

「あの見た目を見間違う事はないかと」

ユールの答えを受けて、長椅子の上のフェリクスが口を開く。

「――我らの本来の職務は、『近衛《このえ》騎士』です。その第一任務はもちろん、王族の身をお守りする事ですが、戦闘だけが仕事ではありません。そもそも危険を近づける事のないよう、王宮に出入りする人間の監視、確認なども任務に含まれます」

　冷静さを保とうとしているのだろう、彼の言葉は平時よりもより一層、淡々と紡がれる。

「王宮内で人間を見れば、顔と見た場所、見た時間を覚えておく事も我らの任務です。私はあまり得意ではありませんが、この者は、私の部隊で最もそれに長《た》けた人間です。さらにこの者は『魔術適性マイナス』という特殊な体質の持ち主で、たとえ相手が魔術をまとい、幻覚を操っていたとしても、よほどの事がなければ見抜く事ができます」

　ナタニエルの目が、ユールに向かう。

　魔術適性がマイナスという、王族を守るには不利な条件を背負っているユールだが、その高い社交性から発揮される『他者を覚えておく力』の高さは、フェリクスの特別小隊どころか、近衛騎士団全体のなかでも屈指である。

　――それ故に、そうした事が苦手なフェリクスの部隊に配属されてしまった、という一面もあるのだが、それはさておき。ユールが、見かけた人間を見間違うという事はほとんどあり得ないとフェリクスは続け、それからこう口にした。

「もし、本日殿下が彼女を伴っておられないのであれば、私は、彼女がロザリンド嬢のような、己の気配を他者に誤認させる魔術を用いている可能性が高いと推測します」

　応接室に、沈黙が落ちた。窓の向こうで高らかに歌う小鳥のさえずりが、やけに大きく場に響く。

　フェリクスは沈黙を噛みしめると、ゆっくりと口を開く。

「その手の術を使えるのであれば、人の出入りの多い屋敷に侵入する事は容易でしょう。特に貴国では、魔術的な防御はあまり行われていないのですからなおさらです」

「土地柄、魔術を使える者がほとんどいないですからね……」

ナタニエルは頭を抱え、嘆息した。

「なお、先日の大温室での茶会にて子爵夫人が現れた瞬間、その場にいた人間が一斉に彼女の方を向いたとルーミスが報告しています。訓練されているはずの警備兵までもです。相手がいくら美女でも全員が一斉にというのは不自然です。ただ、前述の力を用いれば、相手にとって好ましいと感じる気配に己のそれを変質させる事で、魅了の魔術と似た効果を得る事ができます」

「……ルーミス卿はどうしてそれに気づいたのです？」

「私は特殊な体質でして、他人の魔術、とくに精神に働きかける質のものが効かないのです」

「こうした魔術は、気づいた者は掛かりづらいという特性があります。——気づけば解ける、という特性もありますが」

ユールの申告に、フェリクスが補足する。そしてじっと、ナタニエルを見た。


「……そうか、彼女だったか」


夢から醒めたような顔をして、ナタニエルはぽつりと呟いた。

実際、彼は今この時、何かから醒めたのだろう。ナタニエルは頭を左右に振ると両腕で抱え、読書用のソファにドサリと座り込む。長い指でぐしゃりと頭をかき回し、低く呻いた。黒い髪がはらりとほつれ、頬に掛かる。

「殿下」

「いえ、ええ、そうですね。私は自分が情けない。――彼女と出会ったのは、怪盗が出現する以前の事です。彼女に接触したのは、彼女が社交界で男たちを次々に虜《とりこ》にしていたのを怪しんでの事でした。異国の未亡人などという触れ込みの立場は、いくらでも偽装のきくものですからね」

膝に肘を置いてうつむきながら、ナタニエルは深く嘆息する。

「しばらく付き合ってみれば、さほど怪しいところはありませんでした。しかし、昨年の冬に彼女を巡る刃傷《にんじょう》沙汰《ざた》が起きた事もあって、我々は彼女への注視を続ける事にしたのです」

「何故《なぜ》、御自らがその任務を？」

フェリクスが顔をしかめれば、ナタニエルは「浅慮でしたね」と自嘲《じちょう》した。

「私の身近な人物となれば、警護を装った四六時中の監視が可能です。他の身分の者ではそうはいかない。ゆえに、自分が出ていくのが一番手っ取り早いだろうと考えていたのです。――それに、彼女との逢瀬《おうせ》を楽しんでいたというのも、嘘ではありませんでした。なんと言っても、美しい人、それも趣味の合う貴婦人と語り合うというのは、実に楽しいものですから」

ナタニエルは顔を上げ、己に集まる視線に眉《まゆ》を垂れる。

「……そうしていつの間にか、彼女との関係は友人――いえ、誤魔化《ごまか》しても仕方がありませんね。いわゆる恋人という関係に変わっていました。おそらく……その時にはすでに、私は彼女の術中にはまっていたのでしょう」

自分が情けない。今一度そう呟いてがっくりと肩を落とし、ナタニエルは再びうつむいた。

「子爵夫人はおそらく、殿下にとって好ましい女性像を作り上げて、己に投影していたのでしょう。

この手の魔術は、少しずつ身体に蓄積されるタイプの毒物のようなもので、対象者に繰り返し触れる事で術が強化されるものです。接触回数が増えた事で、解けにくくなったと推測します」

うなだれるナタニエルの背に向かい、フェリクスは言葉を掛けた。

実際、魔術に明るい人間のほとんどいない大海国で、これらの事に気づいて防御せよというのは、少々難易度が高い。彼は迂闊《うかつ》だったかもしれないが、実は相手から先に目を付けられていたのだとしたら、回避は難しかっただろう。

「しかし、この手の魔術は、気づけば醒めるのも早い。――今はいかがですか」

「ええ、今、急に目の前が拓《ひら》けたような気がします」

フェリクスの問いかけに、ナタニエルははっきりと頷いた。

「思い返せば、これまでの盗難事件の際には、彼女には必ずアリバイがありました。滞在先のホテルで朝寝をしているところをメイドが目撃していたとか、夜中に茶を楽しんでいたとかね。……しかし、彼女が犯人だというのなら、あえてアリバイを作っていたと考えるべきでしょう。九件すべてでアリバイがあるというのは、逆に不自然だ。――まったく、何故に今まで気づかなかったのか」

ナタニエルはソファの上で座り直し、背を伸ばす。

「それに、そうした能力を持っているというのならば、そのアリバイの確かさも話が変わってくる。ホテルの使用人を装えば、偽の証言をする事も、我々の監視を掻《か》い潜《くぐ》っての出入りも、いくらでもできたでしょう」

そしてゆっくりと立ち上がり、副官を振り返った。

「すぐに、彼女の滞在先のホテルに連絡を。不在であれば……」

ナタニエルが決定的な言葉を口にしようとした、その時。

フェリクスはそれを感じとって息を呑み、長椅子の上から飛び起きた。

「……おい、クラヴィス？」

そのただならぬ気配に気づき、ユールがフェリクスを肘打ちする。しかしフェリクスは答えることなく、はくり、と一度口を開け、地上の酸素を求める鉱夫のように無音であえいだ。その瞳の焦点が揺らぎ、何もない中空を視線がさまよう。

「クラヴィス卿？」

言葉を途中で断ち切ったナタニエルもまた、訝《いぶか》しげにフェリクスを見やる。

次の瞬間。

愛妻に似せて淡い黄金に染まっていたフェリクスの髪が、音もなくその色を銀に変えた。

それと同時に、夏の森を思わせる柔らかな緑に変えられていた瞳も、至高の青玉に似たほんのわずかに紫を帯びた艶《つや》やかな青に染まる。

アウローラと結びついていた、色替えの魔術が解けたのだ。

唖然《あぜん》とする帝都警察の面々の中、最も早く動いたのは、魔術を感知できないユールだった。

「おい、どうした？」

「——殿下」

何が起こったのか薄々察し、声を掛けたユールの言葉を断ち切って、フェリクスはナタニエルに呼びかけた。その、鋭く研《と》がれた刃《やいば》を思わせる硬質な声色に、帝都警察の面々が青ざめる。

「どうしました」

「今、妻の身に何かありました。迎えに行かねばなりませんので、失礼させて頂きます」

なんですって、そう聞き返すナタニエルに答えず、フェリクスはさっときびすを返す。

「おい、クラヴィス!?　隊長自らどこに行く気だ!?」

「……今日は休暇扱いだ」

「いや詭弁《きべん》だろ!?」

ユールの声には応《こた》えず、フェリクスは応接室を飛び出した。

その背を慌《あわ》ててユールが追いかけ、ナタニエルもまた追い縋《すが》る。

「どういう事です!?　説明頂きたい！」

「私は妻に、護身のための魔道具を渡しています。今、それが動作した気配がありました。それが動作すると、私に知らせが来るように作ってあるのです」

月光を紡いだ銀の髪を風に揺らし、大公家の長い廊下を風のように駆けながら、フェリクスはナタニエルに答える。

「くそ、やはりこの国では仕込んだ短距離転移が動作しなかったか……」

走りながら、フェリクスは幾度か魔術を発動させようと試みて、上手《うま》くいかずに舌打ちした。

「あれか、ウチの夜会の時に仕込んでいたやつか」

「それだ。何かあった場合、私を強制的に召喚する術を掛けてあったのだが、距離がある上に魔力が弱く、動作しないようだ。……こうなれば、道具に頼るしかあるまい」

フェリクスが、ズボンの隠しから懐中時計を取り出した。アウローラに贈られた愛用の品ではなく、小さな傷のたくさんついた、ごくシンプルな銀時計だ。

フェリクスはその裏蓋をぱちりと開け、中を覗いて小さく呻く。裏蓋の内側に仕込まれていたのは、美しい銀の針だった。羅針盤や方位磁針に似ているが、その先端には小さな金剛石の魔石が埋め込まれ、ちかりちかりと光っている。

「……ローラたちは南を目指して移動している。怪盗は海から高飛びする気ではないか」

「な、何で分かるんだよ⁉」

「この針の向く先が、ローラのいる方向だ。そしてこの点滅の強さが距離を示している。これを見る限り、ローラの気配は一定の速度で遠ざかっている。どうも馬車より速度が速い。汽車で港を目指していると推測する」

「そんな道具があるなら早く使え！」

「無条件に居場所が特定されるなど監視されているようで嫌だろうと思い、ローラの持つ魔道具が動作しない限りは反応しないように作ってある。……だが、緊急時にこちらから働きかける魔術も搭載しておくべきだったな」

ひと時前までソファの上で力なく横たわっていた事など微塵《みじん》も感じさせない速度で、フェリクスは廊下をひた走る。そして、その勢いのままに大公家の玄関を飛び出した。

「どなたか、馬を！」

車寄せに、帝国警察の面々や御者の姿を目にすると、フェリクスは短く叫ぶ。

しかし、突然飛び出してきた外国人にそう言われ、易々《やすやす》と手綱を渡す者がいるわけもない。

馬車に繋がれている馬を強奪してやろうかと、フェリクスが剣呑《けんのん》な事を考えたその時、後ろから声が響いた。

「――私の馬を使え！」

フェリクスの背を追ってきた、ナタニエルである。彼は玄関前に引き出されてきていた己の愛馬の手綱を奪うように受け取ると、目を丸くしたフェリクスに差し出した。

「よろしいのですか」

「こいつが一番速いのでね」

ぶひひん、と不満げに鳴く愛馬の首筋を叩いて宥《なだ》めながら、ナタニエルが口角を上げる。

フェリクスは差し出された手綱を取る前に、馬を見上げた。

ウェルバムの軍馬に多い魔馬ではないが、姿形の良い、見事な馬だ。黄金に例えられる美しい毛並みとたてがみが美しく、ナタニエルが乗るに相応しい、『美しい馬』である。名はエトワールというらしく、やや気性は荒いが非常に聡明《そうめい》で気高い性格なのだと、ナタニエルは自慢げに胸を張った。

フェリクスはじっと、馬の目を見た。フェリクスと目のあった馬はどこか不満げに鼻を鳴らしたが、フェリクスが目に力を込めると、仕方がなさそうに地面を掻き、一度短くいななく。

「エトワール号、すまないが力を貸してくれ」

ぶひん、と馬の鳴き声が返る。

それに頷き、ひらりと馬上の人になったフェリクスは手綱を取り、足で馬の腹を押した。

「行くぞ」

フェリクスと同じように馬を用意し始めている人々の中、フェリクスの指示に従って、エトワール号がぽくり、ぽくりと歩き始める。

そして次の瞬間――

「あっ、おい待て！　ひとりで行くな！」

「クラヴィス卿!?」

何かがカチリとはまったかのように、ひとりと一頭は勢いよく走り出した。

※

フェリクスは駆ける。

放たれた銀の矢のように、周囲が流線に見える速度で、駆ける、駆ける、駆ける。

この速度でこの距離を駆け抜ける事はできないはずの馬もまた、風のごとくに駆けてゆく。

(――ローラ)

フェリクスは一心に妻の名を唱えながら、無言で馬を駆る。

その馬とは思えぬ速度に、通りすがる人たちが、ぎょっと目を剥き悲鳴を上げて後ずさる。

(待っていてくれ、ローラ)

整えられた市中の道も、そこを外れた土の道も、彼らの妨げにはならない。

斜めに傾く陽《ひ》の光。その黄金に照らされてまばゆく輝きながら、金と銀の風となったひとりと一頭は、どこまでも地を駆ける。

(――ああ、ローラ)

フェリクスの視線の先に、鉄の道が見えてくる。

どこまでも伸びる線路、遠くに汽笛。

（……そこにいるな？）

もはやどれだけ走ったのか分からない。

いつしかフェリクスは銀の羅針盤を覗く事なく、アウローラの気配を追っていた。

車輪が地を叩く音がかすかに聞こえてくる。

汽車の最後尾を視界に捉え、フェリクスは身を低くし、ただ一心に前を見つめた。

（今、行く）

ふわり、フェリクスの身体と馬の体が、青い光に包まれる。

坂の向こうに、岬が見えた。

エトワール号が加速する。

※

「あら」

がこん、がたんと揺れる汽車。その揺れが緩やかになり、速度が徐々に落ちてゆく。

ふたりの貴婦人を床に転がし、愉悦の表情を浮かべて煙管を吸っていたヘッセン子爵夫人は、速度の低下に気がついて窓の外を覗いた。

「そろそろかしら」

「そのようで」

窓の外は、最新鋭の建築物が建ち並んでいた帝都とは趣の違う、オレンジ屋根の街並みである。

傾いてきた日のまばゆさに照らされる家々は花で飾られ、あちこちに魚や船の看板が並び、道行く人の衣装もどこか明るく、開けっぴろげだ。

「海まで、駅からすぐなのだったわねえ」

「輸送に便利だからでありましょう。さすがは商業港」

(どうしよう、もう着いてしまうの？)

聞こえる声に、アウローラは唇を噛みしめる。もはや用済みだというのなら、このまま汽車の中に置き去りにしてもらって構わないのだが、おそらくそうはいくまい。しかし、船に乗せられてしまえば手遅れになるだろう。その前に逃げ出す隙《すき》が見つかるだろうか。

(……諦めないのよアウローラ。絶対、フェル様が来てくれるんだから)

絶望的な気持ちに陥《おちい》らないよう、アウローラは必死に己を鼓舞する。

そして、同じように床に転がされているマリーアの耳元に、小さく囁いた。

「……マリーア大公女殿下」

「……なによ」

汽車の軋《さし》みに負けそうなほどに潜めた声に、マリーアは小さく鼻を鳴らして同じような小声で返す。

窓の向こうを眺めてどこかはしゃいでいる子爵夫人に気づかれぬよう、アウローラは一層声を小さくして、言葉を続けた。

「お気を強くお持ち下さい。たぶん、夫が来てくれます」

「……あの騎士が？」

怪訝な声に、アウローラは頷く。

「実は夫の本業は近衛《このえ》騎士なのですが、優秀な魔術師でもあるんです。先ほどあの男に蹴られそうになった時に、彼に渡された魔道具が動作しました。あれには、わたくしに何かあった際、その所在地を夫に知らせる魔術も込められています。時間は掛かるかもしれませんが、絶対に助けは来ます」

「……信じて良いの？」

「わたくしは信じます」

きっぱりと言い切ったアウローラに、マリーアが小さく息をつく。

しかし、彼女が何か言葉を返す前に、窓を覗いていた子爵夫人と従僕が、座席の方へと戻ってきた。

アウローラとマリーアは慌てて口をつぐみ、さも落ち込んでいるかのように、ぐったりと床に伏す。

「ふふ、ここまで来ればもう勝ったようなものねえ」

「さすがのお手並みでございました」

「なんだかんだ、楽しい旅だったわねえ。次はどこへ行こうかしら」

ご機嫌な子爵夫人の横で、従僕が下車の準備を始める。抵抗したものの再び口を塞がれて、トランクへと詰め込み直されたアウローラとマリーアは、箱の中でじたばたと暴れた。

「薬を使われたくなかったら大人しくなさってください。ちなみに、先ほどお飲み頂いた薬は、幾度か使うと人形のようになると評判の効能を持つ睡眠薬です。フロース嬢も、動かれませんよう。貴女の箱には例の月砂帝国の名品もしまっておきました。貴女が暴れれば、あの品に傷がつきますよ」

（……そ、それ、本当に睡眠薬？）

物騒《ぶっそう》かつ冷ややかな声がトランクの上から降り注ぎ、アウローラとマリーアは口を閉ざす。

子爵夫人は、従僕の対応とふたりの反応に楽しげに笑い、椅子の上で優雅に足を組み替えて、はしゃいだ声を上げた。

「しばらくは南国でゆっくりしたいわねえ。でも、その後に向かう先としてウェルバム王国はよさそうじゃない？　こんなに素晴らしいものが伯爵令嬢の首に掛かっているんだもの、公爵夫人や王家となったら、どれほどきらめいている事かしら！」

（迷惑だから！　来ないで！）

確かに、魔石を使った製品は日常のありとあらゆるところに転がっているが、たくさんあるから盗られて良い、などという事があるわけもない。

アウローラは内心で大きな声で否定したが、もちろん言葉は伝わらない。

（嗚呼《ああ》、それにしても本当にどうしよう、さすがにこの体勢から逃げ出すのは無理だわ……。ううっ、わたしがもうちょっと、魔術が使えたら……！）

大海国では魔術が使いづらいとはいうが、フェリクスやロザリンドといった優秀な魔術師たちは、規模を小さくしながらも魔術を見事に駆使していた。アウローラだって、もう少し多彩に魔術が使えれば、拘束を解いたり、相手の不意をついたりするような事ができたかもしれない。

何も見えない暗がりの中、アウローラは奥歯を噛みしめ、悔しさに滲んできた涙を耐える。

（……ここを無事に出られて、国に帰れたら。何かわたしでも使えそうな魔術がないか、フェル様に相談してみよう）

護衛がいつも一緒にいてくれるとはいっても、今回のように隙をつかれる事は起こりうるのだ。これではもう、自分自身が何らかの強さを身につけるしかないではないか。

闇《やみ》の中、アウローラがそんな決意を抱いたその時、トランクの外側――コンパートメントで荷造りをしていた従僕が、ふと動きを止めた。

「お嬢様」

「……なんだか騒がしいわね」

子爵夫人も声を潜め、耳を澄ませる。

がたごとと汽車の揺れる音、連結部の軋み、噴き上がる蒸気の音。そこに混じって、ここから少し離れているはずの二等車の方から、乗客の大声が聞こえてきたのだ。

どうやら、汽車の外で何かが起こっているらしい。

「なんだあれは！」

「馬が死んじまうぞ!?」

「あの馬の速さ、本当に馬か……!?」

「あらっ、騎手、すんごい美形じゃない!?」

「めちゃくちゃいい男だわ！」

「えっ？　妖精？」

しかし、窓が閉まったままでは何も見えない。歓声混じりの大声につられ、子爵夫人は汽車の窓をガタンと開けるとその身を窓の外へと乗り出した。

そして、そこにとんでもないものを見たのである。

「……はあ!?」

それは、陽の光にまばゆく輝く金の馬だった。背に、月のように輝く男をひとり乗せている。

人と馬はまさしく人馬一体、青銀の光に包まれて駆けてくるその姿は、絵物語から飛び出してきた幻想が実体化したかのようだった。

「んまあ……、嫌な男ね……」

騒ぎにワクワクと身を乗り出した子爵夫人だったが、馬の背に乗る男の正体に気がつくと、行儀悪く舌打ちをして慌てて首を引っ込める。

「まずいわ、もう追いつかれた」

「敵ながら見事な索敵能力ですな」

(……もしかして)

焦《あせ》るふたりの口調に、箱の中のアウローラは希望を見いだす。

ひょっとして、帝都警察の面々かフェリクスたちが、この汽車に気づいてくれたのではないか。

しかし、次の瞬間響いた轟音に、アウローラはそれどころではなくなった。

(ひゃああ!?)

とどろいたのは、一発の銃声。

そして、ガラスの割れる音。

暗がりの中では、何も分からない。ただ、それらがすぐ側《そば》で鳴り響いた、それだけが分かった。

(な、なに……？　何の音？　一体、何が起きているの!?)

※

「っなんて乱暴な!?」

箱の中のアウローラがもごもごとパニックに陥っているその頃《ころ》、ヘッセン子爵夫人アグネスは割れた窓ガラスに向かって悪態をついていた。

ガラスを割ったのは、汽車と併走する黄金の騎馬の上で銀の短銃を構えている、月の化身のような男だ。アグネスの胸元を彩る魔石、中でもオパール質の物と同質の魔力をまとい、人ならざる速度で馬を走らせている。

「あの距離で撃って、なんでこんなに威力があるわけ⁉」

「おそらく弾に魔力が乗っているのかと」

「冷静に分析してる場合⁉　そもそも馬の上からなんであんなに安定して撃てるわけ⁉」

「体幹と視力が良いのでしょう」

「褒めてる場合か！」

窓に向かって銃を撃ち込むという暴挙に、汽車は駅を前にしてどんどんと減速していく。子爵夫人は舌打ちし、己も懐《ふところ》から短銃を取り出した。割れたガラスの合間から男を狙って引き金を引く。

「うっそ、なにそれ！」

彼女の銃の腕前は悪くない。しかし、確実に馬に当たったはずの弾丸は、当たる寸前に見えない何かに阻《はば》まれ地に落ちた。立て続けに引き金を引くが、その全《すべ》てが同様に落ちていく。

「何⁉　何なのよあれ⁉」

撃てども撃てども当たらない。

ついには弾が切れ、彼女が悲鳴を上げたその時、より信じられない事が起きた。

馬の背から男が跳躍し、汽車の屋根へと飛び移ったのだ。

「はあ!?」

ダン！　と轟音が屋根の上で鳴り、びくりと子爵夫人の背が震える。次の瞬間、しなやかで長い足が伸びてきて、残っていた窓ガラスを蹴り破った。

そうして大きく開いた窓から乗り込んできたのは、古代の名工の手による彫像のような、人ならざる絶世の美貌を持つ青銀の男——フェリクス・イル・レ＝クラヴィスだ。薄灰の薄手の上下に青みのあるジレ、ネイビーのタイに血痕の付いた白いシャツという、荒事《あらごと》にはおよそ向かない衣装だが、それをものともしていない。

その表情には壮絶な怒りが浮かび、身体を包むように青い炎がゆらりと立ち上っている。まるで、恨みを抱いて冥府《めいふ》の底から蘇《よみがえ》った、幽鬼のような佇まいだ。

「ひっ……」

あまりの気配に当てられて、子爵夫人は弾を装填《そうてん》したばかりの銃を向けた。

ガン、ガン、ガン、耳の痛む鋭い音と小さな火花、火薬くさい硝煙が煙る。

それは絶対に外さない至近距離、しかし幾度引き金を引こうとも弾はひとつも男に当たらず、床へと転がった。

しかも、次々に撃たれているというのに、男はちらりと子爵夫人に目をやるだけで、無言でこちらに向かって歩いてくるではないか。

「ひいっ！」

あっという間にまた弾が切れ、子爵夫人はどんどんと後ずさる。

追い詰められた子爵夫人が銃を捨て、護身用のナイフを取り出した瞬間、彼女の前に黒いお仕着せの男が飛び出してきた。

「動くな！　この女がどうなってもいいのか！」

「むぐぐぐー！」

子爵夫人の従僕が、箱から引きずり出したアウローラのこめかみに短銃を突きつけて、フェリクスの前に立ち塞がったのだ。

明るいところに突然引っ張り出され、何が何やらと目を白黒させているアウローラの姿に、フェリクスの歩みが止まった。

己が優位に立ったと見て、男は口元をいやらしく歪める。

「ええ、そうでしょう、そうでしょう。貴方はこの女を見捨てられまい。さあ、今すぐその銃を床に置きなさい」

フェリクスが舌打ちをして、短銃を床に投げ出す。男は愉悦に顔を歪め、高らかに笑った。

「ははは！　いいザマだ！　そのまま床に這いつくばれ！」

男の短銃の銃口が、フェリクスの頭に向けられる。

「むぐ……！」

（駄目……！）

「っ、この女……！」

フェリクスの危機を見て取って、アウローラは全力で暴れた。貴族の令嬢がこれほど抵抗してみせるとは思わなかったのだろう、従僕は慌て、アウローラの首を絞めるように力を込める。

「ローラ！」

フェリクスが男に向かい、掴《つか》みかからんと手を伸ばした。

その時。

「――クラヴィス、伏せろ！」

その声が届いた瞬間、フェリクスは床に伏せた。

同時に銃声が鳴り響き、短銃を手にしていた男の手が赤く弾ける。

「ぐぅっ!?」

「むぐうっ」

男の手から銃が転がり落ち、抱えられていたアウローラも床へ投げ出された。

血の噴き出す手を握りしめ、男は憎々しげに銃弾が飛んできた方を見る。ほとんど止まりかけた電車の窓の外では、栗毛の馬に乗った黄金の髪の男が、短銃を構えていた。その後方で、馬を駆る帝都警察の面々が複数人、今にも汽車に追いつこうとしている。

「貴様こそそこを動くな！　動けば撃つ！」

「そうそう当たるわけが……」

従僕の男がそう毒づいた途端、もう一発、銃声が響いた。それは従僕の男の頭を掠《かす》め、耳に傷を付けてコンパートメントの壁にめり込む。

「動くなと言ったはずだ。――次は当てる」

従僕の男が凍り付き、子爵夫人も顔を歪める。

男の手から落ちた短銃と、自分のそれを拾い上げ、フェリクスは子爵夫人に銃を向けた。

「う……」

銃口を向けられた子爵夫人は、しかしキッと顔を上げ、フェリクスを見上げる。じわりと彼女の身体から魔力が滲んで、その気配が別の女性のそれに切り替わった。

フェリクスが目を見開く。

その気配は彼にとって最もよく知るそれ――アウローラのものだったのだ。

すぐ側に本人が倒れているのだから、別人だと分かっている。それでも、一瞬のためらいは生じた。

その隙を見逃さず、子爵夫人はにやりと笑うと再び引き金に指を掛けた。

しかし。

「な……」

フェリクスの銃口から、青い光が迸《ほとばし》った。

それは子爵夫人の短銃に絡みつき、彼女が引き金を引こうとしたその瞬間、子爵夫人の短銃は一瞬で氷に包まれる。銃口の先端には大輪の氷の花が咲き、引き金も凍りついて動かない。

「ま……魔法……？」

驚きに、子爵夫人の魔力が解ける。

元の気配に戻った彼女と従僕を、フェリクスが拘束したその時。

コンパートメントの扉が開き、帝都警察の精鋭たちが、室内へと流れ込んできたのだった。

※

「……ローラ！」

「むぐぐ！」

フェル様！　そう叫んだ声は言葉にならない。

硬い床に転がされていた身体の下に、あたたかな腕が差し入れられ、アウローラの身体はゆっくりと持ち上げられた。そのまま優しく膝の上に下ろされると、口を塞ぐスカーフや両手の拘束が、少しの痛みも許さないと言わんばかりの丁寧《ていねい》な手つきで解かれていく。

「フェル様！」

スカーフを解かれての第一声はもちろん、信じた通りに救出に来てくれた夫の名前だった。

アウローラは力の入らない腕で夫にしがみつき、そのあたたかさにほっと息をつく。フェリクスもまた力強くその身を抱き寄せ、妻の頬を己の首筋にすり寄せた。

「無事でよかった……」

耳元に直接届いた囁きは、ひどく掠れている。

その優しく深い声を聞いた途端、アウローラの目尻が緩み、涙が溢れ出した。

「ローラ？」

「ご、ごめんなさい、なんだか、急に涙が」

「……恐ろしい思いをしたのだ、仕方あるまい」

滲む視界で周りを見れば、大きなトランクから救出されたマリーア大公女がナタニエルにしがみついて、少女らしくわんわんと泣きわめいている姿が見えた。

思えば、ふたり揃ってずいぶんと恐ろしい思いをしたものだ。これまでにもそれなりに危険な目に遭ってはきたが、やはり慣れるものではない。

胸元で涙を流し始めたアウローラを抱きしめる腕に一層力を込めて、フェリクスもまた深い息をつく。彼もずいぶんと無理をしたようで顔色は真っ青、身体のあちらこちらに血痕ができている。

「助けて下さって、ありがとう」

「なんともないか」

「はい、手と足に擦り傷ができたくらいです。フェル様はご無事ですか？」

「ああ」

溢れる涙を拭い、額や頬に口づけながら、フェリクスがアウローラの肌をたどる。

くすぐったさに小さく微笑みつつ、アウローラもまた夫へと口づけを返した。

お互いがそこにいる、ここしばらく当たり前になっていた事が、奇跡のように思えてくる。

「フェル様は、ご無事、ですか？」

夫の頬を撫《な》でさすり、アウローラはその青い瞳をじっと見つめる。フェリクスはアウローラの緑の瞳を見つめ、「やはり、この色が良いな」と小さく囁くと目を閉じた。

「……フェル様？」

アウローラを抱きしめていた腕が、ずるりと落ちる。

そのまま、フェリクスの身体はアウローラの膝の上へとくずれ落ちた。

「フェル様!?」

「だ、誰か！　誰か助けて！　フェル様が、フェル様が!!」

アウローラの悲痛な悲鳴が、ボロボロになったコンパートメントに響き渡った。

† 旅の終わりに

「……良いお天気ですねえ」

雲ひとつない、青い空。水平線の向こうにはむくむくと膨らんだ白く大きな雲が浮かび、夏至《げし》の眩《まばゆ》い太陽は今日も激しいほどに燦然と輝いている。アウローラは日傘の陰から空を見上げ、その眩《まぶ》しさに目を細めた。

「暑いくらいだな」

フェリクスもまた、帽子の庇《ひさし》の陰から天を見上げて、小さくぼやく。

「でも、海はとっても綺麗《きれい》ですよ」

「晴れの日の海の色は、確かに美しいが」

暑いな、とまたぼやくフェリクスに、アウローラは日傘を差し掛けて小さく笑った。

道を行くふたりの右手にどこまでも広がっているのは、世界中の青を集めたような、陽光にきらめく真っ青な海——蒼海である。

あの事件から一週間が経ったこの日。

アウローラとフェリクスのふたりは、旧市街と呼ばれる地区にある『海岸通り』の石畳をゆっくりと歩いていた。事件の終わりに倒れたフェリクスがようやく床上《とこあ》げとなったので、かねての約束通りにラ・コロール・ドゥ・メールの資材店を訪れた、その帰りなのである。

「ああ、ここですわ。帝都案内に書かれていた、海がとても綺麗に見える公園！」

石畳を歩く足を止めてアウローラが見上げた先には『海戦勝利記念公園』なる仰々《ぎょうぎょう》しい文字の彫られた、白い石造りの大きな門がそびえている。

門の脇には数代前の皇帝の銅像が建てられていて、そこに刻まれた碑文を読むに、どうやらここはこの皇帝が大きな海戦で勝利したことを記念して開かれた、歴史ある公園であるらしい。

「ずいぶんと堅い名称だ」

「街の方には『海辺公園』と呼ばれているそうですよ」

「それもまたひねりがないな」

「分かりやすいのが一番ですわ。この公園の見晴らし台から見る港の景色が、とっても素敵なんですって。大切な人と過ごすのにおすすめの場所だって、帝都のガイドブックに書いてありましたの。ご一緒頂けますか？」

「……それはいい提案だ」

さあ行きましょう。フェリクスの手を引いて、アウローラは公園へと足を踏み入れる。

綺麗に整備された公園内は、あちらこちらに暖かい地域の木や植物が植えられて、どこか南国めいた雰囲気だ。公園の雰囲気につられて解放的な気分になっているのだろうか、仲の良さそうなふたり連れや学生らしき若者たちが、木陰やベンチに座り、めいめいにくつろいでいる。

「アンリ帝記念公園とはずいぶん雰囲気が異なるな」

「こちらの方が気取らない感じで、気軽に利用できそうですね」

「そうだな。……一般市民も、貴族階級も、どちらも同じように過ごしているようだ」

「ひょっとすると、大公園が万国博覧会の会場になってしまったから、こちらが盛況なのかしら」

そんな風にとりとめのないことを話しながら、ふたりは手を繋《つな》いだまま公園内をそぞろ歩き、やがて見晴らし台にあるガゼボにたどり着いた。

幸運にも先客はおらず、海に向かって並べられたベンチに、ふたりは並んで腰を下ろす。

「……ああ、素敵な眺め！」

そうして目の前に広がった光景に、アウローラはほう、と息をついた。

高台にある西海大公家の窓から見えた、どこまでも広がる海の眺めも素晴らしかったが、大小の船が行き交い、人々の息吹の感じられる港の賑《にぎ》やかな眺めは、また別の絵になる光景である。

宮殿などが建ち並ぶ、整備された新市街の街並みとは全《まった》く趣の異なる、雑多で猥雑、カラフルでエネルギーに溢れた旧市街の入り組んだ街並みも、異国情緒に溢《あふ》れて大変に味わい深い。

「街並みがとっても賑やかで、海と空と合わせて、刺繍《ししゅう》の大物にチャレンジしたくなります」

「ぜひ挑戦してほしい。……海上も船が多いな」

「本当に！　あ、異国の船もあります。あの国旗はどこのものかしら。どこに行くんだろう？」

「……ローラたちが乗せられる前に助け出せて、本当に良かった」

見知らぬ国旗の揺れる甲板にはしゃいでいたアウローラは、フェリクスのしみじみとした呟《つぶや》きに振り返った。思わず唇が尖《とが》るのも、致し方あるまい。

「助けて下さって、ありがとうございます。……でもどうか、お身体《からだ》は大切にして下さいね」

「心配を掛けてすまなかった……」

アウローラの呟きに、フェリクスの眉《まゆ》がかすかに垂れた。

あの日、フェリクスが倒れた原因は、急性魔力欠乏症――一般に『魔力切れ』と呼ばれている、体内魔力の一時的な枯渇によって発生する、一種の過労だったのだった。突然目の前で倒れられ、アウローラは悲鳴とともに半狂乱に陥《おちい》ったが、何の事はない、彼はあの日魔術を使いすぎたのである。

『大海国《グラン・マーレ》では魔術を使う時にいつもの数倍、魔力を使うんだ。それなのに、クラヴィス夫人を探そうとして何度も占術を繰り返し、その後に馬に体力保持と筋力向上の魔力をかけ続けて、銃弾に魔力を乗せて撃ったうえに、最後には相手の行動を縛ったんだって？　そりゃあ尽きもするさ。人間の魔力は無尽蔵じゃないんだから』

……というのが、倒れたフェリクスを見た王太子の弁である。

「それにしても、この歳《とし》で魔力切れを起こすとは情けないな」

フェリクスはため息をつくと、懐《ふところ》から小さな銀製のボンボニエールを取り出して、中から星形の砂糖菓子――によく似た甘味を一粒取り出した。魔力糖、と呼ばれる魔力を多く含んだ飴《あめ》で、魔力欠乏の予防や治療に使われている、薬のようなものだ。

「大人《おとな》はならないものなのですか？」

「無理をすればもちろんなるが、大体の魔術師は子どもの頃《ころ》に経験して、以後それを超えないように気をつけるものなのだ。……自己管理がなっていない証《あかし》だな」

落ち込んだ顔を作りつつ、色とりどりで愛らしいそれを無造作に放り込んだフェリクスの奥歯が、ガリガリと鳴る。アウローラはきゅっと目尻《めじり》を吊《つ》り上げて、フェリクスを睨《ね》めつけた。

「あら、一度に三粒でしょう？」

「……甘すぎる」

そう顔をしかめるフェリクスの視線が、宙空を泳ぐ。仕方がないわね、とアウローラはフェリクスからボンボニエールを受け取って、そこからふた粒、魔力糖を取り出した。

「はい、どうぞ」

薄く開いたフェリクスの口元に、ふた粒の魔力糖を押し当てる。フェリクスは青い目を細め、アウローラの指先から魔力糖をぱくりと咥《くわ》えた。そのまま指先に口づけて、目を丸くしたアウローラの手首を掴《つか》み、ぐっと引き寄せる。

ふたりの唇が重なって、アウローラは悲鳴を上げた。

「あっっっまぁい！」

「……暴力的な甘さだろう？」

「もう、突然何をするの！」

予期せぬ『激甘』な味に、アウローラは涙目で口を引き結んだ。

薬のようなものであるため、アウローラの口に入ってくる事こそなかったが、魔力糖に触れた舌が重なるだけで、とんでもない甘さが押し寄せてくる。

その、甘いものを食べた後だというのに『苦虫を噛《か》み潰《つぶ》したような』表情に、フェリクスはくつくつと笑うとアウローラを抱き寄せ、海の方を向いた。その腕に身を委《ゆだ》ねながら、アウローラは怒りを収め、ほう、と息をつく。

「でも、本当に良かったです。あの時は、何かとんでもない怪《け》我《が》をしたんじゃないかって思って、とっても焦ったんですから。丸一日、目を覚まさないし……！」

「本当にすまない。……だが、ローラとふたりきりになれたのは、運が良かったな」

土地の持つ魔力の薄い大海国である。この地で魔力を回復するのには時間がかかるとの見立てで、

フェリクスはしばらく安静にするようにと医者に言い渡された。

結果、フェリクスは使節団の帰国に同行できず、養生に努めることになった。本来は使節団とともに帰るべきアウローラも、王太子とルナ・マーレの温情で看病要員として大海国に残ることとなり、ふたりはこうしてつかの間の休暇の日々を味わっているのだった。

「……それはわたくしも、ちょっと嬉《うれ》しいですけれど」

嬉しげに頬《ほお》を撫《な》でられたアウローラは、ぷう、と頬の中に溜め込んでいた空気を吐き出した。

あんな事件の後では、こんな療養期間でもなければ、デートなどとても無理だっただろう。

「——そう言えば、今思い出したが。ヴェールを取り返せたことに対する感謝状が、サミュエル殿下とナタニエル殿下の両名の記名で届いたそうだ」

「ああ、良かったです」

ふと告げられたフェリクスの言葉に、アウローラは胸を撫で下ろし、頬を緩めた。

「本物を少しだけ見ましたけれど、本当に素晴らしい作品でしたもの。無事で良かった」

「一歩間違えば戦争になったかもしれない重大事件の解決に対する、我々の貢献に感謝し、そのうち何らかの形で報いると書かれていた。今日からパビリオンの展示も再開するそうだ」

「……怪盗はどうなったのかしら」

「未《ま》だ取り調べ中らしい。王太子殿下が魔術を封じるための魔道具などをかなり提供したらしく、私のところにも報告が上がってきている」

事件のことを思い出して呟いたアウローラに、フェリクスが答える。

「怪盗は、魔女と魔術師のふたり組だったのですよね」

「ああ。今のところ、他に共犯はいないようだとも書かれていた。魔女の方は犯行こそ認めたもののまったく悪びれず、魔術師の方は黙秘を貫いているらしい。その様子だと、事件の全容解明にはまだまだ時間が掛かるだろう」

「……なんとなく、想像がつきます」

子爵夫人の振る舞いを思い出し、アウローラは苦い笑みを浮かべた。

「逃げ出したりしないと良いのですけど……」

「……そこは帝都警察に頑張ってもらうしかあるまい」

なんだか嫌な予感がするが。

そう呟いたフェリクスも苦い顔をして、深い息をついた。

※

「――あら！　ローラと旦那《だんな》様？」

ぼんやりと海を見つめ、とりとめのない話をしていた夫婦にそんな声が掛かったのは、そろそろ宿へ戻ろうかとふたりが考え始めた頃だった。

ふたり揃《そろ》って振り返れば、そこには燃えるような赤い髪を可愛《かわい》らしく結い上げた、南海色の瞳《ひとみ》の美少女が、満面の笑みを浮かべて立っているではないか。

「マリーア殿下⁉」

「よかった、旦那様、元気になったのね！」

にこにこと笑うマリーアの装いに、アウローラは目をまたたかせる。

今日のマリーアのドレスは、あの日に西海大公家の館で見たものと近い形をした、美しくも愛らしい、可憐《かれん》なバッスルスタイルのドレスだったのである。

色も、淡いグリーンに白のストライプという爽《さわ》やかな生地で、腰の後ろや袖口《そでぐち》に飾られた大きなリボンがなんとも愛らしいデザインである。化粧も、瑞々《みずみず》しい美しさが前面に押し出された軽やかな色合いで、今日の彼女は美女というより、間違いなく美少女だった。

「お陰様で回復いたしました。いくら感謝してもしたりません」

アウローラはマリーアに頭を垂れた。

末の娘を助け出してくれた英雄のためならばと、西海大公家はフェリクスの療養を全面的に支援してくれたのである。医者の手配に始まって、療養するための屋敷と使用人の貸し出し、魔力糖の速やかな取り寄せや、多少なりとも魔力を含むと言われる食材の提供など、その支援は多岐にわたり、フェリクスが一週間で外出可能なほどに回復したのは、それらのお陰といっても過言ではなかった。

しかし、マリーアはきょとんと目を丸くして「感謝しなくちゃならないのはこちらよ。あの時は本当にありがとう」と首を振った。

「ところで、おふたりはデート？」

「……はい、ここが評判の良い場所だと聞きましたので」

「そうなの！　ここはね、去年流行した歌劇の舞台になった公園なのよ。それで、老若男女皆して、ここで逢《あ》い引《び》きするのが大流行しているというわけなの！」

この公園でのシーンは、ものすごくロマンチックだったのよ。